使命

时代楷模赵志全

杨文学 著

泰山出版社 · 济南 ·
Taishan Publishing House

献给改革开放40周年

前 言

因为有了使命感，初心才不会改变。

改革开放四十年来，作为民营企业家中唯一的“时代楷模”，他的出现是“沂蒙精神”大纛下的必然。作为一名共产党人，他以永恒的初心为这面旗帜增添了时代风采，他用27年的拼搏创建了一个物质财富的“帝国”，同时也锻造了中国企业家精神。他兑现了“为员工谋利，为社会造福”的诺言，于2014年11月14日深夜倒在办公桌前。我们开始以多种方式怀念他：从沂蒙到北京，从“齐鲁时代楷模”到全国“时代楷模”，一路上，鲜花为他芬芳，掌声为他响亮，光环为他闪烁……他自己肯定不曾想到，他死后的荣光竟然如此的辉煌。

2014年11月18日，数万人拥聚的追悼会上，当得知他身患癌症12载，忍受着三次开胸手术的痛苦，硬是把一个濒临倒闭的校办小厂，推进2017年全国药企创新能力前三甲的方阵时，万人飞泪。

当他的那份将企业交给社会、将企业经营权交给“外人”的遗嘱被公开后，社会上一片赞叹，称赞他身为一个共产党人的家国情怀，称赞他为改革冲破利益的藩篱书写了一个成功的范例……

一个伟大的创业者走了，谁都无法保证在瞬息万变的市场上，他用心血乃至生命创造的事业能坚持多久。于是进入“后赵志全时代”的鲁南制药，更容易聚焦众多关注的目光。正如2014年的那个冬日，微信群里疯传的那篇“美国人鲁南心”的文章所言：“赵总走了，我不知道冬日里还有没有温暖的太阳，我不知道长夜里还有没有一地月光……风，是否会改变以往的方向……”

在各种猜测、观望甚至怀疑、掣肘中，“后赵志全时代”的鲁南制药销售收入持续递增，以不争的事实宣告了新的崛起。

后来者居上，不仅仅是对后者的认可，也是对前者慧眼的验证，更是对前者初心最好的诠释。后来者居上，既是文化的延续又是精神的传承。

2016年《时代文学》第4期以《信仰无价》为题全文刊发了这部作品，至今已一载有余，作品之所以依旧被社会关注，依然被读者想起，那是人们对初心的怀念，是后人对前人的留恋，是人们对“后赵志全时代”的关注。没有继任者带着全体员工在商场拼杀，没有后人苦心孤诣地将事业做大，楷模的故事就会黯然失色。就鲁南制药集团而言，假如在“后赵志全时代”陷入万劫不复的渊薮，那么一切都将失去根本。

在改革开放40周年到来之际，作品出版单行本，不仅仅为满足读者的需求，也诠释了一个时代对崇高精神的渴望。

（2018年2月18日于南山书院）

目录

下篇

九 问

（一）

一个人用27年的心血，创造了一个净资产60多亿元、一年就为国家纳税近10亿元的“财富帝国”。当生命的烛光熄灭后，他把财富的权杖，交给了一个外姓人；把一座苦心打造的金山，交给了员工，交给了社会。“财富帝国”令人瞩目的新领导班子里，没有一个是他的亲属。

就这样，他以特殊的财富传承方式，点燃了企业改革最红的一簇火焰，照亮了世人关注的眼睛。

就这样，他兑现了27年前创业时的许诺；他兑现了17年前在庆祝承包经营10周年座谈会上的诺言：“造福社会，为员工创造美好生活！”

作为巨额财富的创造者，当他赤条条地离去时，他唯一的要求是把自己的骨灰埋在新时代药业西区的玉带山上。那里是整个厂区的制高点，可以俯视这座他用心血浇灌的工业园区。

那份光芒四射的遗嘱后面，留下了五首歌名，其中一首是他每次听后都会湿润眼眶的《忘忧草》——忘忧草，忘了就好。即使在生命的最后一刻，他想着的依旧是他人。

在当下，这样的遗嘱你见过吗?

（二）

当不断进步的医药科技依然在遥望快速突变的病毒之时，肆无忌惮的癌症狂笑着，在自己与死亡间轻易地画上了可怕的等号。就在医学界还无法遏制这个趋势的时候，他不幸患上胸腺癌。在秘密状态下，他开始了一个人的抗癌战争。整整12年的时间，上万双眼睛居然没有发现，他们的老板是做了三次手术的癌症患者。

2014年11月18日，当他的女儿在追悼会上向众人讲出这个秘密的时候，万人瞠目，继而失声痛哭。

一个做过3次大手术的癌症患者，为了不让事业受损，为了不让员工担忧，12年来，面对员工、社会，他居然没有露出任何蛛丝马迹，始终以强者的形象出现在人们的视野里。

如此善意、完美的隐瞒，谁能做到?

（三）

任何一个人离开这个世界后，总会引起亲友的怀念，同时也或多或少地引起他们的议论，他的猝然离世，同样成为众人议论的焦点。

消息传到远在东北边陲的重镇哈尔滨，传到赵志富的耳朵里后，他对着家人一声叹息——

“唉，我这个堂兄弟。生前，掌管着上百亿的资产，手指头缝里漏点，咱也成富人了，可是他就是皮笊篱——不漏汤。打仗亲兄弟，上阵父子兵，我们虽说是堂兄弟，血管里都流淌着祖父的血，可是，我这个堂弟就是不给面子。当年鲁南制药驻哈尔滨办事处租了咱家的房、车，他不给咱家涨涨价也就罢了，他得知后，愣是一翻脸，把生意给搅黄了，气得我真想回到关里，狠狠地揍他一顿。”

赵志富的言语中流露出些许不满的情绪。

堂兄赵志富说的这些没有任何虚构的成分，都是发生在赵志全身上的故事。

他在世的时候掌管着一家有着万名员工、净资产60多亿的大型制药集团，这是他耗费了27年心血亲手缔造的。按说，在自己说了算的企业里，安置、重用几个亲属，那是小菜一碟。但正如他的堂兄赵志富所言：“翻遍所有中层以上员工的档案，找不到一个与他有血缘关系的人，而那些与他毫无血缘关系的人才，却被他提拔重用了。”

当今社会，“姥爷厂爷爷科，高管开会全家坐，老板坐骑外甥摸，表侄倒水表姑喝”的裙带关系在一些企业里纵横交织。在这些企业里，家族势力控制、占有财富的数量触目惊心。而他掌管的鲁南制药集团，却犹如一杯纯净水，明明白白、清清澈澈。

在家族力量控股私营企业，财富凭借血缘传承的大趋势里，他创立的鲁南制药集团却独善其身。

这样的事实，你相信吗？

（四）

他去世前留下遗嘱，丧事从简。然而，作为三届（第十、十一、十二届）全国人大代表，按照组织程序，他的去世是要报告上级人大常委会、上级党委的，除此之外，集团没有发讣告。可是那几天，八百里沂蒙老区唯一的机场客流突增，不时地从到达口走出一个个脸色凝重的来客，这些人来自不同的国家和地区，带着眼泪，带着怀念，匆匆赶往位于蒙山之阳的小城——费县。这些人的目的是那样的一致：看他最后一眼，送他最后一程。

那几天，寒风一改往日的凛冽，轻轻地吹着。黑色的挽幛与白色的花圈、漆黑的臂纱与雪白的胸花，构成了色彩的反差；低低的哭泣声与缓慢的哀乐，构成了厂区的主音调。

灵堂内外，人群与鲜花互映，叹息声与哭声共鸣。衰草寒烟的厂区，白菊如雪，黑幛似云。

2014年11月16日，一个寒冷的冬日，千古小城，一个宏大的送葬场景出现了：灵车在低沉、忧伤的《忘忧草》曲调中，缓缓地驶向殡仪馆。谁都没有想到，灵车后居然默默地跟着一万多人的送葬队伍。没有人组织，没有人指挥，一万多位不同年龄的送葬者井然有序。他们跟在灵车的后面，沿着大道缓缓前行。他们没有统一的穿戴，但胸前别着清一色的白花。过往的人们看呆了，这种送别的场景，在他们记忆里存在过，但那已经是很久很久以前的事了。

“谁呀，好大的排场。”

那么多人来送行，表面上看是出于对死者的尊重，但人们的行动，实际上是源于内心深处对其精神的敬佩。

这样的场景，你见过吗？

（五）

作为老区企业的第一纳税大户，一个为国家年纳税近10亿（参照2015年年终税务部门的数据）的企业创始者，他除了一张工资卡上的工资外，银行里没有其他的存款。除了跟员工住在一起的单元房，也没有任何多余的房产。为了能照顾父母，在繁忙的工作之余能多看望老人几次，尽一个儿子的孝心，他把老人从乡下接到城里，还得借住在集团早年修建的房子里。一个每年签字批款上百亿的大老板，居然没有一套多余的属于自己的房产。这在“房哥”“房姐”们屡见不鲜的当下，在土豪们一掷千金、以购置豪宅为时尚的时代，他的行为似乎不合时宜，有些另类了。

他在生命的最后时刻曾经说过：“我父母住的那套房子，是企业出钱修建的，产权归企业所有，父母年龄大，不易搬动了，让老人家先住着，等他们百年后，再把房产收回来。”

我相信，每一个读者看到这段文字都会由衷地感动。

20多年来，他为员工建造了将近4000套住房，却没有给自己的父母留一套。

他对高管们说：“咱们的员工，大都是农村出来的孩子，家境不富裕，供一个大学生就把一家的积蓄给折腾光了。就眼下的房价，一个刚毕业的大学生，买一套房子不吃不喝也得20年哪，这么大的生存压力，你让他们怎么安心工作？要想让员工们过上幸福的日子，还是由企业投资建房，免费提供给员工住吧。什么时候我们的员工都住上房子了，我这个企业的老总也就安心了。”

可惜上天没有给他留下足够的时间，来完成“安得广厦千万间”的夙愿，在生命的最后时刻，他在遗嘱里写道：“给我们的员工增加工资，新完工的住房尽快分给员工……”

当下，许多有钱的人不是移民国外就是置办海外不动产，有几个像他这样赤条条地走了，如同他赤条条地来到这个世上？

这样的事情，你相信吗？

（六）

一个上万人的集团，公用车辆大大小小，数以百计，其中不乏名车、好车。按照常规的思维逻辑，在这些大大小小的车辆里，最豪华、最尊贵的车，毫无疑问是老板的座驾。然而，在鲁南制药集团，传统的观念被颠覆了，他的座驾是最普通的一辆。

谈及此事，集团科研部的刘忠博士，眼含泪光地告诉我：“10多年前，老板给我们这些博士配备桑塔纳2000的时候，他的车还是那辆破旧的普桑汽车，由于修过几回，车体已经透风撒气了，那是一辆跑了60多万公里的普通桑塔纳轿车，对汽车稍有了解的人都知道，跑了60万公里后的轿车是什么样子呀。”

说起车，公司的销售主管深有感触：“老板为我们这些主要负责人配上奥迪，那是当时最好的办公用车。给下属配的车比老板的好，这恐怕是我们鲁南制药的特色了，弄得我们都不好意思坐了。而他却说，‘你们出去代表着公司的实力和形象，你们什么时候配上宝马、奔驰了，咱们鲁南制药的日子就更好过了。市场都是你们这些将士们跑出来的，先锋有宝马，大将有良驹！’就这样，他那台桑塔纳车一坐就是十几年。后来在我们的一再要求下，他才勉强地换了一台丰田商务汽车。”

这样的故事，你相信吗?

（七）

一个民营企业，始终把科技视为最核心的竞争力，为此，鲁南制药搭建起自己的“黄金台”。在20世纪90年代，企业还没有多少实力的时候，他就一掷千金招人才：博士月薪万元，另配一套136平方米的住房，一辆车子……

老员工们说：“咱们刚刚吃上饭，就花那么大的代价聘那么多的博士、硕士，而且给他们配备投资上亿元的实验室，有这个必要吗？”

他一笑，问：“你们知道战国时期燕昭王筑黄金台的典故吗？你们知道乐毅、邹衍、剧辛是哪里人吗？”

一晃就是十几年，如今的鲁南制药，有了一支由20多名博士、800多名硕士、数百名本科生组成的新药开发团队。一个名不见经传的老区企业，居然荣获国家科技进步二等奖6次，荣获省科技进步最高奖1次，拥有专利技术达1000多项，其创新能力在全国同类行业中居于前列。

2015年，鲁南制药在全国医药产品降价15%的不利环境下，靠着强大的研发实力，靠着新产品的拉动，整体效益一路上涨，2015年成为全市工商企业的纳税冠军，一跃成为八百里沂蒙山效益最好的企业。

这样的超前眼光，这样的创新意识，我们有吗?

（八）

当下，市场的供给需求严重失衡，一边是产能过剩，一边是供给严重不足。在医药生产领域更是如此，一方面是质次、价廉、低效的产品充斥市场，一方面是患者买不到优质、安全、有效的药物。低、小、散的产业布局，加大了市场的无序竞争。在利益的驱动下，药品的价格优势就成了占领市场的利器，降低成本就成了厂商的首选。一些厂家用廉价的原料冒充地产药材，甚至偷工减料，生产出的不治病的药品比比皆是。患者忍不住要问：能治病救命的药物谁来生产？事实也是如此，老百姓看病从来没听说谁跟医院讨价还价，要命的是花钱买来的药品不能治病。人民呼唤有疗效的良心药。

在鲁南制药有个长期亏损的产品——“脉络舒通”。“脉络舒通”是治疗脉管炎的特效药，它的主要成分是水蛭和蜈蚣，尤其是蜈蚣，人工养殖困难，导致原材料价格一路猛增，野生蜈蚣价格高达2000元一斤。居高不下的原材料价格，导致成本与售价严重倒挂，脉管炎患者需要的“脉络舒通”陷入尴尬境地。

对普通的厂家来说，这事简单：停产。可是他说：“患者有需求，咱们赔钱也生产。”就这样，十几年来“脉络舒通”一直在生产，鲁南制药付出的代价是为此亏损7500万。

新时代药业厂区地处温凉河湾里，秉承“宁让企业亏，也不让温河浑”的环保理念，鲁南制药提出了行动口号：“环保第一，建厂第二”。建厂与治污同步。新时代药厂开工时，一座投资1.8亿元的污水处理厂也开工了。为了拥有企业的专业环保团队，鲁南制药不惜重金招聘环保专业的博士、硕士、学士组建环保部门。这就是温凉河野鸟成群、水流清澈的秘密所在。

什么是人间大爱？

那些靠损害民众利益、牺牲环境获取巨额财富的企业家，给慈善机构捐点款就成了慈善家。这样的“善人”多了，绝不是社会的福祉，真正能给社会造福的人是那些胸有苍生、大爱无疆、默默无言的善行者。

鲁南制药的这种善行，你相信吗？

（九）

一个年销售收入60多亿元的企业掌门人，却一直没有任何负面的新闻，哪怕是一个“小道”的传闻或博文，不论是关于金钱还是美女，都不曾出现。

我采访左家王庄的原村支书匡夫启时，老匡一脸敬佩地说：“赵总那种自律一般人是做不到的，是人都有七情六欲呀！”

采访赵志全的遗孀龙广霞时，她一脸泪花地告诉我：“如今有钱人‘养小三’‘包二奶’不是什么新鲜事儿，可是我们家志全一生无绯闻。他是一个对家庭负责的男人。他临终给我留下的那封信，让我感动不已。我知道他留下的五首歌的意思，其中《粉红色的回忆》多半是怀念我们相识、相恋的那段时光。”

他健在的时候常说，一个人假如对自己的家都不珍爱，这样的人别指望他爱工厂、爱社会。

古人云：一屋不扫何以扫天下？同样的道理，一个连家都经营不好的人，怎么能经营好一个团队呢？在鲁南制药，无论是在厂区还是在购物中心，你都会看见这样的组合：一对夫妻牵着孩子的手，快乐地从你面前走过。据说，这是他眼里最好的风景，每每看到这样的组合走过，他都会向他们摆摆手，点点头，微微一笑。

榜样的力量是无穷的，鲁南制药中层以上管理者中，别说“包小三”“养二奶”之类不道德的行为，就连离婚这种事都鲜有发生。

“兵熊熊一个，将熊熊一窝”，这是历史的经验，也是先人的教训。也许有人会说，信息时代，精英人物的作用在锐减，领袖的魅力在削弱，英雄的时代已经落幕了。可是看看鲁南制药的掌舵人，这些论调你还相信吗？

人们对亡者印象的多元化，增加了我的好奇心。

可是，面对上述九问，我陷入困惑。我也曾对这些信息难以相信，数度怀疑这些故事的真实性，但我感到这是一个难得的典型。

目前，牺牲环境、破坏资源换取利益，成了司空见惯的现象。一个电解铝厂给当地交税一个亿的同时，也把一个甚至几个山清水秀的村庄变成了癌症村。一座矿山开工了，一个老板富了，可是一方百姓跟着遭殃……这样的例子数不胜数。

面对这样的现实，我敏感地意识到这个被无数人怀念的创业者，从社会层面上讲，是个难得的标杆式楷模；从党性的角度上看，是一个新时代的典范；从人性的角度上看，是一个胸怀大爱的榜样……

他身上有着沂蒙山人吃苦耐劳、乐于奉献的传统精神，他那种敢于担当、执着创业的精神，不正是沂蒙精神在新时期的丰富与提升吗？

习近平视察沂蒙后说，在沂蒙这片红色土地上，诞生了无数可歌可泣的英雄儿女，沂蒙六姐妹、沂蒙母亲、沂蒙红嫂的事迹十分感人。沂蒙精神与延安精神、井冈山精神、西柏坡精神一样，是党和国家的宝贵精神财富，要不断结合新的时代条件发扬光大。

赵志全的身上全面地展示了被时代发扬光大的沂蒙精神，展示了一个共产党人的家国情怀。譬如，他敢于担当、执着创新的理念；譬如，他迎接困难、战胜困难的斗志；譬如，他追求企业发展的激情和对待财富的平常心态……

他之所以成长为能够代表时代精神风貌的榜样人物，是沂蒙这片土地给了他丰富的文化营养，他的行动无处不带着传统沂蒙精神的烙印。

作为一个研究沂蒙文化30年的作家，我完全相信这个人物、这些故事的真实性，但是出于一个报告文学作家的责任感，我决定核实这些多头获得的信息，于是顶着七月的酷暑，我走进这个故事的发生地——沂蒙老区的鲁南制药集团，感受他——一个叫赵志全的共产党员的精神力量。

上 篇

2010年，中国经济总量跃居世界第二，这是改革开放以来，13亿多人民共同努力的成果。今天，我们想提及这样一个命题：企业家殚精竭虑地创业为了谁？他们苦心孤诣地创造财富为了谁？

一、微信诉离殇

（一）

随便打开网站、微信，只要输入“赵志全”“鲁南”几个字，扑面而来的信息就会令人目不暇接，这就给我实地采访前了解主人公赵志全带来了诸多便利。

感谢网络时代。

琅琊新闻网，是临沂市一家点击量颇大的官方网站。因临沂在历史上亦称琅琊郡，故有此名。网上一副挽联显得尤为耀眼：

为民造福沥血呕心制妙药丰功与蒙山沂水永在

为国筹谋忠肝义胆献嘉言美誉共清风明月同辉

横批：沉重悼念赵志全同志

紧随其后的是一则消息：

优秀共产党员，我市鲁南制药集团董事长、总经理赵志全同志的遗体告别仪式在市殡仪馆举行。

全国人大常委会、省人大常委会、省总工会、省发改

赵志全走了，上万人自发地为他送行

委、省科技厅、省经信委、省食品药品监督管理局，中共临沂市委、市人大常委会、市人民政府、市政协、市人大办公室、市委办公室、市政府办公室，中共兰山区委、中共费县县委等单位敬献花圈。

山东大学、华东理工大学、青岛科技大学、上海医药工业研究院、安徽省医药设计院、华东医药股份有限公司、国控山东医药股份有限公司等单位发来唁电……

毫无疑问，这篇报道带有浓郁的官方色彩，导语似的小标题选自灵堂上的一副挽联。大照片上，依稀可以辨认挽联上的字。

仔细品味这副挽联，纵观赵志全的一生，这副挽联可以说表达得恰如其分，40个字就给他57岁的人生画上了一个盖棺定论式的句号。

说实话，我更急于要找的是那些来自民间的声音，来自百姓的情感。

继续翻阅网页，大量的图片、文章扑面而来：

褐色夜空下，一幅用蜡烛摆成的画面，占据了好大的空间，那是一个心形的图案，“心”里用蜡烛摆着：赵总走好。摇曳的烛光，巧妙的构图，配上沉沉的《忘忧草》的旋律，那是员工真心缅怀他们的老总啊。据查，这个照片被员工和网友转发了几十万次，成为各式各样纪念赵志全活动中最用心的创意，至今还被网友不停地点赞。

在另一张由白色的菊花和凝重的气氛构成的照片里，一个个泪水纵横的脸庞流露出无限的哀伤。我看到一张张哭肿眼睛的脸，看到一个个撕心裂肺的哭相，有的人因极度伤悲而昏厥，我相信这些极度悲伤的面孔就是我要采访的对象，于是我记住了他们被泪水模糊的脸庞。尤其是有个现场昏厥的女子，那是一个个头不高的女人，她的真情实感让我的心一颤，我决定采访她，挖掘她痛不欲生的根源。

员工自发点燃蜡烛缅怀赵志全

（二）

我的目光离开了那些真实的画面，游进微博的海洋。

海量的博文亦如千山万壑向我扑来，又如万顷碧波向我涌来。在这些浩瀚的文字里，鲁南制药集团驻济南办事处吴清纪的一篇博文敲击着我的心。刚刚读了开头，我就被这质朴、盈满情感的文字吸引了……

纪念如兄如父的赵总

2014年11月15日，让我伤感异常、终身难忘的日子。

10时36分。我接到一位客户的电话，他用低沉的语气告诉我："清纪啊，你们公司出大事了。"我告诉他，我刚从费县回来，没有什么大事呀。他忧伤地说："你们老板走了！"我感到一阵眩晕，但是我依然心存幻想，因为这十多年来，无数次传出老板病重的谣言，尤其是近几年，赵总出头露面的次数渐渐少了，更给谣言提供了可乘之机，各式各样的小道消息，接二连三地传出。我知道老板掌控着一个百亿元资产的集团，被人关注是一件再自然不过的事情了。每次道听途说后，我都会想办法赶回厂里，看一眼我们白发如雪的赵总，或以汇报工作的方式给他挂一个电话，听一听他那爽朗的笑声或严厉的批评，因为我们绝对不能抛开工作而专门打电话问候的，他最不喜欢的就是无缘无故跟他套近乎。我想，这次也会是误传吧。虽然有些心神不定，但是我不愿意去相信。

12时08分。我接到省人大常委会一位领导的电话，他在电话中首先表达了对赵总突然离去的惋惜，对赵总家人以及集团全体员工的关心和慰问。我只听了两句便迫不及待地追问：“您说的是真的吗？赵总何时走的？怎么走的？”一连几个追问后，他才明白我对此事毫不知情。领导告诉我：“这是临沂市人大常委会办公室刚上报的消息，是官方渠道，不会有误。”

我感觉自己的头砰的一声就炸了。是啊，有谁敢向省人大常委会谎报一位现任十二届全国人大代表去世的消息呢？！

我不知道自己如何结束了与领导的通话，也不知道自己说了些什么，是否对领导的慰问表示了感谢。大脑一片空白，时间仿佛停滞，就连空气中细小的尘埃也仿佛静止在这空间里了。痛，渐渐袭来的痛感，让我逐渐清醒。似万根钢针包裹在心脏里，心脏在逐渐地收缩，万根钢针自内而外地刺出，千疮百孔的痛，无法形容的痛，吞噬灵魂的痛。我不得不用手捂住胸口，蹲坐在地下，安抚这颗伤痕累累的心。慢慢地，迷茫和混沌的大脑在心碎的痛感中开始清醒。尽管我不愿相信这种结果，却不得不面对上天安排的这残忍现实。我整个人都沉浸在悲伤之中，开始焦躁不安起来，我急切地想为赵总做点什么，却不知道我能做些什么，该做些什么。我想打电话给公司相关领导询问赵总去世的细节，却因不了解情况而不敢妄动。我似困兽般挣扎，我似万箭穿心般悲伤，但是却很无奈！

14时21分。我再也按捺不住内心的冲动，给办公室主任谢宇打去电话，询问赵总的情况。我不愿知道那个悲伤的结果，也不愿相信残酷的现实，却必须要面对、要了解。确认了消息后，我通知了济南办事处的张学民、王开国和王涛，大家都十分悲伤，心情低落。我们本想立即返回，可是集团命令我们第二日接业务主管部门的领导一同返回。我给省食品药品监督管理局刘玉东通话，这个对鲁南制药、对赵总有着特殊情感的人，用低沉的语气说："我知道了。"随后电话里传来低低的忙音。我知道他一定沉浸在无限的忧伤里。晚上，我们在办事处点燃烛光，为赵总守夜。几个年轻汉子相视无语，望着悄悄燃烧的烛光、静静端坐的同伴，我们彻夜无眠，悲伤、思念、疑虑，万千滋味涌上心头。想想赵总几十年的艰辛，想想他拖着孱弱的身体在全国市场奔走，想想他带领着鲁南制药人，27年如一日不知疲倦地创业，想想没黑没白地在医药市场拼搏厮杀的岁月，我们终于控制不住自己的眼泪。那天，我们在烛光和泪光的相映中迎来第一缕曙光。

16日早8时。我和省食药局前去吊唁的领导会合后，从济南出发，直奔新时代药业，去看望赵总。此时突发奇想，这辆帕萨特轿车如果有火箭的速度该有多好啊，这样就可以早一点见到我们敬爱的赵总。别人也许永远不晓得我内心的感受：赵总一直是我奋斗的精神源泉，是我尊重和崇拜的偶像，他身上一直闪现着沂蒙精神的光芒，只是他给沂蒙精神注入了新时代的内涵。我进厂时是一个刚毕业的学生，是他若父若兄般的关心爱护，使我从一个没有任何社会经验的学生，迅速成长为鲁南制药的业务骨干。是他"不拘一格降人才"的胆略，是他用人只看品德能力、不看背景关系的眼光，才让我们这些农村出来的孩子们有了施展才华的机会。

10时51分。新时代药业大门口。映入眼帘的是青纱黑幔，昔日那些喜笑颜开的同事，个个都是满面悲容，就连平日威风凛凛的保安们也低垂着头。厂区道路两旁落满了枯黄的叶子，一派肃杀。草坪上平时青翠欲滴的小草也都耷拉着脑袋，萧索泛黄、萎靡不振。塔松静立不动……一切都那么肃穆，一切都那么庄严，一切都那么悲伤。剜心的刺痛又在一瞬间卷土重来，吞噬灵魂的痛又在刹那间撕心裂肺。尚未抵达专家招待所，耳边就传来了低沉的哀乐和断续的哭声，抬起头来，在青纱黑幔之间，赵总依然像平时一样微笑着，用充满关切的目光注视着我们，只是这一次，我们看到的是他的黑白色的遗像，不再是那个熟悉的高大的身躯。憋了一路的泪水再也无法控制，潸然而下。虽然悲伤，我却无法哭天抢地、顿足捶胸，因为现场听到的哀乐是赵总生前最喜爱的歌曲之一——《忘忧草》。它虽然有着无尽的伤感，但是却在劝慰着前来看望他的人不要沉湎于悲伤之中，“忘忧草，忘了就好。”可是，十多年的言传身教，十多年的关怀备至，十多年的同甘共苦……赵总、赵老师、赵兄啊，我能忘得掉吗？！

赵总对待我们鲁南制药的每一名员工都胜似他的亲兄妹。在自己生命的最后一刻，他依然想到让我们学会坚强。面对他留下的《忘忧草》，我不敢失控，生怕破坏这庄严肃穆的氛围，但是泪水早已打湿了双眼，以至于瞻仰他的遗容时只看到了一个模糊的、消瘦的、熟悉而又陌生的面庞。2014年10月24日13点37分，我在微博上写了一句话：“明天就是厂庆了，我们都会欢呼。祝愿我们的公司繁荣昌盛！祝愿我们赵总身体健康，从病痛中坚强地走出来！”遗憾的是，我的心愿没有实现。

18日。我们赵总入土为安了。我们只是随着人群送他老人家，大脑毫无反应，丢三落四，很多事情都需要办事处的同事提醒。所有前来送别和悼念赵总的人们都满怀悲痛，有几位女士已经哭得无法站立，蹲坐在冰冷的石板地面上，不得不依靠身边人的搀扶才能站起。这成千上万的人都是发自内心地感恩这位曾经成就辉煌、现在远去的智者；感激这位一心回报社会、无私奉献的“愚”者；痛别这位华发早生、呕心沥血，为了公司、为了社会无私奉献，直至付出生命代价的长者；怀念这位关心员工、关爱社会、为国献言、悲悯苍生、若父若兄的仁者。

18日夜。“逝者长已矣，生者如斯夫”。安葬完赵总，按照当地风俗，我们要为赵总守夜三天，大家都报名参加。可是赵总的夫人龙老师不同意，她说：“你们的心情我理解，可是赵总走了，我们活着的人必须振作起来，团结一心，完成你们赵总没有完成的事业，才是对你们赵总最大的告慰。你们就让他安心地走吧，他把两辈子的事都干完了，他实在是累坏了，让他到天堂里好好歇歇吧。后面的事情就由你们来做了。走吧，走吧，大家都回家休息，明天回到你们的岗位上去吧。”

其实我们都知道最难受的是龙老师。人说，人有三大不幸：童年丧父，中年丧伴，老年丧子。她这是中年丧伴啊。和她厮守了32年的丈夫走了，留给她的是长长的怀念和无尽的忧伤。从此她就要孤舟独桨，在人生的汪洋里独自前行了。可是她却反过来劝说我们，这是一个多么坚强的女性啊。看着她孤独的身影，我忍不住再次流泪了。

19日。赵总葬礼后的第二天早上，我们要返回济南办事处了，在这悲痛万分的时刻，我记起了昨天的追悼会上赵总的夫人、我们的大姐龙广霞的一句话："君子退场，不诉离殇。"我知道这出自苏东坡《南乡子》里的句子——醉笑陪公三万场，不用诉离殇。我们必须坚守岗位，丝毫不敢松懈，我们必须超额完成赵总年前下达的指标，这才是对赵总最好的祭奠和怀念。走前，我再次来到小花山看望赵总。那天早上，有点奇怪，一向百鸟喧嚣的花山，一下子安静下来。散发着新鲜泥土气息的坟茔，静静地立在鲜花里。看来他们都比我早，天不亮就来看望赵总了。看看燃尽的纸钱，望一眼供品，看看大理石上的照片，我知道，若父若兄的赵总，他永远地走了。我说："赵总，我，你的学生、你的员工、你的兄弟吴清纪来了。"说完，顿时泪流满面，在飞扬的泪花里，我哽咽着再也说不出一句完整的话，只有双膝跪倒，对着坟墓施以深深的、深深的跪拜……

毫无疑问这是一篇充满了真情实感的博文，是作者的心理历程的写照。再也没有比这样的文字更有真实性的了。于是我在采访本上写下这样的字：采访吴清纪。

（三）

手机的功能被无限开发后，世界愈发奇妙起来，微信作为个人表达的空间，日渐成为人们不可或缺的展示平台，它容纳的信息跨越时空，在有限的时间里做着无限的传播。

打开手机，我看到“美国人鲁南心”写的一段文字：赵总走了，带走了持久的温暖和现实的瞩望。面对那辆缓慢的灵车，我不知道冬日里还有没有温暖的太阳；面对那个空了的办公室，我不知道长夜里还有没有一地月光。赵总走了，留给我无尽的彷徨；赵总走了，留给我缠绵的忧伤。我不知道温凉河的碧波是否依旧流淌，我不知道玉带山上的鸟儿是否还在歌唱，我不知道美丽的女工是否笑声朗朗，我不知道车间里的机器是否依旧鸣响……真的，我不知道赵总走后，风，是否会改变以往的方向……此时此刻，我只知道无言的落泪，一滴一滴溅在洁白的胸花上……

这是一条被转发了很多次的微信。看到这优美的文字和文字间那片真情，我失眠了，原本已经累了、乏了，想歇息了，可是这篇短短的微信所低吟的悲歌让我的睡意荡然无存。我突发奇想：采访一下这个“美国人鲁南心”。后来一想，傻呀，微信上的名字有几个是真几个是假？虽然打消了这个念头，可是微信里荡漾的悲伤气息，让我的心久久不得平静……

我理解一个人对知遇之恩的报答。人心就是这样，滴水之恩当以涌泉相报，这才是做人的基本道理，何况新时代药业离孔子的故国鲁国不足百公里，花山上当年就曾设立儒家的讲坛。

诚然，对于浩瀚的时空而言，人生短暂，写过“不用诉离殇”的苏东坡在《和子由渑池怀旧》里有句话：“人生到处知何似，应似飞鸿踏雪泥”。经历人生曲折的苏大师在诗中表达的是对人生的一种感慨，或者说是一种释然。其实对于那些拥有建树的，那些给社会、给国家做出突出贡献的人而言，雪地上的留痕是不会轻易被飞扬的雪花所覆盖的，人民对他的怀念不会因时空的延展而淡化。正如上述博文的作者吴清纪所言：“我们忘不掉他。”瞧，网站上、博客里不断增加的怀念文章就是例证。

博文海量般涌现在我眼前，我沉浸在这些真情而忧伤的文字里不能自拔。但是作为一名报告文学作家，我知道，任何间接的素材都不如直接挖掘的材料可靠，尽管这些素材是真实的、可信的。于是我只好关闭博文，开始设计自己的采访方案，我必须获得第一手资料。

可是一位新华社老记者的出现，改变了我事先拟订的采访计划。

二、闪闪的泪光

（一）

确切地说，鲁南制药给我的第一印象是铭肌镂骨的。

进入鲜花簇拥的敞开式大门，就是一座星级宾馆，绿树掩映的宾馆东侧是一条长长的厂区路，两侧是间杂着石竹花的草地，一排香樟树在细风中摇着茂密的叶子，唱着自然单调的歌儿，给这清净的厂区增添了些许热闹。

香樟是南方树种，却在北方茂盛着。负责接待我的小孟告诉我：“我们栽的第一茬香樟树因水土不服而枯萎了。一向雷厉风行、看准的事情绝不退让的赵总说，‘继续试验。我就不信南竹都能北移了，南茶都能北种了，南树就栽不活？’

为栽活香樟树，赵总提出‘深挖坑，晒一冬’的种树理念，结果来年，我们的厂区就有了沂蒙第一香樟路。

厂区就是一个植物园，花草树木种类齐全，世界各地的、天南海北的都有。在厂区绿化的那些日子，赵总出差美国，回来带的不是加州红提、新奇士橙，也不是花旗参、纳帕河谷红葡萄酒，而是国内稀缺的树种、花种、草种。建百年企业先建绿色工厂。鲁南制药新时代厂区就这样成了多国植物园。

去年市园林局的专家调研后做出评估——新时代药业厂区的绿化率高达68%，厂区有300多种花木，仅200多万株树木的估价就高达3个亿，而且正以每年5%—8%的速度增值。这是赵总给我们、给子孙、给社会留下的一笔巨额财富。我们赵总可喜欢花草树木了，对花草树木的习性了如指掌，那些疯长的树木、花草，都成了他眼中的至爱。不是王婆卖瓜自己夸自己，就凭我们赵总的绿化意识和成就，当选全国绿化先进个人绰绰有余。”

看看这郁郁葱葱的树林，看看那些挂着名片的名贵树木，看看那些我叫不上名字的鲜花，看看那些风中摇曳的绿草，我点点头。我想起赵志全事迹报告团成员、费县县委副书记陈海玲报告里的一句话：“挑剔的美国食品与药品专家，考察完新时代药业后，面对绿树红花，纷纷竖起大拇指说这是他们在中国看到的最美的制药企业。”

树荫将七月的酷暑隔在硕大的树冠上，带着花香的风凉爽起来，走在树荫里，听蝉在得意地鸣叫，鸟在无忧地嬉闹，心情立时好了许多，长途旅行的疲惫淡化了许多。当一片黄色的鲜花在香樟树的尽头突兀而现时，我听到忙碌的蜜蜂在唱着勤劳的歌，赞美劳动的快乐；成对的蝴蝶在翩翩起舞，在相互追逐，五颜六色的翅膀，在七月的阳光下，宣泄着爱情的热烈。我仿佛听到那首缠绵的歌：“亲爱的，你慢慢飞，风中花香会让人沉醉……”

在这片黄花地的西侧，湖水荡漾着碧波，水中央是几个形状不一的荷花池，白鹭、灰鹤和成群结队的野鸭成为湖中的常客，它们的追逐让水面多出几分喧嚣。这是连环湖，高湖与低湖之间是一条人工河，常年的水流，让石子铺就的河床生出许多生命，青壳的螃蟹在耀武扬威地横行着。哗哗的溪水不知疲倦地低吟着童年的歌谣。流水、螃蟹、野花、小草……

一对蝴蝶翩翩而来，在小溪上起舞。流水经过的地方变成了湿地，香蒲抽出修长的剑叶，微风里摇出一片细响。

湿地香蒲的上方，是一条长廊，顺着葡萄长廊的甬道前行，尽头，一只野兔坐在那里，用前爪梳理着被花草弄乱的绒毛，无视我们的存在。随行者说："这些野兔的胆子可大了，你不到它的跟前它坚决不跑。"之后，他笑笑说："不瞒你说，这都是我们赵总惯的。赵总那人爱环境都到了'癖'的程度，别说一只鸟，就是一根树枝，你折断了他都会跟你急。温凉河流经我们厂区的那一段有成群的苍鹭、野鸭，无数的野鱼，排成队的螃蟹，多少人都惦记着这些野味，可是，由于赵总的精心呵护，它们都在这里安心地过冬呢。所以在我们的厂区，野兔见到人是打'敬礼'的。"

野兔子是群居动物，要让这些野性十足的兔子，自在地生活下来，必须拥有足够大的林带和草地，狭小的空间，会让这些家伙毫不犹豫地逃离，追求它们的自由世界。

当我感到脚步有些沉重时，随行者介绍："这才走了厂区的十分之一，看见了吗，就是那座山，当地人叫它小花山，据说乾隆皇帝下江南时改叫玉带山了，那里才是我们的厂区的制高点。我们厂区号称'两岭五湖三河山'。12年前我们赵总选择这里的时候，这里还是一片不长庄稼的乱石滩和荒草地，万寿山、玉带山上只有耐旱耐瘠薄的松树。这些年，我们种花养树，不少地方都是用挖掘机清出石头再填上熟土，种上树。就这样我们一干就是12年。如今，全部厂区都架起自动喷灌的管道，连昔日的石山上都实行自动灌溉了。12年啊，赵总批出了成亿的资金购买花草树木，他带着我们几千人，出力流汗，精心呵护着，才有了这座大花园。直到这时，我们大部分员工才明白老总的苦心。按说企业是看重利润的，谁舍得把大把大把的钞票换成树苗、草种？也只有我们赵总做得到。他不仅给我们营造了一个山清水秀的工作生活环境，也给我们创建了一座绿色银行。”

走过长长的葡萄长廊，便是1958年修建的、沂蒙山前最大的石质主干渠。渠的源头是大书法家舒同任山东省委第一书记时修建的大水库，他的书法真迹“许家崖水库”依旧彰显着书法家遒劲的笔力。如今浩荡的大水依旧从渠里通过，灌溉着下游的数十万亩土地。赵总健在时，常常在渠边思索，他说过，毛主席了不起，那个时候咱们国家那么穷，他硬是带着全国人民干了那么多惊天动地的大事。

攀满藤蔓的吊桥跨过干渠，对面就是玉带山了，山对过就是万寿山，当年乾隆皇帝南巡时修筑的万寿宫尽管已经倒掉，遗址依旧诉说着当年的大清盛世，温凉河依旧浩荡北去。我一直不明白，小花山改成的玉带山，是如练的温凉河缠绕自然而得，还是这长长的青山，形似皇帝的玉带，因天子恩赐而获？

长长的温凉河就在这里形成了一个巨大的湾，湍急的流水进入河湾立时安静了许多。水因山而美，山因水而柔，在这水山相拥的湾里，就在玉带山下，温凉河畔，一座依山傍水的小楼静静地站在合欢树下。

看到这座小楼，小孟哽咽着说：“这座专家楼，就是我们赵总病重期间生活、办公的地方，最后的日子里，他就在这里忍受着几个月的低烧，直到坐着轮椅，吸着氧气，他依旧从容地指挥着千军万马，精心谋划着鲁南制药的未来。如今物是人非，人去楼空了。这些日子，我们都不愿看见这座熟悉的小楼，一见到它就想起我们赵总，就想掉泪。赵总知道我们会长长地怀念他，为让我们少思念他，多展望未来，他留给我们一首《忘忧草》——忘忧草，忘了就好。可是我们怎能忘得了啊。”

此时，阵雨后的天空更加湛蓝，西下的太阳把雨后的树林照出

赵志全居住了20多年的40平方米的房子

几分特殊的气息，阳光静静地从合欢树上滑下来，专家楼清晰起来。但是人去楼空后的沉寂，让昔日热闹的小花山失去了“背依青山览胜景，面对碧水听涛声”的意境，一切都因为主人的突然离世变得沉默了，只有山上的山鸡、灰鹤们依旧发出求偶的鸣叫。

两个女孩静静地坐在台阶上，木然地看着一地阳光，年轻的眸子流露出淡淡的忧伤。鲜花、女孩是一个充满朝气的组合，可是不协调的忧伤在弥漫着。我知道她们对赵总的那份情感，用一个女工的话说，“我从来没有把他看成老板，我一直就把他当父亲对待。”

女孩子总是多愁善感。见到我们，她们从思念中回过神来，一扫脸上的忧思，快乐地一蹦一跳地迎上来。小孟介绍：“这个叫王娟，那个叫王佃茹，她们都是专家楼的服务人员，她们平时与赵总见面多，杨老师，抽空你采访采访她们俩吧。这两个小精灵满脑子都是赵总的故事。前些日子新华社的李记者就采访过她们。”

一提赵总，两个女孩脸上的笑风一样地刮走了，漂亮的眸子闪着些许泪光。

这是一座三层小楼，当年，这里是一片荒凉的山脚，赵总想给聘任的专家、到访的客人一个优雅的环境，就建了它。他怎么也不会想到，后来，这里居然成了鲁南制药的“大脑”，那么多生死攸关的决定，以及后来令社会赞叹的遗嘱，都是在这里完成的。他更没有想到，从搬进小楼他就再也没有机会走出去了，小楼成了他事业的疆场，也成了他晚年生命的桎梏。

如今的小楼一切照旧，简单的办公设施，磨得发光的地板，木板床，磨破皮子的沙发，以及使用了十多年的台灯，泛白的窗帘……

服务人员依旧上班，只是没有了川流不息的请示、来往汇报的喧嚣，没有了老总那案牍劳形的憔悴，没有了他孤灯下的徘徊，没有了星夜孤窗的明亮，没有了黎明前的思索。

时间是最可怕的杀手，它能把一切存在变成记忆，它能把一切刚武变得疲软，它能让顶天立地的汉子轰然倒地，也能把挽澜于狂危、摧锋于正锐的英雄变得不堪一击。如今，这里连坐在轮椅上、拖着氧气瓶的那个瘦弱的身影都没有了，只有寂静的落地窗，直面着一川东逝水，做着无言的惆怅；只有冰冷的氧气瓶，向来者陈述着那个男人的坚强，陈述着他曾承受的那漫长的苦难，只有太阳在东升西落，周而复始地在小楼上空一如既往地轮回。一切都消失了，一切都成为回忆，只有满山的黛色，呵护着这座曾经创造了无数奇迹、造就了无数辉煌的小楼。

静静的灯台承载着时光燃烧留下的灰烬。墙上悬挂的“不怕困难，挑战困难，战胜困难”匾额，好像在壮怀激烈地讲述着主人曾经的辉煌。尘封的镜框里，那幅火炬手的照片，展示出昔日主人长跑健将般的风采。斑驳的墙壁上，那幅领取国家科技奖时的照片，定格着主人如日中天的辉煌……

随着小姑娘的陈述，忘不了的一幕幕重新复活……

我无法忍受，在服务员王娟含泪的讲述中逃出小楼，一串泪花溅向花丛……

院子里有一个宣传栏，张贴着一些当年整治这片荒凉地时的照片，那是2005年的植树节，当时赵志全还是一副孔武有力的架势，他一脸笑意地挑着两个硕大的水桶，钩担弯成一轮缺月，勾勒出劳动者的快乐。另一幅是他在给一株公孙树浇水，身旁一袭红衣的女人是他的夫人龙广霞，而那个戴着安全帽的高挑的女孩，一眼就能看出她的身上有着赵志全的基因。

王娟说，为了让这片乱石丛生的荒野变成常年有绿色、四季有花朵、全年有果实的花园，那些日子，赵总一家三口齐上阵了。她记住了赵总的一句话："小花山上不能只开桃花，我们要让它百花盛开！"

从照片上看，那是一片散发着泥土气息的工地，挖出的石头张牙舞爪地散乱着，四处一副百废待兴的模样，与眼下绿树红花毫不相符。服务员王娟说："杨老师，我们去看看那株银杏树吧。"

合欢树南侧，一棵公孙树已经枝繁叶茂了，公孙树也叫银杏树。树上挂着青青的银杏果，树下立着一块牌子：赵志全、龙广霞捐赠。王娟向我讲述了当年赵总植树的情景。

面对这株公孙树，我想起故乡沂蒙老区一句流传甚广的民谚：桃三杏四李五年，当年的枣树能换钱，无儿不植公孙园。因为公孙树生长缓慢，结果需要几十年，那是给儿孙们栽种的果树。赵总在厂子里种植了大量的公孙树。如今植树者走了，当年的公孙树却结果了（嫁接后缩短了结果周期）。真是应了那句话：前人栽树，后人吃果。

可惜，服务员王娟说，那片垂丝海棠往年都是一树果实，赵总走后，它们就没有结一个果子。也许是过多的哀思耗尽了它们的力气吧，春天这些花儿开得稀稀疏疏的，与往年悬天隔地。说着，她秀气的眼里闪着晶莹的泪光。末了，她说："杨老师，我不陪你们上山了，我们赵总就睡在山上。我一看到坟就会哭，我控制不住自己的情绪。"说着她掩面而去。

合欢树下有条上山的石子路，在夕阳下默默地探入林子的深处。路侧的林子里，百鸟在鸣叫，在嬉闹，一副不知哀伤的欢乐。我们的脚步在一座散发着泥土气息的坟茔前戛然而止，墓碑告诉我，主人赵志全就睡在这里。

纪念故去的人有三种方式：探访故居、祭扫墓地、寻访后人。故居，可以让人目睹他生前的衣食住行、学习生活的环境；墓地就是让后人凭吊的场所；后人，显然更为重要，也许后人不能尽续先人的公德才智，有一脉血缘传下来，总比无声的遗物更让人怀旧。想到这里，我忍不住环视这片视野开阔却有着几分空旷的墓地。

坟的四周栽满了耐旱的火棘，等到冬天落叶后只剩下红彤彤的、一簇一簇的果实，洁白的雪花下，如同盛开的鲜花。那一瞬间，我明白赵总说的四季有花、全年有果的含义了。智者从来不会给听者多解释什么，一切都要看"果"，时间只是"果"的演进程序罢了。如同这片荒野上的新时代药业，不需要解说，不需要表白，一切都在阳光下一览无余地展现着，犹如这片茂盛的火棘丛。

站在花山的高处，俯视这片绿树红花、湖泊流水，我在想，假如没有人告诉我这是一座现代化的药厂，假如我没有看大门口的牌子，此时有人问我身在何处？我会告诉他，我在一个美丽的花园里。就在我胡思乱想的时候，我听见身后传来一声哭泣。

这是一个矮小精干的男人，从外表上看并无特别之处，可是，他身后的几个随行的人暴露了他的不普通。他的眼里盛满了泪珠，一副"眼空蓄泪泪空垂"的伤感。他双手捧着一束鲜花，旁若无人地走向坟茔……

我不知道他是谁，但我知道此时的他“暗洒闲抛却为谁”。

小孟告诉我：“那人是一个北京的老板，是来厂子办业务，顺便祭奠我们赵总的。这样的人多的是，尤其到了周末，业务员带来外地的客户，大都来山上看一眼赵总，摆一束鲜花，深鞠一躬……于是，上山的石子小径上，几乎天天都有洒落的泪水。”

面对这副陌生的面孔，我不由发问：这到底是怎么了？为何在鲁南制药只要一提赵志全，不管是员工还是客户，他们的脸上总是挂满了泪珠？

（二）

那天，我的心情久久不能平静，我没有想到，一个企业掌门人，一个巨额财富拥有者的不幸病逝，居然引起那么强烈的反响，他的离去，得到那么多人由衷的怀念。时间已经过去快一年了，却并没有磨淡人们的情感，只要提起他，依旧有那么多人为之动情、流泪。

就在我百思不得其解的时候，在鲁南制药新时代宾馆里，我遇见了新华社高级记者、中国农村问题的调研专家、曾受到邓小平当面表扬的李锦。

李兄是我的文学挚友，山东省九间棚这个历时数十年不倒，并令全国人为之敬仰的乡村奋斗典型，沂蒙精神的实践者，就是这位老兄蹲点采访推向全国的。

李兄是一位反应敏捷、阅历宽广、见过世面的人哪！

我们俩谈及赵总，他含着眼泪告诉我：“文学老弟，你的报告文学写得比我好，要想写活这个赵志全，写出一部真实感人的作品，你就必须沉下来，沉到一线工人那里，同他们交朋友，你才能获得意外的收获。老弟，沉下去，好好写写老赵吧。”

李锦老兄一脸认真地讲述着。他认为，中国企业家是一个庞大的集群，可是当下像赵志全这样有德有才的企业家不多了，也就是在革命老区沂蒙山，在这片被传统文化浸润的土地上，在沂蒙精神的感召下，才产生了这种具有沂蒙精神特质的行为。“据我几十年记者的阅历看，这绝对是我党提倡的，也是社会和国家亟需的企业家精神的典范。我们党不是在搞‘三严三实’的教育吗，赵总就是‘三严三实’的忠实践行者，几十年来他就是这样要求自己的，我相信他绝对是‘三严三实’的标志性人物，是沂蒙精神在新时期的标杆性人物。老弟，哥老了，要是年轻十岁，这个题材我不会拱手相让的。”

李锦兄接着说：“兄弟，当下那些贪得无厌的人并不罕见，他们动辄就把国家和民众的财富装进自己的腰包，把国有资产挪到国外，老赵却把一生拼搏积累的百亿财富拱手献给了我们的国家、我们的社会，这些真金白银都是他用心血和生命换来的啊。不比不知道，一比吓一跳啊。老弟啊，你的能力和精力我都知道，相信我，沉下来，深挖细掘，干吧，给社会展现一个真实、可信的赵志全，给我们的社会树立一个做人、干事的标杆。”

说着，他掏出纸巾，擦擦眼泪。

看着他的泪光，我用力地点了点头。

三、断续的故事

（一）

我在讲述贵州省农民工进城的长篇报告文学《大转移》里写过这样的文字：历史人物大体上由两种人组成，一种是大人物，一种是小人物，大人物虽然能改变历史的走向，但是他们不代表历史的真实，他们的身上只有历史的色彩，没有历史的温度；小人物的命运往往被大人物左右着，但他们身上既有历史的色彩又有历史的温度，他们代表着历史的真实。

世界就是这样不可思议，正是因为我那个事先设计好的采访计划的流产，才让我有机会接触那么多的小人物。事后我常想，是他们发自内心的讲述，是他们含着泪光的话语，才使得这部长篇感人至深。

事情要从李锦开始。李锦就是那个退休的新华社高级记者，山东许多重大典型的挖掘人和推动者。赵总离去后，他意识到这个难得的人物值得树立成大典型，极力推动、促成赵志全事迹报告会。

那天鲁南制药集团总经理助理谢宇十分迫切地跟我通话，报告会的几个材料目前陷入困境，请我指点。

凡是整理过重大典型报告会材料的人都知道，改文章千万别改报告材料。因为报告稿既要实事求是，又要感人至深，是鱼与熊掌必须兼得的事情。可是，面对来自故乡的声音，我无法推辞。

毕竟是一个拥有10000多员工、7家子公司的大型制药集团，他们仅在新时代药业就初选出16名员工，目的是在这些报告者中挑选3名。报告在职工礼堂举办，作为特邀评委，我开始了同鲁南制药员工的零距离接触。

《写给远在天堂您的一封家书》，报告人：新时代药业51车间员工魏艳。

在16个报告中，我被这个题目吸引了。一封家书，这哪里是员工对老板的怀念，分明是晚辈对长辈的情感。

说实话，这些年我参加过不少类似的报告会，在现场刹那间形成的感动，基本上就随着时间的演进而淡化了，甚至走出报告厅也就释然了。说实话，现在能让人持久感动的东西实在太少了，可是今天是个例外，也许听众都是鲁南制药的员工，也许是在他们自己的企业里做试讲，也许她对老板太熟悉，也许……若干天后在键盘上敲打这些文字的时候，我依然沉浸在那个泪光闪闪、抽泣声低低的演讲里。演讲者失控的眼泪，听众失态的表情……曾经数度打断了我的写作。

面对着键盘，我在想，人是有着丰富情感的动物，让一个人或一小部分人感念你，用小恩小惠即可达到，可是要让大部分人，让数以万计的人感念你，必须有大德大爱。我相信，那个感动无数人的赵志全，一定是个有大爱大德的人，否则，他走后绝对不会产生如此大的社会影响，不会令那么多人感念他。

擦擦眼泪，我的思绪回到2015年7月的那次报告会。主持人用低沉的声音说：“下面我们请51车间的女工魏艳做报告，她报告的题目是

《写给远在天堂您的一封家书》。”

这是一个矮小的女人，在听众席望去，她只能露出半张脸，下半张脸被鲜花掩映着，我看不清楚。但是她真情的话语，没有任何掺假使杂——

赵总，您在天堂还好吗？我们全家真心地希望天堂里没有劳累，拼搏了一辈子，您可以安心地歇歇了；我们全家希望天堂里没有病痛，让病魔折磨了十几年的您，可以开心地笑了；我们全家希望天堂里没有烦恼，被创业的激情燃烧了一生，您可以唱唱歌曲，但我们都不想让您再唱那曲低沉、忧伤的《忘忧草》了，尽管我们都晓得，那是您最喜欢的歌曲。赵总啊，您听我们一劝吧，让您那颗操劳了一生的心静一静好吗？

可是，我们知道您会时刻眷恋着您挚爱的鲁南制药，您在天国里也会牵挂着我们，关心着员工的衣食住行。借此机会我代表我们全家，表达对您的深深的感激……

当她一脸泪水地走下报告台，向听众鞠躬致意的时候，我突然发现我看到的是一张熟悉的脸，在哪里见过呢？哦，我想起来了，网页上有个画面，在赵总的灵堂前，那个因极度伤心而哭昏了的女工，就是她！

毫无疑问，这是一篇文学味儿十足的报告稿，我问身边的公司宣传部长：“她的报告稿是谁主笔写的？”

“是魏艳自己。”

“她是干什么的？”

“51车间的洗衣工。”

“洗衣工？”

“是的，她原先是沂蒙中药厂的一名下岗工人。是我们鲁南制药收购了这家企业，赵总全部安置了那些下岗的员工，她才重新上岗的。这些年来，她一直给我们厂报写稿。听说她出身很苦，经历多舛，年轻时是一名文学爱好者，后来被生活压得喘不上气来，放弃了文学梦，现在生活安逸了，她又旧梦重温。”

我决定采访魏艳。

采访选在新时代宾馆的茶室里进行。

魏艳是从车间直接过来的，她一身简装，一伸手我就看见她手上的老茧，这是一双干粗活的手，是一双勤劳的手。握住这样的手，我感到特别温暖，特别踏实。

我说：“真的，你的报告稿很有文采，听了让人感动。”

她笑了，说：“杨老师，早在1990年我就读过一本书《绿色梦》，那时候我就知道你，可是一直没能见面。”

1/4个世纪过去了，居然还有人记得一本昔日小城文学青年的发行量只有3800册的书，我不知道这是文学的力量还是文学的悲哀。

我很惭愧地说：“时光如白驹过隙，一晃都25年了，难得你还记得这本书。”

“你那本书充满了向上的能量，你的语言成为我们这些文学青年效仿的对象。真的杨老师，你是我们的榜样。”

我摇摇头，说：“其实在我们这个社会里，真正的榜样是那些为社会、为国家做出贡献的人，譬如你们的赵总，他白手起家，靠着一股子顽强的拼搏精神，凭借一股创业的豪情，硬是在强手如林的市场上，打出一片新天地，给社会创造了一万多个就业的机会，每年给地区财政增加了好几个亿的税收，这样的人物才是我们这个社会应当崇拜的偶像，才是你我学习的榜样。”

我戛然而止，看见魏艳的脸上泪花潸然。

我担心会出现这样的场景，因而我的采访是从文学开始的，我原本想通过愉快的交流，达到采访的目的，没有想到无意中提及赵总，让我的算盘落空了。看来员工们对赵总的感情确实不一般。

良久，魏艳擦擦脸上的泪花，说："杨老师，让你见笑了。自从我们赵总走后，只要一提起他，我就忍不住地流泪。我曾把这个无法言语的情感讲给妈妈听，我妈妈说，'妮，你记住娘的一句话，为好人流泪是一个社会应有的健康表现。赵总给你们员工操了那么多的心，让你们过上了幸福的生活，为这样的老板流泪是做人的本分。'"

"你妈妈？"

"是的，我妈妈。我妈妈读过不少书，我父亲早逝，她也受了不少的罪。自从我到鲁南制药上班，我们家才算有了安生的日子。我妈妈说是赵总给了我家幸福的生活，给了我们这些普通人体面的日子，要我千万别忘了这样的好人。当单位搞赵总的事迹报告会时，面对争先恐后的同事，一向不善表达的我也积极报了名，之后，我回到妈妈那里，向她请教。她说，'你不是说一直没有机会向赵总说句感谢的话吗，这不就是机会吗？妮，你就把心里的话说出来就行了。赵总是个有心人，他在天堂也会听见的。'于是在妈妈的帮助下，我就写了《写给远在天堂您的一封家书》。"

如果不是仔细的采访，我哪里知道，这份报告里居然凝聚着一对普通母女的情怀。老赵，有这些普通人怀念着你，你若九泉有知，必当欣慰。

看看沉浸在悲伤中的魏艳，我担心采访无法继续。这时候，魏艳说："杨老师，让我哭一会儿就好了，前些日子，新华社的李锦记者采访我，我也是这样，哭出来就好受了。"

她接过一杯茶，喝了几口，止住眼眶里的眼泪。

2011年2月18日，赵志全代表在费县孟家山头村调研农村吃水问题

她说："杨老师，还是从我的身世说起吧，文学讲究因果，没有铺垫就没有故事的延续。不了解我们这些下岗员工的难处，也就无法理解我们对老板的感情。"

魏艳在低沉的话语中开始了她的陈述，其间，她不时地落泪。

"人生的三大不幸之一就是童年丧父。我3岁的时候，父亲不幸病逝。当我父亲被黄土深深地掩埋后，无助的妈妈死死地抱着我，泪水掉在我头发上。终于，在一个漆黑的夜晚，她说，'妮，你别怨妈妈心狠，这是没有法子的事情，去吧，跟你叔叔去吧，那是一条活路哇。'我清楚地记得那天晚上，叔叔来领我的时候，妈妈难过的样子，不懂事的我哭着喊着，妈妈背过脸去扶着门框慢慢地滑倒下去。

我叔叔是供销社的干部，他待我像亲生的女儿，是他含辛茹苦把我养大的。那时我想考学，我喜欢文学，上小学时候我的作文就特别好，经常被老师当范文读，上初中时我就开始有了文学梦，我向往着上大学，读文学院，将来当一名作家。可是，看看叔叔家的几个孩子，我长叹一声，就放弃了，我都16岁了，得自己养活自己了。初中没毕业我就工作了，先是在乡镇供销社干合同工，因为是农村户口，转不了正式工人。8年后，供销社走向解体，我又转到县城的方便食品厂做工，后来没有技术含量的食品厂被个体户顶垮了。1998年我转到沂蒙中药厂在制剂车间做工，那个时候，药厂已经走下坡路了，每月发60元的工资，有订单就干，没有订单就放假，三天打鱼两天晒网，我跟下岗没有多大区别。三个月后我就正式下岗了，要命的是我爱人工作的面粉厂也倒闭了。我们一家三口住在婆婆的两间平房里，婆婆公公也都是企业工人，所在的企业倒闭后，他们一个月就领那么点可怜的生活费，我们一家人的日子相当艰难。我们只有孤独地挣扎，只有无助地等待。

刚参加工作的时候，我满以为上班了就可以帮助一下妈妈了，最起码也能给叔叔分担一下困难了，可是我哪里知道生活的艰辛，一个临时工的苦楚，只有自己心里明白。我想起一个作家说的话：生活永远不像你想象的那么好。见我一脸无奈，妈妈说，慢慢地熬吧，日子总有出头的时候。

人哪，就是这样，走哪山砍哪柴，到哪时说哪话吧。日子再难也得过啊，我们夫妻就到处打工，维持着一个家庭的运转。那些日子，小城里到处都是下岗的职工，什么活都有人干。没有办法我就给人家看孩子，辅导小学生，给个体户做小工，自己也摆地摊……反正下岗职工能干的活我都干过。其间受过的难为和吃过的苦，说起来就让人心酸。我记得最难的是给一家校办工厂包筷子，包一双才赚0.05分钱，包上一天，手都拧出血。可是为了挣那几块养家糊口的钱，我天不亮就骑着自行车到厂子里抢筷子，用编织袋装上两大包带回家，包好后

第二天再送回来。

我个子矮，力气小，自行车驮着两大包木筷子就按不住车把了，尤其是下雨天，路面泥泞，一不小心就摔倒了，两大包筷子带回家时，人就成了泥人。我哭了，可是哭归哭，日子还得往下过啊。咬咬牙，换身干衣服，还得继续包筷子。我的手快，一天能包8000双，能挣4块钱，有了这4块钱，就有全家人的热馒头，就有儿子的一串糖葫芦。

人啊，只有享不了的福，没有吃不了的苦。

后来筷子厂也倒闭了。我就给厂家发小广告。一条街道一条街道地跑着，脚都起了泡，腿也累肿了，回到家就一头倒在床上，饭都不想吃。

1999年的初春，小城依旧贼冷贼冷的，天阴着，如同我们这些下岗工人的神情。那天，我实在是跑累了，就坐在路边休息，风无情地刮着，好歹我穿着厚厚的羽绒服。一个工友走过来说，‘你知道不，鲁南制药要收购咱们的沂蒙中药厂了。’

我不相信，这样的消息已经有很多个版本了，就我们厂那些破设备、旧厂房，谁要啊？

我摇摇头，木然地看着远处的小巷，风从那里吹来，几只废旧的塑料袋无助地飘着。夜晚寻思千条路，白天还得卖豆腐。今天我还有三条街要跑呢。

工友说，‘真的，鲁南制药都派人来考察了，现在正统计下岗的员工呢，你快去报名吧。’

见我没有动，他说，‘我的一个邻居就在鲁南制药，收入可高了，一个月能发三四百块钱呢。业务员更高，逢年过节年货不算，总经理还给员工发红包呢。’

做梦去吧，天上不会掉馅饼的。这些年来，济南的三株制药公司、吉林的敖东制药厂，不是都来谈过？最后还是雷声过后不见雨点。

‘你不信？反正我信。听说这是新任的书记和县长引进的项目。鲁南制药的老板是咱费县员外乡西葛峪村的，人家是真心实意来帮助咱们的。’

‘你知道这个老板姓什么吗？’

‘我都打听清楚了，他姓赵，叫赵志全！’

‘赵志全？’那是我第一次知道老板的名字。那一瞬间我感到自己似乎有救了，因为临沂人都知道，鲁南制药是一家好企业，总经理是一个敢想敢干的创业型领导，他对员工的大方是出了名的，能到鲁南制药上班是多少人梦寐以求的事情。只是先前我也打听过，人家只要大学生、研究生和博士生，我们这些初中都没毕业的下岗职工，想去那里，连门都没有啊。如果鲁南制药收购了我们的厂子，这就有了可能性。可是转念一想，我们沂蒙中药厂除了那些破旧的厂房和生锈的设备，剩下的就是我们这些没有多少知识且年龄偏大的员工了，大名鼎鼎的鲁南制药厂，为什么收购这样一个资不抵债的小厂？一想到这些，我的心情犹如那天的天气一样压抑、灰暗。

那天，我们94名下岗的员工都来了，这些年不见，姐妹们都衰老了许多，脸上的皱纹深了、密了。我知道这些都是生活艰辛所致，大家相见，无限感慨。

集中学习，是对我们这些多年不上班的人的一次轮训，也是我们与鲁南制药负责人交流沟通的机会。一次座谈会上，16位年龄偏大的工人忐忑不安地问，‘我们都老了，实在干不动了，你们鲁南制药还要我们吗？’

那位负责人说，‘赵总发话了，只要是沂蒙中药厂的员工，不管年龄大小、身体状况，一个不落地转到鲁南制药。赵总事先都替你们想好了，你们这16位到龄的老同志，按照鲁南制药的标准，实行退

休，回家养老。赵总说你们给企业出了力，也该享享福了。你们放心，退休了，福利待遇不变，这是咱们赵总定下的规矩。'

我分明看见那些老员工眼泪都流了下来。

我知道，每一朵花都有属于自己的情绪与表情，或羞涩或落寞或绽放或含苞……是啊，多少年了，没有人过问她们的生活，没有人考虑她们的退休，她们就这样靠着亲戚的接济，无助地熬着。遇上赵总这样关心她们的老板，她们自然要表达自己的情绪。

人啊，谁都得老啊，少无教、老无养，是人生的悲剧，也是社会的退步。

那一瞬间，我们这些无人问津的下岗工人，这些飘在城市角落里的人，就像在冬天里碰上了一把火，熊熊火焰温暖了心窝。

我们这些饱尝苦难的下岗职工重新上岗后，对这来之不易的就业岗位倍感珍惜，因此，我们工作起来一个比一个卖力气。当管理我们的负责人向赵总汇报后，赵总说，'咱们一定要爱护这些受过苦的下岗员工。他们收入虽说比以前提高了许多，但是他们毕竟是从倒闭的企业过来的，有一种自卑感，你们这些做管理的必须一视同仁，从这个月开始，他们的待遇就与总厂员工一样了。'

大约是2003年吧，当我一个月拿到800元钱的时候，我爱人不相信地说，'你们的财务是否弄错了？'我说，'这是真的，我们老板是个舍得给员工发钱的人，只要你能干，就一定多收入。这个月，我们车间有好几个都超过了800元。'

婆婆高兴地割肉包饺子，那天，我们一家人围在小屋子里，吃着热气腾腾的水饺，那情景到现在我都记忆犹新。

儿子把一个水饺送到我的嘴里，说，'妈妈，真香啊。'儿子很懂事，我知道生在一个下岗职工的家庭里，难为他了。我说，'儿子，你吃吧，往后想吃就让奶奶给包。'

‘妈妈，咱家能天天吃肉馅饺子吗？’

‘能，只要妈妈能在鲁南制药上班。’

儿子笑了。”

（二）

魏艳整理了一下思路继续说：“10月25日，赵总为员工们发放厂庆红包，并举办了庆祝活动。那天，大家无比高兴，赵总就像一个大家长，谈笑风生。那天我们搞起厂歌比赛。听了厂歌，我才知道，原来那气势恢宏、积极向上的歌词，就是我们赵总自己创作的，赵总好文采啊。我常想假如不是因为繁重的工作，我们赵总也许早就成诗人了。

那天赵总和妻子龙老师坐在一起，笑呵呵地看着我们进行厂歌比赛，一头白发在阳光下炫目耀眼。老职工说赵总在承包之前是一头黑发的，转眼工夫就白了头。都说伍子胥过昭关一夜白了头，看来这不是虚构的历史事件。其他人总说他威严无比，可我总是不相信，看上去那么随和的一个人，怎么和威严挂上钩了呢？

来鲁南制药才大半年，一种家的感觉在我心里油然而生，我们唱啊跳啊，幸福得不得了。

那天晚上，我一夜未眠，想想这些年的遭遇，看看鲁南制药对我的关怀，我写下了第一篇文章投给了厂报。没想到我的文章让赵总读到了，他还夸奖我文笔好呢。说实话，自下岗以来我很少写文章了，一个连家都养不了的人，哪里还有闲情抒写内心的感受？再说了，人活着最基本的需求是衣食住行，我得为最基本的东西去工作。

杨老师，你别笑话我幼稚，经历了这么多的变数，我才知道文学是填饱肚子之后的事情啊。我想，我小时候的梦太幼稚了，生活远不是梦里的故事。生活是无情的现实。倘若不是鲁南制药收编了我们，我也许写不出一个字了。”

我相信魏艳的叙述，一个处在社会基层的人，最容易感恩，在她们最困难的时候，别说有人慷慨伸手拉她们一把，就是一个温暖的眼神或一个无言的微笑，都会让她们难以忘怀，此时若有人出手相助，怎不让她们感念一生？难怪魏艳她们在赵总的灵柩前，像女儿对待父亲那样哭得昏天黑地，哭得死去活来。

我给她满上茶水。她说：“这些年养成了习惯，还是喝白开水吧。”她说，给人家跑小广告的日子里，她总是背着一个塑料瓶子，装满自己烧的白开水。

我笑了，点点头。看着她大口喝水的幸福相，我问：“你是否需要歇一会儿？”她说：“还是讲吧，说完了，我得回车间，工友们的工作服得洗了，我的任务就是让他们穿得干干净净的，这也是赵总对员工的要求。我们是做药的，容不得半点马虎。”

说实话，全国各地跑了这么多年，这样的采访我碰到得不多，不用我问，也不用我提示，我只是在记录。茶室里，只有魏艳自己的声音，她对自己经历的东西刻骨铭心，因而讲起来如数家珍。

采访在继续。

“我们一家五口人，毕竟是一个大家庭，日常花销不是个小数字，加之人情往来，仅靠我一个人的工资是不行的。俗话说，屋漏偏逢连夜雨，船迟又遇打头风。2009年，我公公做了一次大手术，家里落下一屁股债务，偏偏婆婆又病倒了，需要住院治疗。本来就捉襟见肘的日子，一下子陷入困境。为挣钱还债，在工地做安装工的丈夫，白天累一天，晚上还得去火车站扛麻袋包，那是一项十分重的体力活。虽说他咬着牙支撑着一个家，但是他的脸上再也没有了笑容。夜半，拖着散了架的身子回家，脚也不洗、饭也不吃，倒在床上就睡着

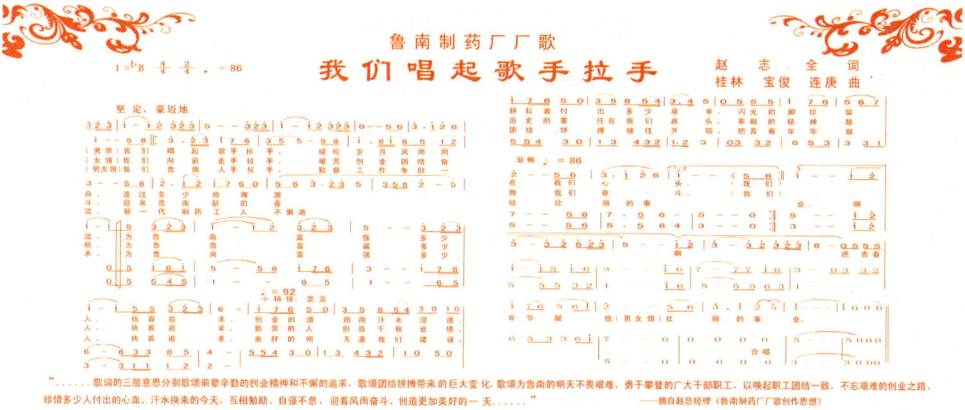

1990年赵志全作词的鲁南制药厂厂歌

了。每次给他敷压肿的肩膀，我就忍不住落泪。我数次阻止他，可是他摇摇头，我知道对我们这样的人家来说，这是没有办法的选择。每每看到他疲惫不堪的样子，我的心就疼啊。下岗职工的家差不多都是这样，总是缺钱，可是万一丈夫的身体垮了，我们一家子可怎么过？

我看在眼里急在心上。怎么办？

在这座城里，我们没有任何显贵的亲戚，我们的邻居和朋友，都是和我一样普通的企业工人。我们这些人办件事难哪。

怎么办？

人就是这样，在走投无路的时候，往往会想那些压根儿就行不通的路。看看厂里的双职工，我动心了，就偷偷地写了一封信，反复掂量后，咬咬牙寄给赵总。

赵总您好：

我是原沂蒙中药厂的下岗员工，是鲁南制药给了我就业的机会，按说我已经很知足了，不该向您提其他的要求，可是我们家太难了，婆婆公公身体不好，欠了不少债务。我们家孩子还小，丈夫下岗了，为了多挣几个钱还账，他白天打工，晚上去火车站扛麻袋。我怕他累垮了，到那时，我一个女人带着孩子，拖着两位老人，这日子怎么过啊。我想请您帮我家一把，给我丈夫一个就业的机会。我知道，您领导这么大一个企业不容易，我却为自己的私事麻烦您，可是我实在没有人可求啊。

魏艳

2009年2月26日

寄出这封信我就后悔了，这不是得陇望蜀吗？人心不足蛇吞象啊。按说我已经在鲁南制药上班了，该知足了。再说了，赵总那么忙，我还为自己的私事麻烦他，我这员工也太不懂事了。要是上万名员工都为自己的事找他，企业的事谁来决定？可是，转念一想，赵总那么多的事，我一个一线工人的信也许他压根儿就不看，秘书处理一下就行了。想到这里，我的自责就减轻了许多。

自我安慰一番后，我就放下了这件事。可是丈夫成了我心中的牵挂，没有办法，我只能劝他少干多歇息。每每看见丈夫倒头就睡的疲惫相，我的心还是纠结着。我们这样的普通老百姓，身处这样一个生存竞争激烈的时代，显得十分无助。

一天，公司劳动人事部通知我，赵总看了我的信，派人对我的家庭做了调查，认为我家在照顾的范围内，要我通知丈夫，到公司机修班上班。

听到这个消息，我如同久旱的庄稼，迎来一场淋漓的春雨。那天阳光灿烂，温暖的太阳高高地挂在天上，我觉得整个世界都变暖了。我知道这是赵总的特批，就我丈夫的文化程度、年龄而言，他是无缘于鲁南制药的。我真想对着太阳放声大哭，可是我还是努力控制住了。最后我决定给丈夫打一个电话，电话接通了，我强忍着内心的感动，久久没有说话。在丈夫的几次催促下，我终于开口了，都没有想到，发出的竟然是哭声，丈夫吓得不轻，他连声追问，‘出什么事了？出什么事了？’

我平复了一下自己的情绪，说，‘今天晚上，你不用去火车站扛麻袋包了。’

丈夫笑了，说‘吓我一跳，我以为出什么大事了呢。不去怎么行，我们一帮哥们都约好了，今晚卸完中粮集团的货物，我们就凑份子吃夜宵呢。’

‘你听我说，真的不用去了，往后咱再也不用扛麻袋了。’

‘不去扛麻袋，哪里来钱吃饭啊？’

‘你回家理理发，洗洗澡，明天换身好一点的衣服到新时代药业机修班上班。’

‘别逗我了，老婆子，这么大的事情你说得轻巧，你以为你是老总啊，一句话的事儿。’

我流着眼泪笑了，说，‘你老婆就是车间里的一个洗衣工，可是你的事是我们赵总特批的。’

‘赵总特批的？你没有发烧吧？咱就是一个下岗职工，咱与人家无亲无故的，再说了人家鲁南制药已经安排了你，凭什么再安排我呀？’

我自豪地说，‘就凭你老婆是新时代药业51车间的一名洗衣工。’

‘你别逗了，运粮食的火车一小时后就到，我得去扛麻袋呢，没空儿给你磨牙了。’

我理解丈夫，在这样一个现实社会里，让一个出力流汗的平民，一个靠汗水吃饭的苦力相信天上掉馅饼，他能相信吗？若干年后，提起那通电话，他依旧说这简直是梦。

就是这个我家一辈子都无法实现的梦想，我们赵总一声不响地帮我们实现了。杨老师，你说我们能不感激他吗？可是我一直没有机会对他说句‘赵总，谢谢您’。丈夫要我一定瞅机会给赵总说句谢谢，给人家鞠个躬，咱能有今天多亏了人家呀。

我知道赵总忙，早就把词编好了，就五个字——赵总谢谢您。可是天妒英才啊，无情的老天不给我机会，这话就这样憋在我的心里。”

说着，魏艳抽泣了，泪水再次从她的眼眶里涌出来。

（三）

小人物代表着历史真实的温度，小人物的情感是最真实的，也是最直接的。在现实社会里，小人物最容易满足，所以他们最懂得感恩，谁帮助了他们，谁把幸福给了他们，他们就感谢谁、感激谁，这是小人物间一个普遍而现实的逻辑，这是一个符合人性的逻辑，也是符合常理的逻辑，是放之四海而皆准的逻辑。

奖要奖下，罚要罚上。许多时候，对小人物一次小小的奖赏，就会让他感念一生，尤其是人在难处的时候，有道是“宁在饿时帮一口，不在饱时帮一斗”。我想，赵志全苦心创建的鲁南制药，对于小人物魏艳们来说就是她们的希望与寄托。

在后来的采访中，我渐渐知道，仅新时代药业，就安置魏艳这样的下岗职工500多人，他（她）们来自倒闭的费县毛纺厂、鲁亚编织厂等县属企业。如果说安置沂蒙中药厂的94名下岗职工是鲁南制药的义务和责任，那么，安置其他400多名下岗职工，就是鲁南制药的良知和善行了。要知道，那个时候的鲁南制药已经是沂蒙山区最好、最有发展前景的企业了，多少人梦寐以求地想到鲁南制药就业呀。那时候，鲁南制药招工的基本条件必须是相关专业的本科生，当然现在招聘门槛已经是非研究生莫属了。

魏艳的讲述多次为泪水所阻断。我知道这是她的真情实感，谁也无法劝解，更无法阻止，干脆让她哭够了再讲吧。

“杨老师，我失态了，让你见笑了。也许没有下岗经历的人，无法理解我们这些人的感情，不知道我们既坚强又脆弱的情感世界。赵总离开我们大半年了，我们来自沂蒙中药厂的这些员工，只要提起他还是会忍不住掉泪。

我们厂有个鲁南制药收购后才到退休年龄的员工，赵总给她补交了养老金，帮她办理了退休。这些年来，赵总一直让后勤部把过节的礼物、年货送到她家里，周围的邻居见到那么多的节日礼品，都羡慕得不得了。一些新来的邻居还以为她是退休的大官呢，不然，逢年过节能有那么多人来看她？她常给我说，干了这么多年的工作，现在才知道被尊重的滋味。赵总去世的那天，她哭得十分伤心，走路都困难的她，硬是让孩子推着来看赵总最后一眼。人心都是肉长的，你对员工好，员工自然记住你。有道是人间自有公道，付出就有回报。只是赵总没有得到我的回报，哪怕面对面说一声‘赵总谢谢您’。

我和丈夫没有高学历，干的都是粗活，我们的收入是低的，可一个月也有7000多元，每个月还享受600元的生活补贴。我们是双职工，这些补贴，在厂里的平价超市里购物，足够全家人消费了。那些大学生、研究生夫妇们，过的就是无忧无虑的日子。

原先我们一家三代住在不足50平方米的小屋子里，现在住上了企业提供的三室一厅的住房。儿子有了一间自己的卧室，兴奋得不得了。他经常自豪地说，他考大学就报医学院，将来也到鲁南制药上班。

婆婆每次来我们家，都笑得合不上嘴，她常教育我们，‘人得学会感恩，不知道报恩的人畜生不如，你们工资这么高，福利待遇这么

2010年2月25日，赵志全在职工食堂，和员工一起用餐并征求建议

好，你们得好好报答赵总。这年头，这样的老板不多了。’

可是我们赵总却没有给我报答的机会，他悄悄地走了。

知道赵总去世的时间，是2014年11月15日的早上，51车间正上早班，我忙着把员工的工作服一件件叠好。我看见车间主任一脸忧伤，脸上淡淡的泪痕清晰可辨。他看看我们，泪水忍不住地流下来，他说，‘咱们的赵总，昨夜倒在办公桌前，走了。’

我们所有的人一下子蒙了。这怎么可能？前些日子他还站在职工食堂里向我们微笑呢。可是我们从主任悲切的面容里读到了真相。

当主任把一朵朵白菊花递给我们时，我们一起放声大哭。

我不知道是谁把那朵鲜花别在了我的胸口，我不知道是谁将我拥到灵堂前。那天，我的心情很差，我知道自己再也没有机会当面向赵总表示全家人的感激之情了。我后悔，我难过，我哭得一塌糊涂。朦胧中，我仿佛听见主任提高了嗓门说：大家节哀顺变。我们赵总在遗嘱里留下一首《忘忧草》，他希望‘让软弱的我们懂得残忍，狠狠面对人生的每一次寒冷’。他要求我们‘忘忧草，忘了就好’。

可是我分明看见主任也哭了。

直到追悼会上，我才知道，我们鲁南制药发展最快的12年，是我们赵总患癌症的12年，12年来他承受着多大的痛苦啊。我们自己碰上一点困难就受不了，我们有难时可以向赵总倾诉，可以找他解决，可是，他拖着病重的躯体，彻夜忍受着病痛的折磨，常年承受着创业的重压，他的难处向谁诉说？12年来，上百亿的投资，都是他带着员工一分一分地挣来的，投资的压力、销售的压力、创业的风险、管理的艰难……谁帮他分忧？”

魏艳讲不下去了，泪水接二连三地落下来。我分明感觉到她的心情与送葬那天别无二致。

（四）

我被魏艳的哭诉深深地打动了，我相信她是真心的，因为我无法从她潸然而下的泪水里看出诸如假装、虚伪之类的词汇。她的经历虽然有着独特之处，但是她对老板的爱戴却又与其他员工有共性的一面。记得在职工食堂就餐时，我无意中同一个叫王娟（与专家楼的女孩重名）的职工谈起赵总，她眼睛湿润了，她给我讲了自己的感受，她告诉我，自己是费县物资局塑料编织厂的下岗职工，丈夫在一家事业单位工作，全家人都靠他一个人养活。2005年，在家闲了好几年的她被赵总安置到鲁南制药，因为年龄偏大，就被分到服务中心工作，第一个月她就领到1600元钱，那时候丈夫的工资才1200元呢。那天回家，她把自己的工资掏出来后，丈夫说了一句话，“你先炒菜，我出去一趟。”当他回来的时候，手里多了一个高档的发卡，那是她多次想买又舍不得买的一个发卡呀。当丈夫亲自给她别在浓密的黑发上的时候，她说：“太贵了。”丈夫说：“不贵，你挣得钱比我都多了，咱买得起。”她差点哭了。她说她们这些下岗女工，之所以有尊严、体面的生活，是因为她们来到了鲁南制药，她们在家庭中的地位和她所有的荣光都是鲁南制药给的。

联想起王娟的发卡的故事，我相信赵总对鲁南制药的情怀，我也相信鲁南制药人对赵总真挚的感情。27年来，得到企业的温暖、获得赵总特殊关注的员工比比皆是，魏艳不是第一个，也不是最后一个，她只是无数幸运者之一而已。我之所以把魏艳的故事详尽地讲述给读者，是因为魏艳有着特殊的人生经历，有着曲折苦难的人生，增加了故事的可读性，同时读者也可以从一个小人物的身上感受到赵总的情怀。再说了有魏艳这样的经历，不必刻意挖掘材料，只要站在报告台上，如实地讲述一遍，我相信立刻就会有人失声痛哭。这就是赵志全27年来靠人格魅力营造的气场。古人曾说，天时、地利、人和占一则成就大事，加之我们这个时代亟需赵志全这样的精神，报告会不成功才怪哩。

凭借着数年来练就的对报告素材的直觉，我认为这个叫魏艳的女人，足可以担当赵志全事迹报告人了，我甚至把报告的题目和主要内容都帮她拟好了。可是，就在我兴冲冲地把自己的想法告诉给鲁南制药的负责人时，没有想到他们居然礼貌地拒绝了。

四、永恒的肖像

（一）

他们否定的理由似乎不太合乎常规，但有一定的道理——“魏艳是51车间的洗衣工，在我们鲁南制药上万名员工里，作为一线员工，她和赵总接触的机会很少，她的感受带有片面性，无法给听众展示一个相对全面的赵总。要不，你跟专家楼里的服务人员聊聊？她们可是天天跟赵总见面，尤其是在赵总生命的后期，那些服务人员依旧能天天见到他，她们知道的故事肯定多，了解的细节肯定详细。”

是的，他们说得没错，采访魏艳时，她曾伤感地告诉我，她一直没有机会见到赵总，所以，始终没有说出那句心里话：“赵总，谢谢您。”就这5个字，魏艳等了10年。她说，她知道赵总忙，但是这句感谢的话她一直放在心里，只要见到赵总，她就会说出来，可是仅有的几次见面都是在餐厅，远距离的，她只能远远地注视着。只有一次她带着儿子去游泳馆，碰上了赵总和龙老师，那是唯一的一次零距离接触，她刚要说，赵总看见了她的孩子，一向喜欢孩子的赵总立刻吩咐管理人员：给这个小家伙找个游泳圈，别让他呛了水。就在她感动的一瞬间，赵总走远了。那天儿子问她："妈妈，这个大个子爷爷是谁啊？"她含着眼泪说："他就是妈妈老板，你赵爷爷。"那天，她十分后悔地站在大厅里，直到赵总的影子从她眼前彻底消失。

"你说的专家楼里的服务人员，是不是我和小孟见到的那些人？"

"就是她们。"

我的眼前立刻闪现出前些日子在专家楼看到的景象：阳光下，合欢树的影子长长地铺在楼前的空地上，楼前一片空旷。台阶上，两个女孩无助地看着一地斑驳的阳光，眼神里闪现出淡淡的忧伤……

我问："采访谁呢？"

"随便找几个谈谈吧。"

就这样，贺瑞和几个员工走进了我的视野。

一见面我就认出了她，我说："你的演讲报告我记得，题目就是《照亮心灵的烛光》对吧。"

她笑了，说："光我们一线员工的报告就有19个呢，杨老师你的记忆力真好。"

我说："不是我的记性好，是你的报告有个感人的情节——赵总抱他的外孙女小宝。那个细节你肯定看见了，你也抓住了，可惜，你没有把那个细节展开，没有把细节拉长，没有给听众留下情感酝酿的时间。也就是说，听众刚刚被感动时，你就转移了话题。"

一提赵总，她脸上的笑意立刻就没有了，一种因怀念而产生的伤感渐渐浮上脸庞。良久，她低低地说："一想到那个情景我就忍不住地掉泪，这些日子我一直在想，癌太可恶了，它能把一个孔武有力的汉子变得无缚鸡之力啊。都说赵总刚强从不掉泪，也许在整个新时代制药的一线员工里，只有我看见过他流泪，那次他哭得是那样哀伤和无助，一个刚强的人、一个从不畏惧艰难的人落泪，那是怎样的无奈啊。”

说着她已经是泪流满面了。

我给她抽出一张面巾纸，她说：“杨老师，让你见怪了，一想到这个情节我就控制不住自己的情感，也许赵总给我的记忆太深了，也许我们这些年轻的员工，从来就没有把他当老板，而是当成长辈；也许他自己从来就没有把我们当员工，而是当成了孩子，他走了，就好像我们的亲人离开了我们一样。”

（二）

看来我得改变策略了，先绕开这个话题吧，也许这个话题太伤感了。

在一个相对愉快的话题里，我们开始了交流。

“我叫贺瑞，是在费县农村长大的。我是学艺术的，毕业于一所地方大学。那时候，我对自己的前途感到迷茫，这个时代学艺术的人太多了，尤其是像我们这些没有太多的艺术功底，纯粹是为了考学而考学的艺术生，基本上属于一瓶子不满半瓶子晃荡的水平，就业的前景不乐观。就在我对自己的前途感到迷茫的时候，鲁南制药招工了，说是招收学艺术的大学生，我就报名了，没想到被录用了。根据鲁南制药的厂规，所有招收的大学生都要到生产第一线实习一年。2007年我开始在新时代药业服务中心工作，就这样我开始接触赵总。那个时候的新时代已经是一个很大的企业了，按照我们这些大学生对企业老板的印象，像赵总这样的大老板，应该是高高在上的，是威严不好接触的。我想反正我们是给老板打工的，干一天拿一天的钱吧。带着这样的意识我走进鲁南制药，在专家招待所，我第一次见到赵总。那个时候他是很健康的，一米八几的个子，站在那里就像是一株大树，尤其是他上楼梯的时候，别人都是一步一个台阶，他总是大步一迈就是两个。在我的印象里，往往前一秒看到他的影子还在楼下，一转眼人就在楼上了。

记得那是一次饭后，赵总习惯性地在楼前的花树掩映的小道上散步。我正在收拾楼前的落叶，赵总看看我问，'你是新来的小贺，你叫贺瑞。'

那一瞬间，我感动了，点点头，算是答应了。赵总问起我的家庭情况，问起我上学的情况，之后他说，'一个家庭培养一个大学生可不是一件容易的事情啊。你们刚走上工作岗位，一些事情都不熟悉，要多向老员工学习，慢慢就会好起来的。'

赵总走远了，我还站在那里发愣。在学校里，我们听到的大都是老板苛责员工的故事，听到的是有钱的老板目空一切的傲气，认为员工就是给老板创造利润的人。可是，面对着这个大老板，我突然觉得那些道听途说的东西被颠覆了。这哪里是一位叱咤风云的大老板，分明是一位慈祥的长者。我站在花树下，脚步虽然没有移动，可是我的思绪被扯得好远好远。

晚上，我十分幸福地把当天的故事讲给同伴听，没想到他们都呵呵地笑了。

就在我感到莫名其妙的时候，同事王娟说，'你少见多怪了，我们赵总就这样，他不仅能记住你的名字，我们这些人的名字他都记得，连门卫的名字他都知道呢。他对所有的员工都一样关心，从来不对一线的工人发脾气。我在服务中心好几年了，就没有看见他发过火，这么多年了，赵总在我的记忆里就是一副笑模样。'

同事的叙述让我感到安心，最起码我遇到了一个富有人情味的老板，这是所有的员工最向往的事情。我在学校时就知道，好多员工因为企业缺乏人情味而跳槽了，为讨薪他们无奈地上访了……打工者最大的幸福就是能遇上一个心地善良的老板，这样你才能有一个舒心的工作环境。

说真的，比起那些漂在大城市里的同学，我是幸运的，一上班就碰上了一位善良的老板。

后来我知道，我们赵总心里装着的就两样东西——企业的效益和员工的收益。杨老师，你在我们鲁南制药多住几天你就知道了，我说的员工的收益，不仅仅是工资待遇。我们新时代药业是一个年轻的工厂，博士生、研究生、本科生构成了员工的主体成分，整个工厂员工平均年龄不到30岁。这样的一个团队是充满活力的团队，为留住我们这些年轻人，赵总费尽了心思。他千方百计改善我们工作、生活的条件，不惜斥巨资给我们打造硬件设施，如今，我们的体育场、游泳馆、乒乓球室、网球馆、田径场等设施，不仅在县城，就是在全市也是一流的，市里的好多体育赛事，包括全市的乒乓球大赛都在我们厂里举办。

赵总总是告诉我们，年轻人要少上网，多参加文体活动；上网少玩游戏，多查文献、资料。没有好的身体什么都干不了。所以他才投资上亿元给我们建了那么多的体育设施。除了他以身示范、带头锻炼外，厂里每年都拿出200万元作为体育活动的基金，以鼓励员工。对赵总的这些行动，好多来厂里参观学习的人都不解地问他，‘赵总，你是搞企业的，精打细算、利润第一是原则。你们动辄就投巨资建设这样的高端设施，什么体育场、保龄球馆、乒乓球室、电影院、歌舞厅啊，对企业有用吗？’我们赵总呵呵地笑了，说，‘我们新时代药业是年轻人的天下，没有舞台扎不下根，没有歌声留不下心哪。话又说回来，我们费尽心思地创业是为了谁？我们苦心孤诣地创造财富又是

为了谁？’

这一点我们这些年轻人都感觉到了，虽说我们的企业离县城较远，可是我们丝毫没有感觉到生活的单调与枯燥，因为我们有赵总不惜千金为员工们营造的温馨的生活环境，有赵总一手创建的活力奔放的企业。”

贺瑞说的游泳馆我是知道的，作为一个游泳爱好者，游泳馆是一个令我向往的地方，到新时代药业的第二天，我心花怒放地站在跳板上，立刻被这个大气的、标准的游泳馆吸引了。这是一个按照国际标准建造的场馆，高大的可以采光的穹顶、碧蓝的水色、洁白的瓷砖、红色的漂浮绳……标准游泳池的对面就是孩子们的天堂，蘑菇形的喷水台将水花喷成雾团，花色、式样各异的游泳圈，为了活泼可爱的鲁南娃娃……

我问同行的谢宇，这样的游泳设施投资不会低于千万元吧。谢宇笑了，说：“老板在职工福利、环境设施上从来不问数字，他只问一个问题——‘员工满意不？’

杨老师，你看见我们游泳馆了吗？别说投巨资修建了，仅日常维护费，就是一笔很大的开支，我们赵总建馆的目的，是让员工们工作之余有更多的活动场所。老板一生喜爱体育，可是我们的游泳馆建成后他只是剪彩了一下，从此，再也没有来过。他费尽心血建造的游泳设施，都让我们享受了，他自己一次也没有享受过呀。”

原本打算畅游一通的我，默默地坐在跳板上。

思绪回到现场，我继续听贺瑞讲自己的经历——

“我们这些在专家楼的员工对赵总共同的印象是：浑身充满了力量，连走路都是虎虎生风，无论何时，只要他走过来，你就会感到像有一股风从你身边吹过似的。他走在楼梯上总是噔噔地响，所有的工作人员，只要一听到这坚实有力的脚步声，就知道赵总来了，以至于他走后大半年，那个熟悉的声音仿佛还在我们这些人的耳边作响。

赵总给我们员工的印象，就是体育场上的一员健将。无论是我们的一年一度的职工运动会，还是我们举办的全市乒乓球大赛，赵总总是生龙活虎地出现在跑道上，意气风发地出现在乒乓球室。至今他宿舍的墙壁上，还挂着一幅2008年奥运圣火传递时的照片，那次他接跑最后一棒。燃烧的火炬、飘逸的白发构成了独特的风景。”

我想起来了，那幅照片在鲁南制药集团展览馆里也有：高大的赵总穿着红色的运动装，脚蹬一双运动鞋，手腕上戴着白色的腕套，一头耀眼的白发，一脸喜庆的笑容。奥运的圣火在熊熊燃烧，两侧是欢乐的人群。那是我们国家第一次举办奥运会，那不单单是一次体育盛事，那是中华民族崛起的象征。那年，50岁的赵总刚到知天命之年，民族的崛起让胸怀大局的他意气风发。那天，他的跑姿绝对优雅，作为中学时代的长跑健将，他的笑容和姿态、他的手势和步履发挥得恰到好处。后来这幅照片成为他最喜欢的留影，对一个不喜欢拍照的老总来说，他能把这幅照片和领取国家科学奖的照片一起挂在他的办公室里，可见那是怎样的重视。科技是撬动一个民族兴旺的杠杆，体育是衡量一个民族体质的标志，二者缺一不可。

贺瑞说：“我想，在那个万人空巷、万人雀跃的时刻，激情的赵总一定是幸福的。可惜我没有亲眼看见他传递圣火时的场景，但是，我有幸目睹了他长跑比赛时的情景。那是我来到鲁南制药的第二年，在5000米长跑大赛上，因为赵总身材高大，尤其是他那头独一无二的白发，在运动员中显得十分醒目。运动员在塑胶跑道上风一样地跑过去了。赵总一边跑一边向我们啦啦队挥手。都说我们赵总善于长跑，我这次终于见识了。从此，在我们厂的历届运动会上，我总是能看见我们赵总那快步如飞的矫健身影。直到2014年的运动会上，赵总实在是跑不动了，他仍然来到现场，站在运动员一侧，给他们加油、鼓

2008年7月21日，赵志全作为北京奥运会火炬传递临沂站的最后一棒火炬手，点燃了圣火盆

劲。他对运动的喜欢可见一斑。那天，他跟在刘忠博士的后面，说，'刘忠，别看你比我小十几岁，明年我跟你比赛一场，你信不，我一定拿第一。'我们赵总就是这样不服输。可是老天太残忍了，他不给我们赵总时间，哪怕是一年。"

我看见贺瑞的眼里含着晶莹的泪花。我怕她中断了叙述，就插话说："你说得很好，这就是你们赵总的性格，不服气、不服输，要么不干，要做就做第一。正是由于他具备了这种性格，你们的鲁南制药才从一个小小的校办企业，脱胎换骨，凤凰涅槃，最后壮大成今天的鲁南制药啊！性格决定命运，性格也决定胸怀。"

她一脸认真地看着我，说："您总结得太对了。"

事后为了证实这个情节，我找到博士刘忠，他听了我的叙述，回答说："我记住了赵总的这句话。你不知道，赵总这个人就是这样，只要是他说过的话，不论时间多长，总会兑现的，因为他是一个言必行、行必果的人。那次运动会后我一直等着，工作之余我常常锻炼，目的是再和他比一次，来一场5000米对决，可是我哪里知道，这居然成了他无法兑现的承诺……”

贺瑞说：“我们赵总最拿手的一项运动就是打乒乓球，只要一到球案前，人立刻就兴奋起来，战到酣处，他会大喊大叫，手舞足蹈。他那种不服输的精神，在球案边被展示得淋漓尽致。用一个球友的话说——‘只要球拍一拿，我们赵总那种勇往直前、不胜不休的拼命三郎精神就原形毕露了。’”

现代化的设备给我们留下赵总打球时的画面：赵总右手持拍，左手发球，他一脸的认真，嘴巴抿着，睁大了眼睛，全神贯注地盯着那个白色的小球，手指紧紧地攥着球拍把柄，身子向案头的方向倾斜，整个身子在向着白球用力，那副用力的神态似乎与一个小小的球不对称，仿佛自己面对的不是一个轻飘飘的球。一个球发出去，他的眼神紧紧地随着疾速射出去的球在快速地移动，脚步在轻快地跳动，但是，整个身子仿佛黏在案头。他喜欢在防守中寻找机会，然后果断反击。防守如壁垒森严，反击如霹雳闪电……平球来了急挡，高球来了抽杀，低球来了猛挑……无论对方怎样变换，他总是从容应对着，直到对方接不住球或误判而犯错导致失误……这就是乒乓球台前的赵志全。

（三）

贺瑞的讲述让我想起一次不经意的采访。

那天我在集团总部拜访新上任的党委书记、总经理张贵民时，碰上了临沂市乒乓球协会主席王向群。他是一名具有童子功功底的乒乓球手，别看他没有进入国家队，可是他的球技和对球的热情，同专业队员比毫不逊色。因为打一手好球，他成了赵志全的球友，也是赵志全的对手。球打到这个份上，他俩的同学关系反倒不重要了，他和赵总在一起讨论球技，有时对一个没接住的擦边球也争论不休，那是赵总最放松的时刻。他说：“老赵这个人喜欢和强手对决，你要想激发他的斗志，只有一个办法——你先想办法赢他。不管你用硬功夫还是歪门绝技，你只要赢了他，他就会发疯般地同你决斗。当然，这个时候，你要再想赢他可就不是一件容易的事情了，因为你的球技、你的拿手戏都在他的掌控范围里，你要想赢他，必须有新的技艺、新的绝活，否则你就只有一个结局——败在他的手下。”

王向群接着说：“老赵是我们乒乓球协会的第一副主席，他这个副主席可不是拿钱挂名的，除了对球的热爱，他在打球的技术上还有自己的独门诀窍，他的球技在临沂市是数一数二的，当然我是指和业余球友比，跟那些专业队员比，别说他了，就是我这样从小就练球的人，都打不了几场的。闻道有先后，术业有专攻嘛。

一般人跟赵总打球是撑不了几个回合的。只要你没有太多的招数，掌握不了太多的独门绝技，就只能跟他打上三两个回合，一旦坚持下去是非败不可的。因为赵总这个人太爱用心琢磨对手了。我们有时打球就是为了玩，可是他凡事都要认真的，就是站在一边看球，他也在琢磨那个难接的球是怎样发出的，如何才能接住它并成功地挡回去，怎样才能让对方接不住或判断失误而丢球。古人云：积一时之跬步，臻千里之遥程。正是有了这份心思，他的球技才日臻成熟。

有一回我带着一个球友来打球，那个人发球特别蹊跷，变化多样的方式让你无法接球。赵总输了第一场后，说什么也不让对手走了，整整打了一中午，直到他琢磨透了对方的招数，最终找到了破招的技巧，才一笑收场。

事后，朋友感叹地说，‘怪不得人家赵总把企业做得这么大，一个连小事都这么用心的人，必然成就大事业。’”

饭桌上我和王向群聊得热烈，居然忘了吃饭。

他说：“杨老弟，跟你说句心里话，我在临沂市总工会有点职务，接触的企业家多，了解的也就多了一些，由于以赚钱为目的心态恣意，企业界里有种‘你方唱罢我登场’的热闹。人家赵总做企业不是这样，他一上手就按百年企业的思路做。可惜我不是作家，要是的话，我会好好写写赵总的，这个人的思维可不是一般格局。比如搞个乒乓球比赛，开始我们临沂市工会想搞个全市企业的球赛，他不同意。他说，‘比赛的目的不是谁输谁赢的事，比赛就是倡导一种风气，全民体育的社会风气，要做就不分行业，做就做全社会的。发个启事，不设门槛，谁都可以报名，奖品我们出，场地我们提供，所有参赛者我们免费管饭。全民健身的事情工会出面组织，要多少钱我们鲁南制药拿多少。’

就是因为这样的思维，我们把乒乓球赛事搞大了，老区沂蒙的鲁南乒乓球大赛成为全省乒乓球界的一件盛事。如今的鲁南制药集团是‘全国职工文化示范单位’，受到中华全国总工会的表彰，我们临沂市乒乓球协会也因此成为全省优秀体育协会，我想这与赵总的大思路、大格局是分不开的。

奥林匹克格言是‘更快、更高、更强’。赵总这个人早就按照这样的精神标准去做了。在鲁南制药，你处处都可以见到这样的精神特征和这种精神的体现。

我和赵总是正经八百的同学，我知道他体质好。我算是有童子功的乒乓球发烧友了，2010年，我一气最多也就打五局，一局就是五盘，毕竟都是年过半百的人了。可是，赵总那个时候一气能打十局。当时，有传言说他患病并做了开胸手术，我总是不屑一顾地笑笑说

‘瞎扯’，一个癌症患者一气能打十局球？你信吗？

2014年11月15日，当我得知老同学因癌症去世的消息时，我第一个反应——又是瞎扯！

事实证明，我都判断错了。为什么会出现判断上的失误？原因只有两个，一是狼来了的故事让人失去了信任；二是赵总不是一般的人。我们用常人的思维去看他是不对的。老弟啊，你一定替我好好挖掘挖掘，替我宣传这个不同凡响的老同学啊。他为我们这个社会做出了那么多的贡献，在他身上，我们看到了沂蒙精神的发扬光大，我们得把他的精神弘扬下去。老弟，拜托了，老哥敬你一杯。”

我看到了他眼里的泪光。

一向不善喝酒的我，二话没说，端起满满一杯高度白酒，一饮而尽！我至今都不明白，那一瞬间是什么感动了我，让我破例干了一大杯。

我说：“贺瑞，你说的赵总打球的事，我早就有所耳闻。”

“对啊，我们赵总喜欢打乒乓球，这事地球人都知道啊。”说着她笑了，这是我采访中难得一见的笑容，尽管是瞬间。

贺瑞继续说：“我们赵总坚强的意志就像他的球技一样，在我们鲁南制药是出了名的。他精力充沛，常常是上午开了安全生产大会，下午接着开销售人员会，晚上处理各种文案，批示各种报告。不管多忙，他总是坚持浏览总经理信箱，这是他专门开设的电子邮箱，对全厂员工敞开，用他的话说：员工难得见他一面，信箱是他与员工交流的平台。

2014年5月2日，上午赵总参加了一年一度的职工运动会，下午又召开了2000多人的业务会议，他依旧像往常一样铿锵有力地讲了两个多小时。那天，我第一次发现赵总累了，我看见豆大的汗珠从他的脸上往下滚，我知道这些日子赵总饭量减少，人也消瘦了许多，我就忍不住给经理说了自己的想法。经理点点头，就写了一张纸条让递上去，我至今都记得纸条上的文字——赵总该休息了。因为劝说赵总休息，不要太累，也是龙老师特意嘱托的。

我们赵总扫了一眼纸条就放在一边，继续讲。

鲁南制药人都知道，这支销售队伍是我们赵总配合市场精心打造的，是一支能征善战、所向披靡的团队，我们厂里的产品都是他们一盒盒、一支支、一片片推销出去的，所以赵总特别喜欢、特别重视这支队伍。平时他们在大江南北、长城内外的市场上搏击着风浪，没有重大活动或集训，他们是不会轻易聚在一起的。因此，我们赵总对他们有说不完的话。

那天，他终于讲完了，他挥挥手让将士出征时，我看见他挥手的力度大不如从前。他坐在椅子上没有像往常一样站起来，但是他依旧笑着，显得精神气十足，可是我分明发现这次跟以往不同了，所有的将士同他告别后，偌大的礼堂里只有他孤零零地坐着，直到确认没有其他员工后，他才扶着桌子想站起来，可是，我发现一向强壮的赵总竟然没有做到，他擦一把脸上的汗水，终于向我们的经理招招手，我们经理跑过去扶了他一把，他才从椅子上站起来。在我的记忆里，这是从未有过的事情啊。都这样了，我们的赵总为了安慰我们，冲我们笑笑，以轻描淡写的口气说，'今天还真的有点累了。'

那时候我们一直以为赵总是疲劳过度，休息休息就好了，可是我们哪里知道，这已经是他生命的最后时光了。

之后，他开始发低烧，持续低烧不退，我记得大约低烧了两个多月。也就是那次漫长的低烧后，一向体格强壮的赵总开始憔悴起来。

低烧终于退去了，我们赵总开始去食堂就餐，是啊，员工们好长时间没有见到他了，他是员工爱戴的老板，大家多么希望见到他那熟悉的身影，听到他爽朗的笑声啊。我们赵总自己也知道这一点，几个月没有同员工一起吃饭了，他想自己的员工了，所以，身体刚刚恢复，他就迫不及待地来到餐厅。员工都跟着他打招呼，可是十多年癌症的折磨，加之几个月的低烧，已经掏空了他的元气，他连上餐厅那几个台阶都困难了。他停下来，边假装和我们说话，边满脸笑容地冲着来来往往的员工点头或挥手，直到员工们走远了，他才缓缓地向前移动，脚步沉重而散乱……

2014年的10月25日，这天我们鲁南制药鲜花盛开，歌声飞扬。厂区里的黄梨和柿子都熟了，秋菊也在秋风里绽放。员工们欢呼、雀跃，我们迎来了第27个厂庆纪念日。往常的这个日子，我们赵总会春风满面地穿上他那套十几年不变的西装，扎上领带，站在厂庆晚会‘鲁南力量’的开幕式上，激情洋溢地讲话，可是这次他没有到场。在服务中心餐厅里，通过视频直播，我们陪同赵总观看了这次精彩的演出。

职工们自己编导演出的节目，自然富有生活气息，熟悉的生活、熟悉的旋律感染了赵总，演出结束了，他多么想站起来欢庆一下，他咬咬牙，扶着椅子努力了几次都没有成功，豆大的汗珠不停地在他消瘦的面颊上滚落。在场的我们都想哭，他却笑笑说没事。

其实我们不知道，赵总是在同病魔做最后的斗争，就像他历次同高手打球一样，他总是能战胜对手，员工们多么希望这次我们赵总依旧能战胜病魔呀。

在美国读博士的赵龙回到爸爸的身边，她给父亲带来了活泼可爱的外孙女小宝，当地农村有句俗话——要想乐，爷爷抱着孙子过。现在独生子女多了，往往一个孩子成了两家人守护的对象，赵总也不例外。小宝特别讨赵总的喜欢，因为她从小就是姥姥带大的，所以和姥爷很投缘。每次见到姥爷，小宝总是顽皮地要姥爷抱抱或骑骑姥爷。

每次赵总抱小宝时总是先在那个小脸蛋上亲上一口，祖孙两个嬉闹上一阵子，然后把她轻而易举地举过头顶，在小宝咯咯的叫声中，赵总开怀大笑。那是他最舒心的时刻。有时他和龙老师牵着小宝，在院子里的合欢树下散步，小宝那张永远不会停住的嘴巴，一个劲儿地向姥爷提出若干问题。小宝是个活宝，只要她一来，玉带山下就有了更多更欢快的笑声。这次依旧如此，小宝见到姥爷，喊着跳着，向姥爷扑来。

小宝毕竟还是个孩子，她没有注意到姥爷的变化，往常，姥爷总是放下手头的活儿，要么早早地站在楼口等候，要么下楼迎接。每每这时，小宝就会被姥爷两只有力的长臂远远地接住了。可是这次姥爷静静地坐在轮椅上，眼里闪着无限关爱的目光，就这样静静地注视着宝贝外孙女。小宝没有注意到这些变化，孩子的天性让她三跳两跳地

赵志全夫妇和外孙女小宝

就扑上来。姥爷的手无力地伸过来，却没有抱起小宝的力气了。

小宝喊着‘姥爷抱，姥爷抱！’小宝忘不了姥爷有力的长臂把她举过头顶的惬意，小宝忘不了自己骑在姥爷的脖子上看风景的快乐，可是这次姥爷没有站起来。小宝摇摇姥爷的手臂，喊着让姥爷抱。在3岁的小宝的眼里，姥爷是高大的，是有力量的，是无所不能的。

我们赵总被小宝的情绪感染了，舐犊之情促使他颤抖地伸出双手，想抱起小宝，可是这次他明显地感觉到，这双握住球拍能杀十局的大手，已经不再属于自己了，他努力地试了几次都没有成功，一种无奈的伤感袭来。

作为一个生活和事业的强人，这种无奈是他无法承受的，就像一只垂暮的雄鹰，看到蓝天时，眷恋的目光里更多的是无助与叹息。赵总一向是坚强的，他留给员工的总是强悍的一面，可是这次他留给我们的是无助的苍凉。他慈祥地把小宝搂在怀里，眼里那一向刚毅的目光消失了，接踵而至的是晶莹的泪花。一滴两滴……聪敏的小宝发现了，她伸出肉嘟嘟的小手给姥爷擦着眼泪，一边擦一边不停地说‘小宝听话，姥爷不哭。小宝听话，姥爷不哭。’

那天我们都默默地站在一旁，悄悄地抹着眼泪。”

讲到这里，贺瑞已经泣不成声了。

我没有劝她，我知道一个德高望重的人、一个有益于人民的人走了，活着的人们想起他的种种德行，就会历历在目，就会忍不住为其流泪。这眼泪不仅仅是怀恋，也是……当然，这样的泪光里，那个永远离去的人的形象越发真实高大了。

（四）

贺瑞的眼泪感染了她的同伴，王娟、王佃茹、丰培雪几个都哭了。我知道她们都在服务中心工作过，她们跟赵总接触多，每个人都有不少关于赵总的故事，我得想办法控制气氛，来缓解她们的情绪。就在我思考办法的时候，那个新来的茶艺师插话说："前些日子新华社的李老师就在这里采访的，那时候被采访的人跟今天一样都哭了。我来得晚，没有见过我们赵总，可是这些日子，是你们让我这个新来的人认识了我们赵总。"说着，她含着泪花给每个人端了一杯自己泡的绿茶。

感谢这杯清香四溢的茶。

我记得在听员工的报告时，一位曾经在赵志全身边工作过的中层干部坚决反对这个细节，他的理由是这样的情节有碍赵总的形象，因为赵总给他的印象就是不屈服、不妥协，是强悍的。写赵志全就要写他坚强、不怕困难的一面，不能写他脆弱的一面。其实这是一贯的意识在起作用，人都是有感情的，毛主席够伟大了吧，他在把毛岸英牺牲的消息告诉给儿媳妇刘思齐时，不也是潸然泪下吗？他老人家在进北京的路上，曾救助过一对逃难的母女，面对那个苦难的孩子，一代伟人泪眼滂沱。伟大的领袖毛泽东也受不了穷人的眼泪，看到穷人的疾苦，他老人家也忍不住掉泪。这些不但没有降低毛主席的形象，反而让国人更加爱戴自己的领袖了。

英雄盖世亦当侠骨柔情。力拔山兮气盖世的项羽，在垓下演绎的"霸王别姬"，曾感动多少汉子？只是我们要理解赵志全，明白他内心世界的那腔善意，他之所以坚韧、刚强是因为创业需要这种正能量，发展的鲁南需要这股正能量；是他不愿意让别人承担他自己的苦难，天大的痛苦他一人来承担。在他生命最艰难的后期，他消瘦了、羸弱了，可是他给身边的员工说："今天我多吃了一个鸡蛋，气色好点了吧，来，夸奖我一下，给我一点正能量。"记得采访龙广霞女士时，这个一向坚强的女人提起丈夫时泪流满面，她说，丈夫第一次开胸手术时，汗珠如豆。可是志全却在家人面前咬紧牙关，没喊一声，她完全体会到了丈夫的痛苦。

一个人的伟大就在于他给别人带来无穷的正能量，而他自己却在默默承受着为激发这种力量产生的巨大的消耗而带来的无尽的痛苦。赵志全就属于这样的人。

此时，我想起员工杨淑超的经历，那是2012年10月25日的厂庆晚会，演出结束了，按照常规，大家扭着秧歌去体育中心看烟花。她在会议室前的台阶上看见了赵总，当别人的注意力都被烟花吸引的时候，一直站在赵总身边的她，发现赵总悄悄地掏出药片，无声地吞食着。直到赵龙在追悼会上说出那个惊天秘密时，她想到了这个细节，一下子就哭了。她说，那时候她不知道，赵总为了让员工们得到欢乐，自己在默默地忍受着痛苦啊。

采访继续。

说起赵总，每个人都有自己的切身感受。那个叫王娟的女工说，她在招待所工作期间工友给她讲过一个故事——

一次，在鲁南制药新时代药业的厂区里，赵总看见一个男工友气喘吁吁地向食堂跑来，就拦住他说："你别跑啊，灌了一肚子风，怎么吃饭？"他说："我的车间在玉带山那里，离餐厅远，不跑的话就晚了。"我们赵总只回答了几个字："我知道了。"

这就是后来鲁南制药为什么给一线员工配备自行车的缘由。说起来一辆自行车也就是三四百元，可是全厂好几千人，就按三千人算，那就得一千多万哪。

王娟继续说：“赵总这个人不仅心软还心细。一天，看到那么多的自行车都在露天地里放着，风吹日晒，下雨淋了，露水湿了，用起来都不方便，他就批示，投资建起三个自行车停放场，给员工的自行车一个避风港。自行车多了，难免出现损坏，一旦出现了问题就耽误员工使用，于是，我们赵总就指示人力资源部招收修理工，专门负责免费给员工修理自行车。

后来我见到这个工友，谈及此事时，他依旧一脸感动地说，‘真的没有想到，赵总会这么心细，这样大气，我的一个不经意的行为，就引起了赵总这么大的一个行动，让那么多人从中受益。在这样的企业里工作，真的让人舒心啊。’话语中，我看见他一脸幸福。”

在一旁静静坐着的王佃茹开口了，她说：“杨老师，我不知道你们作家的采访是要这些生活中的小事儿，既然这样，我也讲一个亲身经历的故事吧——那是2014年春节前的一天，好像天空还飘着小雨，那时候我怀孕7个多月了，走路明显不方便了。我家住在集团总部的临沂，上下班都要乘坐公司里的大客车。按规定，冬天发车的时间是傍晚5点，16辆大客车一齐开出，浩浩荡荡煞是威武。那天我处理完手头的事情就有点晚了，加之我身子笨、走路慢，就落在后面。就在我焦急的时候，我们赵总的司机赶来了，我才没有误点。

第二天，我们的车队发车的方式变了，不再一齐发车，而是采取流水方式，最后一班车离开的时间比原来晚许多。

怎么突然改变了传统？我有些不解，大伙也都困惑了。

后来的一天，我同赵总的司机闲聊，我说，‘那天多亏了你在关键的时候赶到了，要不我就惨了。’

司机笑了。他说，‘你以为自己是玉皇大帝啊，要风来风，要雨

来雨？天下就那么多巧事等着你？实话告诉你吧，是赵总看见你挺着个大肚子跑不动，怕你误车，才让我专程送你的。’

我的心里一热。更让我心里发热的是后面的话。

他继续说，‘小王，你了不起，你知道你的一次晚点，让多少人跟着受益？’

我一脸疑惑地看着他。

他说，‘我们的车队一齐发车，是几年来形成的规矩，为了气派，也是为了路上相互照应。自从你那次晚点，赵总就让主管部门改规矩了，理由是方便员工。就这样，改成了流水发车，员工随来随走，满车就开拔。这样早来的不用等，晚来的不用担心了。这一改，给员工带来多大的方便啊。’

我突然觉得自己挺厉害，无形中做了一件善事。

见我笑了。司机说，‘别以为自己就是菩萨了，我们赵总才是呢。’”

我分明看见王佃茹一脸幸福。

有人说幸福像空气一样看不到，却存在，它支持着你的呼吸；幸福像花香一样，摸不着，却存在，它弥漫着芬芳；幸福像上天的祝福一样，听不到，却存在，把它幻化成信息，送给你分享。这话是对的，瞧，这位女工不就是这样把幸福分享给我了吗？

是的，一个能分享幸福的团体，必定是一个充满幸福的团队；一个能制造幸福的团队，更是一个充满幸福的团队。任何人只要走进这样的团队，就是幸福的，也是幸运的。

王佃茹继续说：“只要不出差，我们赵总一般都在企业餐厅里用餐，这样便于发现伙食上的问题。他常说，连旧社会的一个雇了长、短工的小地主，都知道一个道理——家里做好饭，田里不用看。人是铁饭是钢，一顿不吃饿得慌。饭，一日三餐谁也离不了。办好食堂，让职工吃上香甜的饭菜，是企业的重要任务，从某种意义上说，建好一个食堂跟建好一个车间一样重要。所以，我们新时代药业仅食堂就办了三处。赵总要求食堂采购原料要参照车间采购原料的办法。要药好药材就要好，道理是一样的，巧妇难做无米之炊，没有好的原材料，再好的厨师也无能为力。当下保障食品安全的一个不可忽视的环节就是原料选择，为了让员工吃上安全的饭菜，赵总可谓煞费苦心。他总是先让管理人员考察产地后，再购进原料，比如酸奶，我们厂从来都是考察完养牛户后再进鲜奶，然后由我们自己的师傅加工而成。要不，天南海北的客户都说我们厂里食堂的酸奶口感好呢。

杨老师，你看我这嘴一张就扯远了，真的不好意思，也许我们这些长期在赵总身边工作的人，知道的琐事多一些，所以说起话来就容易跑题。”

我告诉她：“你说得很好，我们这些报告文学作家就怕采访对象不说话。开口有益，你说的这些都十分有用，这对写活赵总十分有益。”

一听对写好赵总有好处，她立刻释然了。

故事继续。

“有一回，我们赵总吃完饭走下二楼餐厅，在 楼大厅他看见一位刚进厂的大学生面前是一份咸菜两个馒头。赵总就同他交流。知道这是一个刚刚毕业的大学生，家里因供他读书陷入贫困，他的工资大部分接济了父母，所以才从口中节俭。赵总没有说话，冲他点点头就走了。但我们从赵总的眼神里读到了诸如赞许、喜欢之类的词汇，因为我听老员工说过，我们赵总特别孝敬父母，对那些孝敬父母的人尤其点赞。他说过，一个知道报恩的员工，才是一个让人放心的好员工。

员工自行车发放仪式

没几天，我们公司就出台了一项生活补助金政策：凡是新时代药业的员工，每月都能得到300元的生活补助。这些钱足够大家在食堂里消费了，因为我们职工食堂是没有利润的，纯粹是服务性质，卡里的款用不了，可以在厂里的平价超市购买自己所需要的任何生活用品。有了这张卡，双职工基本上不用贴钱，就可以满足家里一日三餐的基本需求了。”

就在王娟如数家珍般地讲着时，我想起了魏艳，我打断了她的陈述：“你说的饭卡，跟魏艳说的餐补是一回事吗？”

“是的，只是叫法不同而已。”她依旧沉在自己的思绪里，说：“不要小看这300元，这是工资之外的补助。300元看起来并不多，可是一年全厂就是一千多万啊。在我们县城，一千万相当于一个小厂全年的产值，相当于一个中型企业全年的利润。可是我们赵总就这样大手一挥，把一千多万送给了员工。真的，杨老师，我们厂的工资在整个县城已经最高了，我们赵总就是不补这笔钱，也绝对没有人说什么，可是他却给员工们发了。”

我问：“你认为赵总这样做事是为什么？或者说他这样做事的文化根源是什么？”

王娟看看我，没有回答。

我自嘲地一笑。也许我的问题太唐突了，也许我问得有些深奥了，让一个沉浸在自己的思绪里的人难以回答。其实，在采访的初期我一直在思考这个问题，直到采访了赵总的夫人，直到看了他的女儿赵龙在追悼会上的发言，我才揭开这个谜底——那是后话。

王娟没能回答我的提问，她却给我提出一个要求：“杨老师，我可以说说这些年来自己的感受吗？”

“当然可以。”

“都说鲁南制药这个企业富有人情味儿，都说这个企业凡事都为员工着想，其实那些都是外界人的道听途说，只有我们自己才真的能体会到什么叫以厂为家，什么是到厂如到家。现在的企业老板炒员工鱿鱼的比比皆是，员工频繁跳槽也司空见惯。可是在我们鲁南制药，赵总从没解聘过员工。我听说过一个故事，一个门卫，夜里值班时不小心睡着了，被夜查的执勤人员逮了个正着，按规定得重罚，门卫碍于脸面，写了辞职书。赵总看见后，让人调查，发现这名门卫刚做了爸爸，那天孩子发烧，他忙前忙后，一天一夜都没合眼，夜班实在熬不住了。调查还发现，门卫一家就靠他的收入来养活。赵总一听，心就软了，他说：‘他走了去哪里找工作？没有收入，一家人吃什么？孩子的奶粉怎么办？让他写个检讨，下不为例吧。’

后来这个门卫干得非常出色。我们鲁南制药之所以如此安定，是因为赵总凡是能替我们想到的，基本上都想到了，并做到了。因此，在鲁南制药上班是幸福的。”

王娟的感想让我想起了博士刘忠的一句话："在鲁南制药，你不用费太多的心思考虑工作之外的事情，因为我们赵总都替你想好了，衣食住行他都给你办好了。"

当今社会，许多企业的老板也要求员工以厂为家，可是那些老板从来就没有把员工看成自己的家人。既然要求员工以厂为家，那么你就得视所有员工为家人，你这个老板就是一个严父慈母，员工的冷暖就是你的冷暖，员工的幸福就是你的幸福，这样的一家人才会心向一起想，劲往一块使，才能合力共建。诚如是，老板与员工就不会走向对立，社会矛盾就不会那么尖锐。

当然，就双方的位置而言，人数众多的员工，因为不占有资源的支配权，在财、权、物集于一身的老板面前成了弱势，因此，老板与员工的矛盾由前者主导，企业的和谐与否基本上也由老板主宰了。

当下，就整个社会而言，老板也是一个庞大的群体，可是，又有几个老板能做到把员工当成企业的主人、自己的家人，与员工一起同呼吸、共命运，一起创业，并与之共享企业的红利呢？

当前，许多企业老板和员工对立，老板认为自己给员工提供了饭碗，是员工的恩人；员工认为给老板打工，是给老板创造利润，自己拿的只是一份辛苦钱。各自的思维自成一线，两者无法交融，于是矛盾不断激化，造成社会不和谐。其实像某些企业员工无助地跳楼这类的悲剧，除却员工自己的原因，企业老板的责任更大，因为他们是财富的主人，他们只知道为自己聚集财富，做什么富翁、富豪，甚至上所谓的财富排行榜，却不知道创造财富回报社会是创业的最终境界。就整个社会而言，能够达到这种境界的老板确实不多，他们大多起初的目的是实现对财富的私人化、家族化的占有。

也许，现在的许多企业老板都意识到了这个问题，并开始反思，可惜他们当中绝大多数还找不到原因和方向，他们把问题归结成各种不切合实际的原因，大吹自己的业绩或创新的理论，把简单的问题复杂化了。看看那些老字号企业，看看那些成功的企业家和善始善终的员工们，我们不难发现，那些所谓企业文化的发明，或管理理念的创造，其实都是我们的老祖宗口头唠叨的东西。早在秦国，商鞅在变法时就揭示了人类社会发展的重要法则：立柱赏金。“取信于民”这样简单的规则，加上老板与员工之间的真诚、平等的互相尊重，这才是一个和谐社会、一个文明大国应具备的基本道德底线。

显然赵志全想到了，也做到了。

不少企业家直言不讳：搞企业是为了赚钱。这无可厚非，赚钱是企业的目标，但不应该是做企业的终极目的，企业家必须弄明白一个道理：为什么做企业？企业赚钱为了谁？显然，为了自己或家族赚钱的企业，容易造成社会的仇富心态，只有为了员工和社会赚钱的企业

赵志全为博士分配住房

才是利于和谐的。然而，做到这一点绝对不是一件容易的事情，这样的企业决策者必须具备人文情怀，具备胸怀员工、胸怀社会的气度。把员工当主人、家人的企业永远是朝气蓬勃的。

国家为了给工人创造休假的条件，出台带薪休假制度，出台节假日上班加薪规定。鲁南制药带薪休假一个月的规定，比国家出台带薪休假制度要早好多年。同样的道理，只有那些很好地保护了员工利益的企业，才能获得员工的忠诚，当然办企业还有着极其重要的社会利益。也许，在鲁南制药发生的这些生活中琐碎的故事，恰好从侧面说明了这样一个问题。

喝过绿茶的贺瑞，情绪开始稳定下来，见王娟说完了，她继续讲述自己的故事："2012年是我一生中最幸福的时光，那一年我找到了人生的伴侣，那一年的金秋十月，我和心爱的恋人走上了企业为我们铺设的红地毯，那一年，我们分到了130平方米的住房……"

房子，是整个社会的热门话题，也是我们整个国家的沉重话题。这个话题吸引了我，于是我打断了她的叙述："你停停，你刚才说的住房是怎么回事？"

"这是我们集团曾引起社会轰动的最大的福利。事情是这样的，我最早听一名员工说，我们赵总跟高管们说过，'一个大学生毕业参加工作，还没有积攒几个钱，甚至还没有还清上大学时的欠贷就要结婚，结婚就要住房，一处100平方米的住房，在县城最低也要50万，加上税费、装修，没有60万是住不进去的。一个农村孩子，即使家里能帮着付首付，他们也得需要40万的房贷，小两口就得每个月拿出一人的工资支付房贷，刚参加工作就背上巨大的包袱。作为房奴，他们的生活质量就会下降，人就会生活在焦虑之中，你让他怎么安心工作？'

这就是赵总要给员工承建住房的缘由了。"

故事讲到这里，我想起同赵志全的秘书李宝杰的一次闲聊。他说："我们赵总这个人对员工尤其是基层员工的关心算是到家了，我给他当秘书好多年，上任的第一天他就告诉我，'宝杰，你记住，秘书不是老总与员工之间的鸿沟，而是他们之间的桥梁，不是员工和老总之间的台阶而是通道。任何员工有事找我，你都不能阻拦，无论我多忙。你记住，员工没有过不去的门槛，是不会舍上脸皮找到我门上来的。老总的任务就是帮助员工解决困难，让他们过上舒心的日子。你的任务就是帮助我竖起耳朵、睁大眼睛，听听他们的呼声，看看他们的需求，及时地告诉我。至于我的讲话材料、报告，都不用你写，这个企业是我从无到有、从小到大做起来的，企业的事情都在我心里装着呢。'

当时我还纳闷——秘书不写材料还算秘书吗？

有一次，我把关于房子的社会议论告诉他。他听完后说，'宝杰，我们搞企业是为什么？你还记得在庆祝承包经营十周年大会上，我讲的几句话吗？鲁南制药是大家的，是全体鲁南制药人苦心创业造就的。我们现在的鲁南制药，已经有能力做到解除员工后顾之忧了，为什么还要让他们为还房贷而饱受压力呢？我们创办鲁南制药的目标就是人人有饭吃、家家有房住、人人都幸福。什么时候我们做到员工进厂就能拿到住房的钥匙，我们就可以好好地大庆一次了。'"

像贺瑞这样的新婚员工，之所以能分到住房，是因为赵总为员工谋福利的理念。看来，贺瑞的讲述是碾砣子打碾台——石（实）打石（实）了。

（五）

鲁南制药对员工有个规定：给博士免费提供一套136平方米的住房，本科生享受116平方米的住房。

贺瑞说："我是本科生，爱人是科研部的研究生，按照企业福利就高不就低的原则，我们结婚时享受到大面积的住房一套，这在市场上需要六七十万的资金啊。我们都是农村出来的，家里为供应我们上大学已经负债累累了，哪里还有钱帮我们买房子？要不是企业的高福利，住上这样的房子，我们两口子还不得拼搏上大半辈子？"

贺瑞的话让我想起了小孟的故事。小孟就是我刚到鲁南制药时，陪同我去玉带山看望赵总墓的小伙子。我对他的关注，缘于他对鲁南制药的感恩。我相信这样一句话：一个知道感恩的人，绝对是一个善良可交的人。

那天，我们走在竹影摇曳、绿叶婆娑的林荫小道上，一路闲聊着走向玉带山。

他告诉我，大学毕业时，他本来已经决定留在长春母校做校报的编辑了，可是最后他还是选择了鲁南制药，当时就冲着企业能分配住房来的。那时，乡下的父亲不知道大城市房贵，居之不易，曾坚决地反对过他的选择。他是这样说服父亲的："我留在长春这样的大城市里，面子上可能好看一些，可是就凭咱们家的实力，在长春这样的城市，连筹集一套房子的首付都成难题，一结婚我就成为'房奴'了。我算过，两个人打拼20年才能还上房贷，接着，孩子又得上学，这辈子别想轻松了。别看鲁南制药在小县城，可是福利待遇好，按照鲁南制药的待遇，不用5年，我就会房子、车子都有了，过上舒坦日子。"

父亲不信，说："天上掉馅饼啊？哪里也没有白吃的饭。人家会白给你一套房子？"

后来，他开着车，带着老婆和孩子回家看望父亲，看见他一家人过得幸福，父亲就嘿嘿地笑了。

贺瑞接着说："看看我那些同学吧，好多还在大城市里漂着呢，他们依旧形影相吊，原因十分简单——没有钱置办婚房。如今在网上聊天时，好多同学看见我过的日子，都羡慕我。我告诉他们，男人怕选错行，女人怕嫁错郎。这话是古人说的，之所以现在还在流行着，想必是被历史反复验证了的。

在我们鲁南制药，员工不为住房而备受经济的困扰，已经不再是话题，因为我们赵总生前用企业的积累建造了近4000套住房，几乎全部免费给了员工居住。每到晚上，从居住区整栋整栋的宿舍楼里飘出的笑声，宣告了一个限制普通人幸福的难题，在我们鲁南制药得到了有效的破解。

厂里安排了7天的蜜月旅行，赵总还给每对新人送上了2万元的安家费用。让人难忘的是那场宏大的集体婚礼。到现在，我们鲁南制药为职工举办这样的盛大的集体婚礼已经十几届了。每年的金秋十月，这个收获的时节，就是我们厂最欢乐的时节，先不说10月25日的厂庆，仅场面宏大的集体婚礼就够让人兴奋的了。

气派的集团办公楼前铺着红色的地毯，一对对新人在厂歌的歌声里手挽手，笑着走上红地毯。此时我们赵总携夫人龙老师，戴着证婚人的胸花和红色的名签，一头飘逸的白发在阳光下十分耀眼。他笑着向我们招手，高兴地向我们走来。我们都知道，此时的赵总就是一个大家长，他是以家长的身份来给我们这87对新人操办婚礼的。为了办好这场集体婚礼，一个月前他就忙碌起来。赵总心细，他把我们双方

鲁南制药集团举办集体婚礼

的家长都请来了，广泛听取家长的意见。

他对我们说，‘你们能在鲁南制药找到自己的人生伴侣，是你们的幸运，你们结婚了，这是你们一辈子的大事，也是你们的父母盼望已久的大事，是你们整个家族的大事，更是我们鲁南制药的大事。我受所有新人的家长的委托，给你们证婚，我希望你们相敬如宾、白头偕老。希望你们孝敬父母，视厂如家，也希望你们早生贵子，让我们鲁南制药后继有人……’

在我们赵总讲话的时候，我看到坐在嘉宾席上的父母。父亲向我竖起大拇指，母亲在抹眼泪。我知道这是他们最高兴的时刻了。看见儿女长大了成家了，这是天下父母共有的心愿哪。

那天，赵总设宴招待我们的父母。他端起酒杯说，‘今天是你们的孩子喜结良缘的大好日子，也是我们鲁南制药大喜的日子，首先感谢各位新人的父母，是你们为我们鲁南制药培养并输送了优秀的人才……’

父亲激动地对我说，‘丫头，你是碰上好人了，你们赵总想得比我这个当爹的都周到啊，难为他了，一个大老板居然想得这么细致。丫头，做人得讲良心，你可得好好地干活，人家赵总对咱们这样好，咱得对得起人家啊。’

父亲掉泪了。其实那天，所有的新人的父母都落泪了。”

五、特殊的视角

（一）

赵志全无声离去后，在当地引发的震荡是强烈的，从厂到县到市，大家都在为一个优秀企业家的不幸逝去而痛惜，同时，又为一个“财富帝国”的命运而担忧。要知道鲁南制药集团不仅养活着10000名员工，而且每年给县、市两级政府纳税近10个亿，这巨大的贡献，对一个老区而言决不能小觑。例如集团子公司新时代药业所在地费县的财政收入近三分之一来自鲁南制药，可以说，只要鲁南制药“感冒”了，费县财政必定“咳嗽”。因此，集团掌门人突然离世后，各界的担忧绝不是杞人忧天。

当那个让众人意外的遗嘱出现时，当财富的权杖平安交接后，所有的担忧都在瞬间消失了。赵志全在财富和社会之间的姿态，将一个新时代的共产党员的胸襟，展现得淋漓尽致。当下，不正是需要这样的楷模吗？于是县、市先后发出了向赵志全同志学习的红头文件。

为贯彻这个文件精神，鲁南制药集团率先组织员工，举办赵志全事迹报告会。这个民间自发的报告会，由19个基层员工组成。我是含着泪水听完这19个报告的。在评点这些报告时，我告诉集团领导：按照重大典型报告会的惯例，报告团成员不能全部出自鲁南制药集团；为立体地展示赵总的形象，必须有局外人参与，当然，这样的人首先得了解赵总，对赵总比较熟悉。这样的组合对听众而言，就多了一份可信度。

第三只眼睛看世界，往往能看到异样的风采。

集团总经理助理谢宇告诉我，这样的人有的是。附近村民匡夫启，他同老板是朋友，老板的坟茔就是他修的；移民美国的史佩顺，得知老板去世，万里吊唁；远在山里的村干部李胜利，带着村民的哀思，来到玉带山上；被救助的大学生……他如数家珍。

我立刻意识到，从新闻学的角度看，这样的人物组合，必定有其独到的新闻价值。我认为有这样的局外人参加，理应是一件再圆满不过的事情了。为直接获取一手素材，我自告奋勇：史佩顺、匡夫启这两个人我亲自座谈，从中挖掘细节。

谢宇一口应承帮我联系。不过，史佩顺整天在太平洋上飞来飞去的，今天在纽约，明天说不上就在广州了，抓住他不容易，所以只要他在国内，这事就好办了。

电话接通了，史佩顺在济南，住在山东大厦。而且已订好机票，明天就回纽约去。

我决定立刻赶往济南。

路上，谢宇告诉我，这个史佩顺曾经是鲁南制药的业务员，采访他时，千万别问他离开的缘由。

“为什么？”

“一句话两句话说不清楚，总之别提为妙。”

“是他的原因还是赵总？”

“过去了的事就别提了吧。”

我有些担忧了，无论什么原因，离去就意味着决裂，谢宇居然让我采访这样的人，那我岂不是白跑一趟？想到这里，我感到自己冒失了，就在我为自己做事欠稳重自责的时候，同行的谢宇却一副大功告成的神态，这让我陷入了疑惑。

车子在高速公路上疾驰，我沉浸在史佩顺星夜退机票的故事里——

2014年11月15日，在国内跑业务的史佩顺，给远在美国的妻子发了微信：“亲爱的，我要去机场了，请你点燃生日的蜡烛，等我飞越太平洋。”

之后，他接到一条微信：“阿顺，咱们的赵总走了。”

他一下子蒙了。开什么国际玩笑？赵总那个身板，运动员身架。自己离开赵总的那一年，赵总还生龙活虎地决战在乒乓球台前。一个虎生生的大汉说走就走了？转而一想，天有不测风云，人有旦夕祸福啊。他赶紧回复询问，同时立刻给朋友谢宇打电话。当他听到朋友的抽泣声时，所有的幻想立时破灭了。

他立刻拨通了妻子的电话：“我改航向了，飞往沂蒙山。”

“为什么？”

“我如父如兄的大哥，我最敬重的赵总去世了，我得赶回去送一程啊。”

妻子沉默了，要知道明天就是她的生日了，她已经约了在美国纽约的朋友，准备好好地庆贺一番，可是丈夫中途改辙，让她有点不快。

那么，是什么样的友情让丈夫缺席妻子的生日宴会？

想到这里，一个新的疑问出现了：他们之间究竟有着怎样的恩怨呢？事业正在得心应手的时候，史佩顺却突然离开鲁南制药。

好奇心让我有了一种急于见到史佩顺的渴望了。

2015年5月6日早晨，我见到了史佩顺。这是一个外表不太出众的沂蒙人，中等的个头，平凡的相貌，一口浓重沂蒙话。怎么看都跟外商不太搭界。

我单刀直入："听说当初你都定好了回美国的机票，你为什么放弃老婆的生日宴会，千里迢迢，赶来参加一个已经和你毫无关系的人的葬礼？"

他说："既然你都知道了，那么，我就说说我和赵总的故事吧。"

"赵总，我的大哥。"一语出口，他满脸是泪。相见时的笑容荡然无存，泪水从他忧伤的脸上潸然而下。

在鲁南制药的这些日子里，我已经习惯了被采访者的眼泪，我知道他们对赵总有着深深的感情，因此提起赵总，他们就忍不住地落泪。但是，一个已经被鲁南制药解聘的人，一个在2009年就移民美国的人，按说他早已忘记了那段情感，现在看来他不但没有忘记，那份情感却如窖藏的老酒，日久弥珍。

他擦干泪花，说："杨老师你别笑话，我对赵总的情感，就是再过上30年也不会变化的，赵总的形象已经刻在我的骨子里了。我们之间发生的故事，还是从头给你讲起吧。

我老家在临沂市河东区刘店子村，我是典型的'农二代'。在学校时，我学习成绩不是太好，所以考学困难，高中毕业第一年没有考上，我就想放弃，因为我们家太穷了，一家人住的房子被雨水淋塌了，眼睁睁看着就是没钱修，住的房子是借邻居的，当时的困境可想而知。可是我母亲有眼光，她说，'儿啊，你必须考学才能改变咱家的面貌。'就这样我复习了四年才考上一所中专，学的是化工。当时我读的是委培生，为供养我和弟弟上学，家里欠了13000元的债务。看着母亲被债务压得喘不上气的样子，我心里急啊。1994年，我毕业后第一件事，就是想办法挣钱帮母亲还账。听说鲁南制药收入高，我就来了。当时，来鲁南制药有两种选择：一是下车间，第二是跑市场做业务。前者可以免受颠簸之苦，可是收入不高；后者多了许多奔波之累，可收入高。我显然是瞄准后者来的。也许是我的相貌平常的缘故吧，经过一轮选拔，满怀信心的我却被淘汰了。

我直接找到赵总，告诉他我要跑业务！

赵总看我一眼说，‘先去车间吧，想跑业务今后有的是机会。’

‘我现在就想请你给我一个机会。’

赵总也许被我的固执打动了，他放下手里的名单，认真地看我一眼，笑着问，‘你为什么现在就要这个机会？’

‘为了供我和弟弟上学，家里欠了不少账，我想多挣些钱，替我娘还账，要不，我娘会愁坏身子的。’

赵总听了，思索了一会儿后，冲我点点头说，‘你被选中了。’

其实我那时候没有别的想法，就想着替家里早日把欠账还清，好让父母轻松轻松，我是家里的长子，我有义务替父母分忧，我不知道这个理由是否合适，可是当时我实在找不出别的理由啊。没想到，这个拿不上台面的理由，居然说服了赵总。直到后来，我才知道赵总也是典型‘农二代’，他也是一个孝子，而且是个大孝子。

赵总那时候就下力气抓销售队伍，他亲自给我们上课，手把手教我们这些刚毕业的学生怎样做业务，如何同医药公司以及那些不相识的客户打交道。培训了一个多月，他设宴送我们出征。我怎么也没有想到，我的第一次出征，还没有到客户那里就惨败了。那天我们住在火车站附近的一个小旅店里，一路颠簸十分疲劳，就匆匆入睡了，谁晓得半夜被同室偷了个精光，公司借给我们的3000元经费，一分都没有剩下。1994年，3000元对一个刚走出校门的学生来说就是一笔巨款啊。那天我急得快疯了，我不知道怎样给赵总汇报。但是有一条我还是比较清楚的，没有钱你怎么开展业务？斗争了好久，我还是决定如

鲁南制药集团给员工发放福利

实地告诉给赵总。

当我战战兢兢地拨通了赵总的手机，原以为赵总会劈头盖脸地训我一通，其实我已经做好挨训的准备了，自己犯的错误自己就要承担。同时我也做了最坏的打算，大不了就走人，钱，等以后我挣了再还给鲁南制药。

我没有想到赵总会这样劝我，‘丢就丢了吧，你身后不是有我、有鲁南制药吗？别着急，我马上派人给你送钱。’

丢了那么多钱我都没有掉一滴眼泪，可是千里之外的赵总的一句话，居然让我的眼泪忍不住掉下来。到了后来，赵总喜欢唱《掌声响起来》，里面有一句歌词——掌声响起来，我的眼泪忍不住掉下来。每次听到这首歌，我就想起那次落泪，只是我落泪的背景，不是成功的时刻，恰恰是落魄的时候。

也就是那次意外，让我认准了赵总。

记得一次赵总让我去江苏讨要一笔欠款，我二话没说就去了，可是到了那里我才犯了难，我的普通话不好，我用地方话跟人家谈，人家一句也听不懂，他们的南方话我也是一句都不懂，可急死我了。晚上我就给赵总汇报。我们做业务的就是这样，你白天干的事情晚上一定要给赵总汇报，赵总也就养成了这样的习惯，晚上，他就守在座机边上，不睡觉也得等你的电话。直到所有的业务员都报告了自己一天的业务情况，他才放下心来。

我给他汇报的目的有两个，一是通报情况，二是讨教办法。电话接通后，我说，‘赵总，怎么办？我不会说普通话，人家听不懂，人家的话我也不懂啊。’

赵总说，‘我教你一个办法，你明天再去，还是这样说。他如果还是没有听懂，后天你再去，去的次数多了，人家不就懂了吗？我们鲁南制药的业务，都是这样跑出来的。你别犯愁，有我给你做后盾呢。’

赵总就是这样，我们这些业务员不论遇到什么情况，他都是这样先安慰我们，然后给我们出主意想办法。所以，我从一个什么都不懂的学生，成长为一个优秀的业务员，那是赵总一手培养出来的，这是老师之恩啊。你说我这辈子能忘记吗？

1995年，我们的企业陷入困境，资金周转十分困难，就在这样的情况下，赵总却依旧按照规定兑付奖金。那年，我的业务成绩突出，企业一次性奖励给我18100元，那是一笔巨款哪。当我带着这笔款和厂里发的福利，兴奋地回家过年时，我记得清清楚楚，母亲不敢数这笔钱，她不停地问，‘儿子，这钱来路正吗？’

我说，‘娘，这是儿子用血汗换来的，是赵总亲自发给儿子的，你放心还账去吧。’

母亲还是不放心，问，‘你们的赵总咋就这么大方？这可是咱们家种地十年的收成啊。儿子，你们赵总是不是算错了？要不，你再回去仔细问问？’

我笑了。我知道善良的母亲是穷怕了，她老人家从来没有见过这么多钱哪。

我家一下子还清了陈年旧账，我发现父母的身板一下直了许多。那个春节我们一家人过得十分舒心。吃年夜饭时，我告诉父母，再干一年，我就可以给家里盖一套房子了。

那天，母亲高兴得直抹眼泪。不善言语的父亲陪着我一个劲儿地喝酒，最后，父亲醉了，我也醉了。那是我们家最幸福的一个新年。”

史佩顺的话让我想起吴清纪的博文，他是鲁南制药驻济南办事处的一名负责人，我记得他在博文中写道：没有若父若兄的赵总发现、提携、重用，我不会有今天的成就。

吴清纪到鲁南制药的时候，史佩顺已经是办事处负责人了，干得风风火火。那时候培训的老师都给他们讲史佩顺的传奇。说赵总给片区办事处分配任务，好像给史佩顺的片区是500万，史佩顺不干了，他说：“赵总，我的片区怎么着也得1200万吧。”结果那一年他们真的完成了1000万。赵总表扬他时，高兴地借用毛主席表彰彭德怀的诗句说：“谁敢横刀立马，唯我史大将军。”从此史佩顺又被业务将士们称作“史大将军”。

我曾在济南采访过吴清纪，那时他用悲切的语言讲述了自己的故事——

“1998年我从学校毕业，开始到处找工作，四处漂泊打工。一天，家里收到一封信，是鲁南制药发给所有农村大中专学生的，信里介绍了鲁南制药的情况，号召我们有志学生到鲁南制药创业。处处碰壁后，我才知道，我们这些学子除了一张文凭其实什么都没有，每一次从那些单位大门里失望地出来，我的心就疼。什么理想啊、志向啊，在饿肚子的时候全烟消云散了。当时，我的目标就是找一份能糊口的工作，可是没有单位成全我。当我迈着疲惫的双腿，无助地走进鲁南制药的大门时，我告诉自己，这回再应聘不上的话，我就真的流落街头了。

我们这些农村长大的70后，都是父母节衣缩食供养出来的，大多数人的学费都是父母举的债。背负着父母的期望、背负着理想走出校门，没想到残酷的现实，把一切都无情地打碎了。后来听赵总喜欢的《忘忧草》，每次听到‘让软弱的我们懂得残忍，狠狠面对人生每次寒冷’我都会忍不住掉泪。

那天鲁南制药留下了我。我始终认为，那不是上天的眷顾，而是赵总对我的悲悯。

从那天开始，一直在漂泊的我，终于有了着落，在鲁南制药租来的宾馆里住下，吃着公司的免费伙食，开始了我走向社会前的培训。说真的，那一瞬间我感到特别温暖。这些日子的打工生活里，我看够了白眼、冷眼，可是在鲁南制药，温暖的床铺、丰盛的饭菜都是免费的，我什么事都没有干，鲁南制药就供我们吃住。走了不少地方，见识了不少老板，他们都没有赵总这样关心人。一种从未有过的温暖在心中升起。

十天的免费培训结束了，经过考试、体检、抗压能力测试等项目，我们60人剩下一半，这时，我们见到了赵总。他高大的身影一出现，就赢得了我们的掌声。

他总是一脸笑容地同我们说话，这是我打工见到的所有老板里，唯一总是笑着和我说话的人。他说，‘我跟你们一样，也是从农村走出来的，英雄不看出身，小伙子们，鲁南制药欢迎你们，来吧，咱们一起创业。’

记得有个人问，‘总经理，你给我们讲讲你创业的传奇吧。’他哈哈地笑了，说，‘今天把你们聘来，是要看你们创业的传奇的，我相信你们会在鲁南制药干得更好，因为鲁南制药最艰苦的时代已经过去了，鲁南制药这棵大树要长大，还需要你们每一个都为它再浇一瓢水，再施一把肥，这一瓢水、一把肥里就浸泡着你们的传奇故事。我等待着你们的这一瓢水一把肥。'

那天我们每一个人心里都特别激动、特别温暖。

开始实习了，我被赵总安排到南京，指导我实习的老师是1998年鲁南制药业务金奖得主朱修升。赵总不让我们掏一分钱的培训费，他知道我们这些从农村来的人，家里都困难，实习期就批给我1300元差旅费。怀里揣着这笔钱，我心里觉得特别温暖，从此这股温暖就一直陪着我。

一周后，我们回来考试，之后又面试。我们每个人都要经过赵总的面试。我至今都清楚地记得面试的场景，只有两个问题，看似很随意的样子，其实事后想起来，却反映了赵总的用人策略和他的良苦用心——

第一个问题是，'你在一线实习了一周了，你认为自己该怎么开拓业务渠道？'

第二个问题是，'你觉得自己能吃得下推销工作中的苦吗？'

听了我的回答，他说，'既然你有这个思想准备，你就到市场上吃苦去吧。'

后来我才知道，留下来的人只有培训时的四分之一。我有幸成为这四分之一里的一员。

当年年底，也就是1998年腊月二十九，集团隆重地召开家长家属座谈会，我父亲也被请来了。父亲是在乡下种了一辈子地的农民，他连县城都没去过，从未见过这样的场面。那天，我们赵总却握住他粗糙的手，热情地同他拉呱，感谢他为鲁南制药培养了一个人才，作为谢意，赵总发给父亲一个红包。

那天，父亲整个人都无所适从了。那句感谢的话还是我替他说的。

那天，我们父子酒足饭饱后，坐在赵总给我们租来的轿车里，拉着公司发的大米、面粉、猪肉、海鱼等节日礼物，高兴地回家了。我刚参加工作，还没有给鲁南制药做多少贡献，赵总就给父亲发了1000元的红包。土里刨食的父亲从未受过这样的待遇。路上，父亲高兴得像个孩子，他反复地说，‘儿子，你爹这回可真是露脸了。你得好好地干，替我报答报答你们的老板。’父亲的话似乎还在我的耳边，可是，让我父亲铭记在心的赵总却走了。

2014年11月18日，送走赵总后，我心情沉痛地回到岳母家，看见岳母在哭，一副伤心的样子。妻子在一旁含着眼泪劝说。娘儿俩把我弄糊涂了，我以为家里出大事了。见我一脸愕然，妻子说，‘妈听说赵总走了，这几天一直在哭，今天非要去追悼会不可，可人家集团连员工都没有通知，何况一个员工家属？’

原来岳母是在为赵总哭。

我的岳母是个坚强的人。我岳父刚病逝时，日子最艰难，可是她没有哭，咬咬牙带着两个孩子，过起清苦的日子。日子一天一天过去了，孩子也长大了。后来我娶了她的女儿，我们两口子一起，帮助她老人家养育着弟弟。我分到住房后，就把岳母接过来跟我们一起过日子。从此她就在小区里时常见到赵总。她说，‘每次赵总见到她，都笑着跟她打招呼。在她的眼里，赵总就是她见过的最好的人。’

岳母哭着对我说，‘清纪呀，鲁南制药的天塌了。这么好的一个人，越想越觉得难受。’

说来也怪，那些日子，我们小区里静得出奇。小广场里一向是顽皮的孩子们的天下，那几天却没有一个孩子在那里疯闹了。整个小区笼罩在浓浓的哀伤里。

‘业务将士’，是赵总对我们这些业务员的爱称，他从来不叫我们业务人员，总是开口闭口地称‘业务将士们’，后来，我才从老业务员嘴里知道，这支队伍是赵总最得意的先锋部队。先锋是什么，就是逢山开路、遇水架桥的团队。

那时候，钱是我需要的东西，因为妻弟考学面临着用钱，妻子一家还指望我呢。赵总是个舍得奖励员工的企业家，在我们最需要钱的时候，赵总的慷慨奖励成全了我，让我轻松地帮着妻子渡过了难关。我的岳母是一个知恩必报的人，她多次说过，‘我们家的日子是赵总、是鲁南制药给的，要我听赵总的话，好好服务鲁南制药。’赵总去世了，她老人家哭得一塌糊涂，也就在情理之中了。”

我之所以想到吴清纪的故事，因为我想这些从零起步的业务将士们，他们的阅历、感受都是相似的，因此，他们对赵志全的情感也应该是共通的。

当年的业务大将史佩顺的故事继续——

“赵总这人心思细腻，每年春节临近，他都把业务人员的父亲或母亲一块请来，并且亲自给他们发放红包。春节过后，他还要举办一个欢送晚会，给我们这些常年在外的业务将士们送行。

我父亲是一个老实巴交的农民，他哪里见到过这样的阵势？他自己也不知道该怎样同赵总说话，只是一个劲儿向我身后躲，那天，没见过大世面的父亲，羞涩得像个孩子。赵总看见后，笑了，他对我说，‘佩顺啊，你父亲是个老实人，你要好好孝敬他。’

由于我的成绩突出，第二年赵总就提拔我做南京片区的片长了。那时候我们厂碰上了银行紧缩银根，市场不景气，企业倒闭潮在全国兴起。我们鲁南制药也难独善其身，整个企业陷入困境。被逼得走投无路的赵总，不找市长找市场，发出‘96决战’的号令。于是我们全体鲁南制药人行动起来，开始涅槃式的自救。那一年我看到赵总人瘦了，头发更白了。

创业的路是那样的艰难，可是坚强的赵总，从来没有在我们面前流露出丝毫的畏惧情绪，他永远一副精神饱满的样子，带着我们在市场上滚打。他这种不怕困难、挑战困难、战胜困难的精神，让我们这些年轻人受益匪浅。

说实话，现在的我之所以能在美国代理一家大公司在华的销售业务，都是赵总培养的结果，是赵总的精神激励了我，要不，我哪里会有今天的成就？

1997年，赵总要开拓广州的市场，我被调到广东，负责广东片区的业务，偏偏在这时我那只有6个月大的孩子出现脑缺氧。赵总知道后，派厂里的人去医院帮助护理，并找到医院的领导，请最好的医生给孩子治病。那些日子，他几乎一天一个电话询问孩子的病情。我家属感动地给我打电话，说‘家里有厂里帮着，你就安心把广东的市场做下来后再回来吧。’

有句话说，屋漏偏遇连阴雨，孩子的病好了，我父亲又出现了脑出血。

赵总知道后就给我打了一个电话，让我先到厂子里来，他递给我一个红包说，‘先给老人治病，好了你再走。这样就不用挂心了。’

当我父亲知道事情的原委后，对我说‘孩子，你走吧，好好干，给赵总争光。’

杨老师，你说一个人一辈子能遇上这样一个老总，是不是福气？

当我得知赵总去世的消息时，我立刻赶往新时代药业。那天厂里人山人海，低沉的《忘忧草》的旋律在人群里轻轻地飘荡着，好多人在默默地流泪。我走到登记处，掏出钱，给赵总留点香火费用。现场管事的人说，‘赵总有遗嘱，凡是来的人一律不收钱。你有什么话要

对赵总说，这里有留言簿，你写下来，我们念给赵总听。'

我用颤抖的手拿起笔，写下了我对赵总的哀思，写下了对赵总无法弥补的欠情。

我们赵总已经静静地躺在鲜花围就的灵床里了。老哥，你就这样走了吗？我哭着跪下来，用农村传统的方式，深深地施以长长的跪拜。"

讲到这里，史佩顺已经泪流满面了。

（二）

如果不是史佩顺急着赶回美国总部，我的采访会继续下去。

他抱歉地说，一个月后他来临沂，有个大项目招标，到时候他提前约我，抽一天闲暇，泡一壶龙井，好好聊聊赵总。并一再表示等书出版了他掏钱翻译到美国去，美国也需要赵总这样的精神。赵总的精神，不仅是鲁南的，也是山东的，更是全国的。共产党领导的国家需要无私奉献、艰苦创新的精神，西方国家也需要这样的精神，整个人类社会都需要这种精神的。在地球村渐渐形成的时代，大胆创新、无私奉献、创造财富为他人，是任何一个民族都在追求的文化。

送走史佩顺，谢宇说："你不是想找一些局外人谈谈赵总吗？我刚给你联系上了老匡，他是我们厂附近的农民。对了，你不是去过老板的墓地吗，你感觉怎么样？"

"简单朴素、大方庄严，尤其是汉白玉石，选材精致、设计大方，而且墓地选址也颇有讲究，山傍上的那片平地，是两个山头之间唯一能面对阳光、目视工厂的地方。"

"按老板的遗嘱，入土为安，简单修个坟头就行了，可是老匡不同意，他说，他们村是沾了鲁南制药的光，老板活着的时候，他多次代表村民想给老板意思意思，都让老板坚决拒绝了，这回老板走了，没有人阻拦他们了，他们想怎么意思就怎么意思了。于是，老匡执意掏钱，要带着村民给赵总修墓。”

这个不按常规出牌的人有点意思。按照常规，宁在马前磕头，不到马后作揖。老百姓都知道，有粉擦在脸上，哪有擦在腚上的？可是，这个农民绞尽脑汁所做的一切，都是在赵总走后。好奇心促使我决定好好地挖一下这个故事背后的东西。

告别史佩顺后，我和谢宇直奔左家王庄。

老匡叫匡夫启，是左家王庄的“土著”。这个左家王庄，跟所有的中国北方的小村没有什么两样，可是只要你走进小村的历史深处，你就会发现小村当年的辉煌，这里是慈禧太后关注的地方。甲午战争中民族英雄左宝贵战死朝鲜后，慈禧太后为了表彰他的功勋，下诏皇封左氏的后裔。得到皇封的左氏，从地方迁移到玉带山下、温凉河畔，居依山傍水的小村，从此，小村因左氏的入驻而改名。1938年日军占领费县县城，一个中队的日军去了左家王庄，眼看着日军就要屠村，左夫人带着一家老幼倚门而立：“我就是让你们血染平壤城的左宝贵的夫人！你们小日本……”一通不卑不亢的怒斥，“小日本”退去，从此不再骚扰左家王庄。也正是有了左氏遗风，左家王庄人爱憎分明。老匡就是在这样的环境里长大的。

匡夫启出生时，这个坐落在小石岗下的小村，已经繁衍到2000人，人多地少的矛盾日渐凸显，为了生存，村民不得不开荒种田，于是贫瘠的乱石岭就成了村民生存的庄园。土地贫瘠是村民吃不饱的主要原因。在这种状态下，打工成了小村人的不二选择。匡夫启当了几年的兵，没有改变自己的命运。做了村干部的他，试图改变村人的命运，但是依旧失败了。2000年，得知鲁南制药相中了这片乱石滩，见过世面的他立刻意识到，这是一个千载难逢的发展机遇。他找到赵总，说："只要你来，我全力以赴帮助企业落地。"那时候人们对鲁南制药还没有太多的认识，当地人用地域化的思维，把鲁南制药视为"入侵者"。尽管老匡不厌其烦地给村民讲述鲁南制药会给村庄带来的前景，可是抵触情绪依旧在发酵。现象之一就是村人在责任田里大量移栽果树，以换取高额的征地补助，就在这样的背景下，老匡和赵总走到了一起。

老匡说，那是2001年，听说赵总要来，他一直在村头等候，直到县里领导告诉他，赵总已经到了玉带山了。老匡一头雾水，不对啊，除了一辆破旧的普桑，没见有好车过去啊。对方说："那辆破旧的普桑就是赵总的专车！"老匡睁大了眼睛。这是赵总给他的第一印象。

老匡继续说："鲁南制药已经在玉带山周围征地建厂了，这是我们的村庄发展的契机，可是那些见利妄为的人，千方百计挖投资者的腰包，他们在有限的土地上大量地栽种果树，希望获得更多的补偿。赵总看看一夜之间，粮田变成了果园，他也有一种说不出的感受。可是他没有像个别老板一样采取极端措施，而是找到我，说，'老匡，你给村民说，别让他们节外生枝了，我们的厂子早日生产，村民就会早日受益的。你看这样行吧，你们开出的土地流转的价格，每亩再加100元，地上的树木，咱全部按物价局的标准补偿，个别老果园咱们高价收购就是了。村里年轻有学历的年轻人，照顾进厂优先安置工作，村里能干活的老人及妇女，由你们村委组织起来，到厂里做零工，种花、养草、栽树、打扫卫生，厂里发工资。'

这样的优惠条件让我们无法讨价还价。说实话，我村的土地都是人种天收山岭地，即使风调雨顺，每亩产值也不足800元。赵总开出1200元的流转补偿，显然超出群众的预期，而且那些新种植的树木也都给了补偿。

我有些感动地说，‘赵总，难得你这样体谅农民。’

赵总一笑，‘我也是农民，我父亲现在还在村里种地呢，我知道农民的难处，和农民争那点利益的企业是做不大的。话又说回来，我们办企业的最终目的不就是为了社会吗？’

那天我们这些村干部都暗地里竖起大拇指。

补偿开始后，我们村的一户老实人家，从来没有生过事，当他拿到3万元的果树补贴时，手都哆嗦起来，激动得不知说啥好。

我告诉他，‘赵总看过你家的老果树了，让你别砍了，厂里收购这些老树，绿化厂子，你开个价吧。’

他听了，差点哭了，说，‘这个老板是好人哪。’

这是赵总给我们的第二个印象。

开始赵总对我说，‘老匡，你熟悉这里的一草一木，你陪我走走，看看这些地方吧。’

那时候，这里除了山地就是河滩。山地上除了长点地瓜，就是种高粱。好多山坡上连草都不长，到处是裸露的石板，河滩上到处是积水和乱石丛。

他指着乱石岗说，‘这里是我们的一期工程生产区，那里是二期。对了，老匡，你看见河对岸了吗？我们准备在那里搞四期工程。就是我们眼前这片高岗，我要建职工生活社区。你们村附近的这一片垃圾场，我打算搞成职工体育中心，建个一流的体育场馆……’

他兴奋地指着那片积水的河滩，说，‘就在这里挖出两个相连的湖来，养上鱼栽上荷，就是古诗里说的——接天莲叶无穷碧，映日荷花别样红。到时候，我们在湖的岸边，建一座五星级宾馆，客户来了，坐在房间里就可以看风景了。’

当时他说这些话的时候，神色飞舞，可是，我却觉得像是梦话。

那时候，这些地方高处都是一色的乱石岗，低处是接二连三的水洼，高岗上，除了风吹日晒变得粗粝的石头，就是多年也不见长的荆棘丛，水洼里是满眼的芦苇。这与赵总的设想悬天隔地呢。

我说，‘你的规划太大了，这得多少钱啊？’

赵总却一笑，说‘钱不是障碍。’

我说，‘就是有钱，这么大的一个摊子，得多少年才能建起来？’

他说，‘十年之内，这里就是全国一流的现代化制药基地。’

当时我就觉得这个人不一般，是个大格局的人物，面对那个不毛之地，他居然规划得那么轻松。在他的眼里，只有未来，只有宏图，压根儿就没有困难。

这是我对他的第三个印象。

令我们全村人都没想到的是，短短几年，这片荒岗上就建起一座现代化的企业，当车间开始生产的时候，我们才真的服气了，赵总是个说到就办到的人。

一天，鲁南制药人事部的负责人对我说，‘赵总指示，让我们村组织两个厂区服务队，一个由村里能干活的老爷们组成，负责种花、种草、栽树养护，一个由没有家庭负担的妇女组成，负责打扫卫生。’我知道这是赵总兑现几年前的诺言了。

从此厂里的杂活，由我们村和周围几个村的村民承包了。那些人平时没有多重的活儿，养养草、种种花，一天八个小时。

记得那是一个盛夏的下午，知了在树上没命地叫着，太阳火一样地烧着。我们村的老人都是守纪律的，他们按时到厂里来上班了。这让赵总看见了，他就打电话给我，‘老匡，给你说个事，你告诉村里的老人，下午班不要让他们两点就来，等等太阳下去，三四点钟再来也不迟。天太热，老人受不了。’

你看看，这就是赵总。

这是赵总给我的第四个印象。

赵总这个人特别孝顺。在我们这里有个说法——你想找赵总办事，先找老太太，只要老太太发话，没有不成的事。这话我没有考证，但是它说明一件事——别看老赵在上万名员工面前是大老板，可是，在他娘面前，依旧是个听话的孩子。只是有件事我一直不解，直到他去世后我才明白。

赵总的父亲，是个种了一辈子地的农民，他有一手种菜的绝活，家里有地，他就种了不少菜，老两口哪里吃得了？老人就用个独轮车推着到这里卖菜。有句话说得好，人到哪里粮菜就跟到哪里。新时代药业四五千人啊，加上员工的家属，上万人的消费可不是小数字。一向爱种菜的老人，也来卖。赵总知道了，坚决不让父亲来卖了。

还有一件事当初我也不理解。大概是去年吧，赵总好长时间没有去见父母了。儿行千里母担忧，一天，我见到老太太提着一篮子鸡蛋来到厂里，就问，‘这大老远的，您怎么来了？’老人说，‘我好长时间没有见到龙龙她爸爸了，想得慌。’

老人听说赵总出差了，就叹一口气，无奈地走了。那天，赵总就在专家楼里，可是他没有和母亲见面。那天，我隔着水渠，老远看见赵总远远地望着母亲的背影，久久地站在树荫里，直到母亲的影子彻底消失在他的视野里。

其实，我也好长时间没有见到赵总了。我不知道他为什么不和母亲见面。要知道他可是有名的孝子呀，为了能多看母亲一眼，他把乡下的父母接到小城。可是这次母亲就在眼前，他为什么不见呢？当时我颇不理解。

直到在灵堂里，我看见了消瘦得不像样子的赵总，我明白了，他是怕老母亲看到他骨瘦如柴的样子接受不了，伤心哪！

孝子的苦心，许多时候外人是读不懂的。

这是赵总留给我的第五个印象。

渐渐地我就跟赵总熟了，世间的诸多事情都是这样，人熟为宝，熟悉了就无话不谈。这些年，鲁南制药基础建设摊子铺得大，建设工期又长，我就趁机组建了一个工程队，在工地上承包一些小活，几年下来，也算是富户了。有一次我劝他，‘赵总，你也是一个大企业的老板了，每年上缴税金就好几个亿了，你看看你坐的车，还不如我这个个体户呢。’

赵总说，‘老匡，买台车才几个钱？你知道吗，一个生物实验室设备就是几千万呢，你这样的车能买一个车队。可是我跟你不同，我还有几千员工没有房子住呢，等他们都住上房子了再说吧。’”

说到这里，老匡一声叹息：“赵总这个人哪，一辈子就是一个苦行者，他除了打球，基本上没有爱好。他的境界不是一般人能够达到的，他的苦忍也不是一般人能做到的。

现在中央号召党员干部‘三严三实’，人家赵总一辈子就是这样做的。要不，临沂市委在向赵志全同志学习的文件里说他是新时代企业家的楷模。他不光是企业家的楷模，更是党员干部的楷模。

还有一次，我说，‘赵总，我是个农民，也是个粗人，说句不中听的话，你这么大的家业，自己没男孩子，将来谁继承？’

他没有说话，只是陌生地看着我。良久，他淡淡一笑。

事后，我有些后悔，怎么跟赵总说这些不咸不淡的话呢？再一想，我就是一个农民，思想境界就这么高了，让咱讲出更高层次的话也不可能。好歹，人家赵总理解我的心思，大人不记小人过，不怪咱。

这是赵总给我的第六个印象。

滴水之恩当涌泉相报，这是做人的本分。投之以桃报之以李，是一个人起码的德行。赵总把新时代药厂建在我们村的土地上，让我们这些世代务农的人享受到工业带来的红利，村民都盘算着如何报答

新时代体育广场

他，村里商议决定给他送点礼物，就委派我来办。我真不知道他喜欢什么，就向他身边的人打听他的爱好，打听来打听去就两个——喜欢打乒乓球，喜欢听歌曲，其他没有了。这是什么爱好？哪怕你喜欢唱歌跳舞、字画古董呢。没办法，我就直接给他说，‘赵总，你给我们村带来了这么多的利好，村里人一直想给你个礼物，就是不知道你缺什么？’

他哈哈大笑起来，说，‘老匡啊，你看看我，一年几十个亿的收入都归我支配，你说我缺什么？你们的心情我知道了。你们的这片心意就算最好的礼物，我收下了。’

是啊，一个掌管着上百亿资产的大老板，他缺什么呢。

我就让老伴把我们家自己种的大豆、玉米，到石碾上碾好，给他送去。他看后说，‘好吧，这样的礼物我收下了。’

我知道他是给我一个面子，他们企业自己有食品基地，他什么都不缺啊。我那点破东西算个啥？可是赵总一脸欢笑地收下了，并高兴地给我回了两箱他们自己产的灵芝药酒。

这就是赵总给我们的第七个印象。

……

好了，不说这些了，要是从头到尾说，三天三夜也说不完。谢宇不是让我给你聊聊我们给赵总修墓的事吗？咱就说说这件事的来龙去脉吧——

有一次，赵总约我去爬万寿山，那里有个乾隆皇帝的行宫，是沂州府为迎接乾隆皇帝下江南路过此地时修建的行宫。这座行宫选址十分考究，宫殿在万木丛中，殿后是悬崖绝壁，壁下就是滔滔不绝的浚河，山东边就是浚河和温凉河的交汇处，万顷碧波倒映着绝壁，宫前是一面山坡，青松万株，在阳光普照下，松林的涛声与河水的嘶鸣构成了万籁中的绝唱。

赵总指着这里说，‘等到四期工程做完，我就抽出精力和资金，重新打造这座衰落的宫殿，再现万寿宫当年的辉煌，给当地人还原一个历史盛景，恢复一段文明。’

我们一路高兴地聊着当地的传说，不知不觉来到了玉带山。在乾隆皇帝到来之前，这座被河水环抱的小山叫小花山，一色的桃花，盛开满山的粉红。不知出于什么原因，皇帝金口一开，从此小花山的名字就成了历史。这是厂区内的一座山头，不高，却让一条温凉河改变了流向，北去的河水在这里绕一个大弯。一山的松树被我们村的老人精心守护下来，多少年了，村里的老人不让砍树，才有了这一山绿色。山上尽管都是石头，但是上百年护理下来，小小的松树已经成林了，郁郁葱葱。赵总接手后更是爱护有加，他投资建起了灌溉渠道，对小山实行人工灌溉。在他的精心保护下，这里已是鸟的世界，成群的五色山鸡在这里鸣叫，无数的松子给它们提供了丰富的食物。河里的鸬鹚、白鹤们在水里游倦了，也来此小憩，无数的野鸡、野兔、灰鹤在这里安居乐业。

那天听着一山的鸟鸣，我们来到玉带山的东坡，这里有片平缓的草地，过了草地就是山头，只是东边的山头比西边的山头矮许多，太阳一出就能照着这片平地。

那天，赵总说，‘老匡，这是好地方，等我老了，哪里不去，就

埋在这里。老匡，这话你帮我记着。'

我笑了，说，'你才多大？从你父母的身体情况看，你们赵家有长寿基因啊。'

赵总笑笑，说，'人总是要死的嘛。'

'即使你百年后，也得归祖林呀，咱这里有个不成文的规定——落叶归根，入土为安，这个根不就是故土吗？你的根在葛峪村，那里有你们赵家的祖林呢。'

他郑重地说，'哪里的黄土不埋人？老匡，我走后就埋在这里，这里地势高，躺在这里也能看着企业一天天长大！'

我知道赵总是个说到就要做到的人。

我说，'行啊，要是你走在我前头，我就给你修座墓；要是我走在你前头，就让我儿子给你修座墓。让他逢年过节给你烧纸点香。'

赵总呵呵地笑了。

可是我做梦也没有想到，他身体那么棒居然走在我前头了。

2014年11月15日的上午，当我得知赵总不幸去世的消息时，一口气就跑到厂里。我不相信这是真的，我希望这次又是传言，因为这几年，曾不止一次地传出赵总病重的消息，可是我依旧看到了赵总在工地上忙碌的影子、在跑道上的英姿、在乒乓球台前活跃的身影……当我气喘吁吁地跑到专家楼前，我见到厂医张传林在楼前哭泣，这是一个见证过多次死亡的医生，跟常人比，医生的眼泪是不会轻易落的。当我看到他一副悲痛欲绝的样子时，心里暗叫一声，赵总真的走了。我觉得玉带山在旋转，我听到温凉河在呜咽，立时，我的大脑里一片空白，一屁股坐在地上。

直到追悼会那天，赵总的女儿一脸泪花地告诉我们，'今天，我可以告诉诸位叔叔阿姨了，其实我的爸爸，早在2002年就查出患了胸腺癌……'

一语惊醒梦中人哪。所有的不解甚至误解，都有了合理解释。

我这个人当过兵，不信迷信，可是，有时我也觉得有些事情的确带有迷信的色彩。给赵总打圹（挖墓穴）的那一天，我就担心，玉带山上都是石头，能长草的地方都不多，就这点长草的平地还算有点土，恐怕连一个像样的棺材圹都挖不出来。但是，这毕竟是赵总生前选中的墓地，别人无法更改。我们只有硬着头皮往下挖，让人百思不得其解的事情出现了，这片小得不能再小的平地，居然挖出一个像模像样的坟穴来，一色的黄土在阳光里泛着新鲜的光芒。这里哪来的黄土呀，村里的老人也一头雾水，他们不解地看着这些黄土。这山上都是百年来腐烂的松树叶子、松子壳，可这是一色的土哇，黄土是从哪里来的？难道是为赵总事先预备的？难以解释的是，在这小片平地上，你只能挖一个棺材的深度，再往下就挖不动了。

这个结果，让我们所有在场的村民，让那些一辈子都在山上转悠的老人惊呆了。

赵总这人神了。他看事的眼光比常人远，连他选的墓地也是绝版哪。

按照乡村的老规矩，德高望重的人死了，村里要组织八个有德之人，为他举冢（这叫八仙引路，目的是送他一路到天堂）。所谓举冢就是抬棺。在我们农村，人死了要有哭丧的，哭的人越多、哭声越大，对死者越好，这也是老辈的规矩。于是，我们村里的女人自发组织哭丧队。大家说，赵总为了咱们村操了那么大的心，给咱们村带来那么多的财富，人家一口水都没有喝咱的，咱们就好好地送他一程吧。

当我们按当地的风俗，把一切都准备好的时候，赵总的葬礼由厂里负责了，我们的盘算落空了，就这样，我带着村民给他修了这座墓，算是我们对赵总尽了一点心意吧。”

我问：“老匡，你们花了不少钱吧？”

老匡摇摇头，说：“再多的钱，也无法表达我们村对赵总的感情啊。再说了，人家鲁南制药说什么也不让我们掏钱哪。

按我们的乡俗，刚刚入土的人灵魂孤单，亲朋好友是要安慰他、为他守墓的。那些日子，周边村的老人，都自发来到玉带山，为赵总守墓，崮子村的陈国成、我们村的魏风举……这些老人也许就从没跟赵总说句话，可是，他们都来了。他们在赵总的坟前，燃起一堆篝火，围在一块儿。毕竟是11月底了，夜风从北面的万寿山上吹来，带着些许寒意，可是玉带山上却有了温暖，一堆篝火映着赵总的孤坟，这些老人聊着赵总的故事，念叨着他的种种好处，一守就是一夜呀！

我劝他们，‘你们都年龄大了，回家歇着吧，让年轻人来。’

他们说，‘咱们村的好日子，都是人家赵总给的，他活着的时候忙，没工夫说话，这回他歇息了，有时间了，咱们陪他说说话吧。’

年过古稀的魏风举，抽一口旱烟袋，说，‘赵总啊，我们这些老头子都住在附近，什么时候你在那边冷清了，就给咱托个梦，我们哥几个就过来陪你说说话。’

清明节，在咱这里是上坟的大日子。2015年的清明节，我带着儿子来给赵总上坟。那天我从山下背了一筐黄土，对儿子说，‘你给我记住了，咱们左家王庄之所以有今天，咱们家之所以能买上轿车，不是咱们村的人有本事，不是你爹有能耐，这是赵大爷的功劳。儿子呀，给我记住了，我活着的时候我想着，我死了后你想着，清明添土，过年烧纸，十五燃香，这都是你的事。你赵大爷的孩子在国外，三步远两步近的，清明、春节你就来替她给你赵大爷上炷香，磕个头，说句话。’”

说着，老匡的眼泪就下来了。

（三）

2014年11月18日，艾山殡仪馆里人山人海。治丧委员会计划到场2000人，但是，到场的人却达10倍之多。葬礼上的许多面孔，对鲁南制药集团员工来说都是陌生的，但是他们伤心的神态和真诚的心态与鲁南制药集团员工并无二致。

如果说新时代药业四周的村民主动参与葬礼，自动为赵总守墓，是他们分享了工业的红利，沾了鲁南制药集团崛起的光，那么，那些远离鲁南制药集团，甚至在百里之外的村民，也纷纷赶来了，这是为什么？

在那次追悼会上有个人在频频抹泪，这个人叫李胜利，是水涟峪村民，这个村处在费县的南部山区，远离新时代药厂百余里。南部山区大都是石头山，雨水留不住，村里常年缺水，因为对水的渴望，李姓的先人将村子取名水涟峪。

2002年初夏，赵总带着企业高管来费县看他选择的厂址，正碰上费县遭遇百年大旱，一向靠天吃水的水涟峪，更是雪上加霜，人畜吃水成了问题。这事让赵总知道了，他说："老百姓连水都吃不上了，咱们帮一把吧。"中午，天空万里无云，一轮太阳在孤独地燃烧着。田里的禾苗都枯死了，粮田变成了赤地。路边的树木都蔫了，叶子无力地蜷缩着。他带着几个高管来到村里，镇上的人把赵总介绍给村主任李胜利。赵总说："我们既然来了，就要想法子解决村民吃水的问题，你是村主任，你说说吧。"

李胜利没想到赵总这样干脆，心想，看来搞企业的人做事的风格就是不一样啊。

他就说了村子眼下的缺水状况。当听到村里每天、每户只能分到一桶水，牛都渴疯了的时候，急性子的赵总脸上出汗了，他说："你们这里有山，有山就应该有水，咱们打一口深井，彻底解决村民的人畜用水，怎么样？"

李胜利面有难色地说："那太好了，可是我们村没有钱哪！"

赵总问："50万够不？"

李胜利喜出望外："足够了，足够了。"

赵总对手下人说："就这么定了，我们鲁南制药出资50万，给村民打一口深井，并负责配套。明天就开工，争取一周内全村的人畜都能喝上高质量的饮用水。"

赵总做事就是这样雷厉风行，第二天，资金到位了，具有一级资质的打井队，也开进了村子，沉寂的山坳里，响起隆隆的机器声。

2002年10月，鲁南制药给费县上水涟峪村捐资打"思源井"

甘洌的地下水喷涌而出，全村人高兴得又蹦又跳。

吃水不忘打井人。一晃就是10年过去了，如今村民依旧吃着赵总打的井里的水。当他们得知赵总不幸去世的消息时，虽然村里没有接到治丧委员会的消息，可是村民依旧派代表来了。

他们走到灵堂前，用农民最传统的方式，表达了全村人的感情——深深跪拜。

就在水涟峪的农民深深地向赵总跪拜的时候，一声哭声传来——

“赵总，我来晚了！”

来人叫刘宝超，是岩坡村人。他得知赵总去世的消息，特向单位请假，千里奔丧，演绎出一段鲜为人知的情感绝唱。

我是从费县县委宣传部文士学副部长的讲述中知道了这个故事的。作为一名业余记者，文部长具备了捕捉新闻的敏感性，在现场，他不失时机地做了简单的采访，他的采访丰富了这部报告文学的内容。文部长在他写的《留给费县大地的绝唱》里，也使用了这个材料。

依然是2002年，那时赵总在费县投资的药厂刚刚破土，可谓千头万绪。这时他听到一个消息：附近的岩坡村，一名叫刘宝超的考生，以优异的成绩被中国农业大学录取了，这是一件大好事。赵总想起了自己考学的那一年，他知道一个农村孩子能考出这样的成绩实属不错了。可是，听说这个孩子家境贫寒，缴不起学费，已经打算弃学打工了。赵总立刻命人送去6000元钱，并转告刘宝超，十年寒窗不容易，一定读下去，学成了报答父母，服务社会。学费的事不用刘宝超愁，他会资助到毕业的。

刘宝超体味到什么是雪中送炭，什么是成人之美。

人哪，就是这样，饥时帮一口胜似饱时帮一斗。

人无爱心不善，无大爱之心不算大善。爱心需要胸怀，需要境界。

当下，全国创造出巨额财富的企业家不在少数，但是，很多企业家都把财富家族化了。财富的传承方式，再次宣示了一个民族文化的影响力，同时也反映了一个企业家的道德素养及胸怀格局。能把自己苦心孤诣创造的财富用来搞慈善的并不多。

2003年我们国家部分地区遭遇“非典”危机，那是一场突如其来的重大灾难，也是一次对人性的考量。“非典”病毒肆虐，遏制“非典”病毒的重要药材金银花、板蓝根价格飞涨。那一年，金银花每千克的价格一夜工夫从30元涨到400元，经营这些药材的商人们赚了一个盆满钵丰。这时的鲁南制药集团库存了大量的金银花、板蓝根药材，有人出主意：高价抛售。显然就经营而言，这无疑是一个赚钱的策略，无可厚非。可是赵总立时脸色大变：“鲁南制药集团不发国难财！”

他一边加紧生产治疗“非典”的药品——银黄口服液，一边在保证生产所需的情况下，匀出100万元的中药材，专车驰援北京。

救死扶伤，是一个有道德情操者的义务，也是一个有着良好信誉企

2008年5月15日，赵志全向汶川地震灾区捐款

业的自觉。在那样一个国家危难的时刻，鲁南制药集团人的行为无疑是高尚的。

汶川地震，他出手就是100万，并发动全体员工捐款献爱心、援灾区。

据查证，赵总和他的鲁南制药集团，27年来捐赠和用于救助的资金就超过了1亿元。

在这些回报社会、回馈人民的行动中，乡村学子刘宝超无疑是其中的受益者。他说，没有赵总四年的帮助，他就不会有今天。那个帮助过他的人不幸病逝了，刘宝超虽然没有接到任何信函和邮件，可是他依然千里奔丧。按照赵总的遗言，他没有烧纸也没有进香，他只有深深的跪拜，只有一脸的泪花。

六、异样的泪眼

（一）

出于一个报告文学作家的敏感，我坚信，任何人，不管他是大人物还是小人物，身前身后永远不会只有一个声音。我相信越是那些不同的看法、不同的声音，甚至是满腹的意见，越能反映一个人最真实的世界，让一个人物立体起来。杂音，有时候是最能分辨出一个人内心世界的声响。

在鲁南制药人众口一词的讲述中，在飞扬的泪水里，我一直都在寻找那些对赵总有着异样眼光的人，寻找那些对赵总有看法，甚至有意见的人，因为这些人的眼里，往往有着独到的新意；异样的目光里，有着对赵志全另类的见解。可是，我万万没有想到，这些人居然是他的亲人……

赵总去世的消息，通过现代化的媒介，以飞快的速度传播着，消息传到东北平原，传到哈尔滨市一个普通的市民家里，一家人围绕着这个不幸的消息，有了话题。

这里有必要交代一下历史背景。

20世纪60年代初期，沂蒙山区陷入全民大饥荒。费县城西部的一个小山村——葛峪村，几个兄弟在村头无奈地挥泪告别。这是当年沂蒙山区常见的离别场景：亲兄弟抱头大哭，尽管故土难离，可是面对饥饿对生命的威胁，别离成了无奈的选择。地大物博的东北成为饥饿的山东人的首选。其中一个背着男孩的年轻人就是赵志全的三叔，背上的男孩就是赵志全，送别他们的就是赵志全的父亲和五叔。三叔是9年前闯的关东，在哈尔滨有一份固定的工作，养活赵志全没有问题。

年幼的赵志全，清晰地记得父亲一脸的泪水，记得三叔那低低的哭泣声。

大饥荒面前，食不果腹、衣不遮体的哥哥，不但无力保护弟弟，反倒因为子女多连累了弟弟。3岁多的赵志全，就这样被三叔带到了东北抚养，免受了20世纪60年代初期的那场旷日持久的大灾荒。三叔的慷慨解囊，给赵志全一家减轻了负担，帮助他们度过了最艰难的岁月。

生活是无情的，严酷的生活逼使一母同胞的兄弟天各一方。饿得肚子咕咕叫的赵志全，永远记住了那次别离的场景。正是因为经历了那样的苦难，才激发了赵志全创业的决绝。好多东西看起来似乎毫无瓜葛，其实这都是因果相成的联系。因果其实就在自己的手里，高手还没有明确人生的宏伟目标时，就已经有努力的决心了。

历史就是这样，三十年河东三十年河西。当赵志全把一个小小的校办小厂做大了，进击了大江南北后，他开拓的目光盯上了长城以外，派出销售将士进军东北市场。用他的话说，只有占领大江南北和长城内外的市场，产品才基本上算是占领全国了。干练的吴清纪就在这样的背景下，走出山海关，肩负起打开哈尔滨市场的重任。在赵总的意识里，年龄不是障碍，经验才是选择。有着丰富的开拓市场经验

2010年2月25日，赵志全代表在基层药房走访，对人民用药安全问题进行调研

的吴清纪，就这样被放马关外了。

初来乍到，自然想到熟人，吴清纪想到了赵总的三叔，50年代就闯关东的赵元森。就这样吴清纪找到了赵志富。赵志富是赵元森的长子，赵总的堂叔兄弟。

赵志富是航空公司的一名司机，工薪阶层。他有一套房子、一辆车子，正好可以出租给吴清纪他们，从经济实用的角度看，这是一件双赢的事情：赵志富出租车、房有了一笔稳定的收入，吴清纪他们在陌生的城市也就有了住处和交通工具。按说这是一件可行的事情，然而，此事让赵总知道了，赵总指示哈尔滨办事处：立即退掉，另行租赁。

毫无疑问，这个决定是出乎常人意料的。

10年后的2015年，吴清纪已经是济南办事处的主任了，当我提及这件事时，他说：“这是真的，所有的承租手续都是我办的，当时我也是这样认为的，反正办事处要租房住、租车用的，赵家的房子又在中心区，出行也方便，就办了租赁合同。可是我哪里想到，这恰恰是赵总最不愿意看到的事情。”

“这应该是没有什么可挑剔的，你们按市场价格，公平、公正地承租不就完了？”

“我也是这样想的。所以我一直觉得他小题大做，就没有执行赵总的命令。再说了，我刚租过来，一切都就绪了，这个时候违约对谁都不好。赵志富知道我们是他堂哥企业的员工，对我们可好了。人家是当地老住户了，人熟、地方也熟，帮助我们开展工作，给我们这些外来人帮忙不少。”

“后来呢？”

“后来赵总火了，非要给我一个违纪的处分不可。我这才舍上脸皮子找到人家。那天赵总的堂弟一脸难看，那脸拉得真的跟长白山似的，好长好长的。”

“你们可以给赵总好好地解释嘛。”

“没有用，开始我也想不通。事后，赵总语重心长地告诉我，‘鲁南制药集团之所以走到今天，靠什么？制度。我们有上万员工，常年在外的业务将士2000多人，这么多人靠什么管理？也是制度。所以你们做什么都要按制度办事，一是一，二是二。厂里定的制度必须一丝不苟地执行，谁都不能我行我素。清纪，你知道吗，身为总经理，只要我这里偏一厘，中层就敢偏一米，基层就敢偏一里！清纪啊，我为什么要处分你？你懂了吗？’

我明白了赵总的意思，赵总是让我们从源头上就卡死人情关哪。看看赵总一副深情的样子，我点点头，诚恳地说，‘赵总，我是懂了。可是，我们能理解，你的堂兄弟不一定理解你的苦心，由此产生的误解，甚至骂名，就得由你自己来承受了。’

赵总一笑，他语重心长地告诫我：‘你记住，一个人做事不需要人人理解，只需要坦坦荡荡。人的境界不同，胸怀各异，你无法让所有的人都理解你的选择。在一个芸芸众生的世界里，你要想做事，首先要学的就是忍耐，学会承受。但是，我们要相信未来，随着时间的推移，大家最终都会理解的。在别人没有理解之前，我们怎么办？两个字——忍受。’”

吴清纪眼里已经有了泪光。

（二）

那天，我们聊得十分投机。毕竟吴清纪是追随赵总一路走过来的老员工了，用他自己的话说，他被赵总训过、罚过，也被赵总表扬过、重奖过。光纯金的奖牌就挂了一大串。赵总这人爱憎分明，是非明晰，企业虽然是他一手创立的，他却从没有把企业看成自家的。27年来，他一直把企业当成孩子一样精心呵护，任何一个对企业有着不良影响的行为，他都在摇篮中给予扼杀，在源头就开始清流了。

他是恢复高考后的第一批本科生，知识面广，读书多，眼界高，看事长远。由于赵总的眼界比一般人高远，这就给能者带来了孤独，好多时候常人无法理解他的行为，对他的种种误解也就随之而来。他这27年可以说承受了太多的误解，承受了太多的苦难。甚至连他舅舅都不理解他，试想他得承受了多大的委屈？

这事还得从赵总的表弟梁亚辉说起——

在鲁南厚普制药（鲁南制药的下属公司）近千名员工里，梁亚辉是赵总仅有的亲戚，他是在企业还看不到光明的时候进厂的，是同他的表哥赵志全共同创业、一同见证过企业风雨的老员工了。人往高处走，水往低处流，这是自然规律，作为企业的普通员工，谁不向往做个车间主任或者业务主管？不想当元帅的士兵还算是好兵嘛！一心向上的梁亚辉也不例外。

鲁南制药集团在提拔干部、任用人才的实践中，渐渐创建了自己独有的用人机制，凡是晋级都要有考试，结合自己绩效，评定出综合成绩，然后由人力资源部上报集团。譬如销售人员的提升：一个从学校或社会招收的业务员，首先要经过培训才能成为业务骨干的助手，到他能独立工作的时候，才能在小片区负责人的指导下上岗，等你做出业绩……到达办事处负责人，大约要经过五六个级别的锻炼。这样培养出来的人，才是拿得起放得下的经营、管理人才。

集团总部的行政管理人员，必须出自一线员工，在赵志全的意识里，没有一线工作经验的人，是不能做管理者的。猛将必发于卒伍，宰相必起于州部。这是历史的经验，而且屡试不爽。在干部的选拔上赵志全可谓用尽心思，凡是到鲁南制药的员工，不管你是研究生还是专科生，统统到车间一线去锻炼。梁亚辉知道表哥这套思路，因此他从来没有指望走表哥的后门，靠本事吃饭、靠能力升迁，是鲁南制药集团传统的规矩。于是他悄悄地参加了集团选拔企管人员的考试，他相信自己的能力。

笔试关他轻松过了，随后的是综合评定成绩，也顺利过关了，就在他静候佳音的时候，他却意外落选了。梁亚辉想，也许自己不如人家，既然落选总会有落选的理由吧，于是他咬咬牙，继续追求着心中的梦想。可是这样的重复依旧在演绎，梁亚辉不得不查问缘由，一个知心朋友吐露了秘密："这事你只有找你的表哥了。"梁亚辉不解，都说是亲三分向，他怎么能故意向亲戚发难？再说这些年自己从未有向他要求什么，兢兢业业地工作，默默无闻地做工作，自己是凭着能力干出来，也是凭借实力考出的成绩啊。他百思不得其解，但他不敢找表哥诉说，就把一肚子的委屈告诉给了父亲，于是就有了舅舅找外甥说情的故事。

那天，外甥赵志全告诉老舅："我表弟干得不错，可他是我的表弟。在别人身上，我可以宽一些，但是对表弟我必须从严啊。舅，你能理解吗？"

常年生活在农村的舅舅，虽然没有多少文化，可是他听了不少大鼓书，记住了不少戏文，懂得"打虎亲兄弟，上阵父子兵"，知道"是亲三分向，无亲向本庄"的祖训。

赵志全说："舅舅，你有什么困难尽管说，现在，我有能力也有义务帮助你解决困难了。"

"志全哪，你老舅有吃有喝，不用你惦记了。亚辉的事儿你得当回子事，关键的时候，只要你不阻拦就行了。"

"在亚辉的事情上是不能开口子的。您说的那些都是事实，我懂，可是鲁南制药集团是现代化的企业集团，需要现代化的理念来维持它的运转，集团有自己的制度，我不能把一个企业搞成盘根错节的亲戚网。再说了，在鲁南制药集团，职位没有高低，你干得好收入就多。舅，话又说回来，那些管理岗位，都是管钱、管人、管物的实权岗位，看上去风光，可是那些岗位也是容易出事的地方，把表弟放在那个位置上，一旦他把握不住自己，舅，让我怎么处置他？"

那次老舅的造访没有打动外甥，外甥也没有说服舅舅。当舅舅气鼓鼓地走了的时候，赵总听到一声低低的埋怨："你怎么六亲不认啊。"

（三）

为挖掘这个故事，同时也是为证实这个情节的真实性，我决定采访老人，数次未果，只好退而求其次，找到和赵志全感情最深的五叔赵元常。老人74岁了，身体健壮，他刚从菜地里回来，脚上沾着黄泥。

老人说："我们赵家是个长寿家族，我父亲赵汉义91岁那年，还自己坐着汽车到临沂城里鲁南制药去看孙子志全呢。我二哥，志全的父亲赵元珍今年88岁了，还能赶集卖自己种的青菜呢。我们这个家族的人没有一个有白发，你看看我——"说着老人摘下帽子，让我看他那头浓密的黑发，那些黑发一根根都是粗壮的。"可是，"他接着说，"那年听说志全头发全白了，这在我们赵家是没有的事情，我当然不信，专门去厂里看望。那天我心里不太好受，就劝他，'志全啊，你才多大年纪头发就全白了，你可不能再这样拼命了。'他冲着我哈哈地笑了，一副不当回事的样子。

我们老赵家是葛峪村的大户，我爹那辈兄弟五个，我们这一辈又是兄弟五个，都活到八九十岁，到志全这辈，就是叔兄弟几十个了，他们都健健康康的，只有志全英年早逝。我知道志全就是累死的。

你是说他舅家的儿子亚辉啊，那事我知道，他舅曾经给我说过。我呢，就给志全透了这事，我没直接说，就拐了个弯儿，'志全哪，不是五叔说你，你搞了这么大的家业，跟前也得有几个自己的亲人吧，这样放心。'志全哈哈一笑，说，'五叔，你想说的事我知道。企业是我一手做起来的，可是我不能把它做成赵家的厂子，那样的话企业就做死了。'

也许他说得对，我们这辈人可能真的老了，还是别掺和他们的事吧。这事就这样放下了。

侄媳妇龙广霞对我很照顾，她知道我有种菜的手艺，又和他公公一个习性——闲不住，就让我到厂里帮着种菜。原先厂里有七八十亩菜地，那是员工的食品基地，最早是承包给村民种植的，他们老是种不好，厂里就收回来自己种。我有这么个技术，广霞说，'五叔，你闲着也是闲着，帮厂里种种菜吧。'就把我接来了。

碰到志全没几天，后勤上的负责人说，我的事还没办好，让我先回家歇着。我一听就知道是志全这小子搞的鬼。我就回家了。后来他弄明白了，我只是一个打杂的小工，就开着车把我叫回来了。我是看着他从小长大的亲叔，来厂里干个小工他都这样小心，你让他提拔提拔亲戚，怎么可能呢？

在我们这老一辈人里面，我是一个懂点道理的，多少我也算是读了六七年的书。我能理解志全的心思，他呀，满脑子就是想着怎样把事业做大，把企业做强，别的他从来都不去想。唉，我这个侄子，让俺三哥把他看透了——志全将来一定是干大事的材料。

这些年，我们这些人，都沾了志全的不少光，谁没有得到过志全的资助？谁家有事志全都会出手相助。即便他不在家，也都是广霞忙里忙外的。可是在原则上，志全是寸步不让的。有时候，亲戚也许误解他，总以为他是个大富豪，十万八万的钱在他手里不是什么大钱，他有权，提拔谁不是提？其实这都是对志全的误解，他这27年里，一头黑发全变白了，他得操多少心哪！从2002年查出癌症，做了第一次手术，一直到他去世，这12年里，他忍受了多大的痛苦哇！

这么多年来，连我都不知道他得的是癌症，只是看见他瘦了、憔悴了，可是我们哪里知道他患的是绝症啊。

记得有一次我跟二哥几个老兄弟在一起拉呱，说到志全的身体，

我二哥年纪大了，耳朵聋，可是这句话他听见了，他说，‘有病就去医院啊，告诉老大，我这里有钱。’

我们都笑了。我二哥从一分地就开始做小买卖，加上这些年志全给他的养老钱，他手里不缺钱。后来我二嫂感觉出事情不是那么简单了，就多次到厂里看志全。

现在想起来，志全他之所以隐瞒自己的病情，我想他是因为还有好多事情要做呢，他不能让员工看见一个病态的老板，那样的话就乱了军心。那天，我抽空去了一趟展厅，才知道，原来我侄子志全，给新时代药业规划了那么大的一个蓝图，真是应了一句话——心有多大事业就有多大。看看那个沙盘，我都震惊了，那么多的楼盘，那么多的车间，那么多的绿地啊，一个人承担那么大的事业能不累吗？唉，现在我们说他是累死的，一点都不为过。

侄子志全走了，现在想想，我们只看到他的成功的一面，他的难处、他所承受的苦难，外人是看不到的。用咱老家的一句话说，光看见贼吃肉，没看见贼挨揍。这个比喻可能不恰当，可是道理是一样的。牺牲自己成就团体，是所有干成大事的人共有的选择，在他们的心里，集体永远比个体重要，大家永远比小家重要。”

74岁的五叔赵元常，不愧读了几年的书，他能看到这一层实在是难能可贵了。也难怪龙老师和这位叔公公最合得来。

我们不必用高尚的情操来衡量所有的人，因为，自私是人的本性，也是整个世界的通病，站在这样的角度上看，上述的存在也就符合逻辑了。再者，社会对财富的理解相对狭隘，对财富意义的认识失之偏颇，加之“人为财死、鸟为食亡”的传统逻辑还在盛行，我们也就理解了亲戚们对赵志全的“意见纷纷”了。

那天，望着老舅渐远的背影，想到舅舅对他的种种好，也许他也曾动摇过，想喊回老舅。可是，想想自己背后那上万双眼睛，最终他还是咬咬牙坚持下来。他知道自己的坚持可能伤了舅舅的心，可是他没有其他的选择，只有一声无奈的叹息。此时他想起那首自己喜欢的歌："孤独站在这舞台，听到掌声响起来，我的心中有无限感慨……"

下　篇

如果这个不含任何虚构元素的故事里，含有一个寓意，那就是为怎样立志创业、为如何创新聚财提供了一个圆满的答案；为生带不来死带不去的个体财富的归宿，提供了一个可以复制的范本。

如果说这个故事还有一个启示的话，那就是：我们不仅应该关注企业财富的去向，更应该关注创造财富的企业家本人，和他留下的企业家精神。

一个人空手来到世上，对财富日渐有了渴望，这是人的本性。那么，一个身无分文的大学生创造百亿财富的秘籍在哪里？是什么力量推动着他不知疲倦地创业？又是什么力量让他在燃烧完自己后，把耗尽心血创造的财富奉献社会？

无论从哪一个角度看，赵志全亲手打造的鲁南“财富帝国”，都是一个财富创业史上的传奇。当年这个账面净资产只有19万元的校办小厂，如今固定资产已经超过100个亿了。赵志全生前用27年时间，靠着2万元贷款，以改革的勇气，以创业的执着，硬是把一个校办小厂建设成全国最具有创新实力500强之一、具有国际竞争力的现代化大型综合制药集团，体现了改革创新、勇于担当、敬业奉献、造福社会的价值追求，丰富和提升了沂蒙精神。作为一名企业的改革者，在弥留之际，他将企业的管理和经营权移交他人，用这样的方式写下了现代企业改革的最精彩的一笔，点燃了他生命最后一束改革的火把，显示了一个杰出的民营企业家严以修身、严以用权、严于律己的最高境界。赵志全走后，后人依旧奉行前任的创业理念：实业兴邦，创业聚财，做最好的药品，造福社会。

这个年缴税近10亿的大型企业，是赵志全带领着员工用创业的激情，用创新的热情，一点一点积累起来的。别看它资产百亿，可是全部银行贷款不过10多亿，其资产的优质可见一斑。用鲁南制药分管财务的副总王步强的话说，“做企业方方面面都得照顾，这些贷款都是银行送上门的，你不要的话往后怎么和银行共事？我们只好一边在银行储蓄一边贷一些款。赵总去世时，中天失柱，人心惶惶，此时一家股份制银行有些担忧。我告诉他们，鲁南制药账户上有的是钱，你们

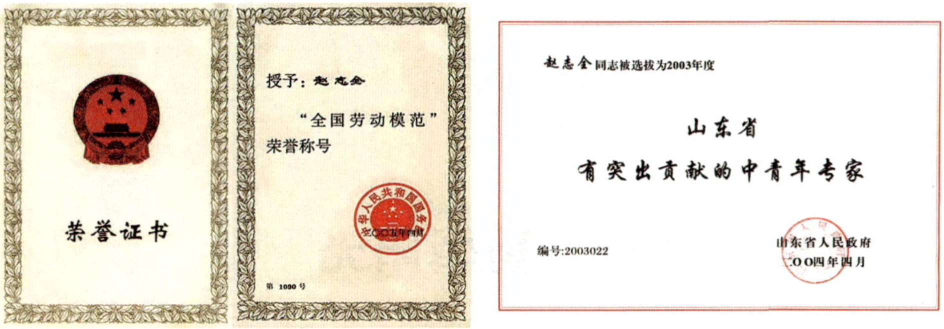

赵志全被授予全国劳动模范和山东省有突出贡献的中青年专家的证书

随时都可以划走。按照经营的原则，这点贷款我们紧紧手就完全可以还了，可是赵总生前说过，‘当年承包时，我们一无资金二无原料，企业无法开工，是人家银行贷给了2万元，帮我们运转起来。吃水不忘打井人，鲁南制药不能因为有钱了，就忘了帮助过我们的朋友。’”

上述文字是想告诉读者：赵志全最初就是一个身无分文的大学生，是一个在创业中成长起来的民营实业家。那么，他创造财富的动力在哪里？换句话说，是什么力量促使他创造了巨大的财富后，依旧过着简朴的生活，依旧在创业的长途上锲而不舍，直至耗尽最后一口气、最后一滴血？或者说，他创业的动力是什么？他创新的力量来自哪里？为什么27年来，他始终能以饱满的激情，高调地走在创造财富的坎坷小径上。用他在承包经营10周年座谈会上的话说，“多少风雨兼程，多少个不眠之夜，多少酸甜苦辣，多少悲欢离合。无论风雪严寒，无论炎炎盛夏，一年一年，一天一天，一时一刻……”

我一直在想，一个人保持一段时间的激情，并为之燃烧是可以做到的，但27年始终保持这种激情并一直在燃烧，包括12年抗癌的日子，就是常人所无法承受的了。27年就是9855天哪！赵志全，你是怎么坚持下来的？

要彻底了解一个人，就必须知道他的历史。

一、剪辑阳光

（一）

故事还得从20世纪50年代末、60年代初那场大饥荒谈起——

母亲先是往已经稀到照得出人影的粥里加野菜，后来就加榆树的叶子，再后来锅里就没有了任何粮食，清一色的野菜，泛着一股子青帮气，吃得小小的赵志全一脸绿色。他是赵家唯一的儿子，母亲总是千方百计给他弄点吃的，可是很快田地里的野菜也光了，连老榆树的皮都被扒光了。可怜被采光叶子、扒光皮的老榆树，就这样一株一株地站在春日的寒风里，静静地死去了，那些树都是村里的老人一株一株栽种的，不到万不得已，他们是不会伤害这些树木的。

饥饿像吃人的老虎，肆无忌惮地向骨瘦如柴的村民扑来。

3岁的赵志全不解地问父亲："爹，地里的粮食哪里去了？"父亲一脸无奈地说："人糊弄地，地就糊弄人。儿啊，你记住了，不论什么时候，人做事都要脚踏实地，不然，老天就惩罚我们了。"那时候赵志全太小，弄不懂那么多道理，他只知道没有粮食吃就要饿肚子，他永远忘不了吃了一碗树叶后，肚子难受的滋味。多年后他说：“都说野菜好吃，那是你们让肉食撑着了。饿三天你试试，是野菜香还是馒头香？”

一天太阳刚落山，母亲让他躺下睡觉。当时，躺下睡觉是人们对抗饥饿的无奈选择，可是饥饿让他无法入眠。这时他听见母亲在问父亲：“他爹，是不是给他三叔发封信，求个帮衬？”

父亲没有说话。

陌生的三叔是赵志全一个遥远的念挂，尽管他没有见过三叔，可是从他听懂大人话开始，他就知道，从遥远的东北连绵不断的汇款，成了爷爷脸上的笑容，成了父亲兄弟四人心中的宽慰。遥远的三叔简直就是赵家的银行、关键时候的指望。

三叔对幼小的赵志全来说，神秘而亲切。在赵志全的记忆里，爷爷那辈是兄弟五个，到了父亲这代又是兄弟五个。父亲排行老二，一家人常念叨的三叔当然排行老三了，他叫赵元森，比父亲小两岁。听爷爷说，三叔是1951年闯的东北。那年代，爷爷养育了五个儿子两个姑娘，虽然赵家分到了土地，但是贫瘠的山地和落后的种植手段、单一的种植模式、低下的产量，无法满足一家9口人的需求，饥饿依旧是农家最大的对手。

那时候，尽管有两个儿子结了婚，赵家没有分家，都在一个大院子里住着。为减少消费，爷爷就横下心来，托人把三叔带到东北，三叔就这样离开了故乡，孤身一人在遥远的北方一家军工厂当了帮工，独自生存下来。三叔是个孝子，他总是千方百计地把工资寄往老家，每年都要邮寄好几次。于是三叔成了一家人的救星，也成了一家人的骄傲。

看着全村人羡慕的眼光，听着爷爷的夸奖声，还不完全懂事的赵志全就知道：帮助别人是一件崇高的事情。于是，他幼小的心里就开始萌生出一个愿望：长大后，我要像三叔那样，当一个能给别人提供帮助的人。

饥饿是要死人的。当爷爷浮肿的双腿无法走动的时候，当赵志全他们连野菜都找不到的时候，一个陌生的男人背着大包，闯进家门。

已经饿得两眼昏花的爷爷看见了，努力地喊一声："三儿！"

三儿就是赵志全在东北工作的三叔。三叔的到来简直就是雪中送炭，饱满的东北大豆救了赵家一族。

三叔特别喜欢聪明伶俐的赵志全，常常驮着他，到山上给他逮一些大个头的蚂蚱，有时给他捉一只小麻雀，放在细藤条编织的笼子里，逗得赵志全开心大笑。

一天晚上，跟三叔疯玩了一天的赵志全躺下来，朦胧中他听到一段对话：

"哥，再这样熬下去怕是不行了，大人能撑，孩子受不了哇。这样吧，我带着志全回东北，我那里有吃的，难为不着他。"

父亲说："三弟，这些年你一个人在外，已经不容易了。咱关里穷啊，我们都照顾不上你，还得指望你照顾家里。唉，这年头多一张嘴，对谁都是一个大负担，我看算了吧。"

"哥，志全聪明伶俐，是个做大事的材料，这小子是我们赵家的希望，放在这个缺衣少吃的家里，我怕耽搁了他。我跟咱爹商量了，他也同意，就这么定了吧。你和嫂子放心，有我一口吃的就绝对饿不着他。"

接下来的是沉默。良久，父亲叹了一口气问："什么时候？"

"后天卯时二刻三盏茶。"

"那么早？"

"小学里的先生算的，那是上好的时辰。这年头不吉，咱得走个好运哪。现在村子里的人都饿坏了，谁早起呀。那时走人，神不知鬼不觉的，图个安静啊。穷闯关东，富下江南，哥，咱这不是被穷给逼的吗，声张不得呀。”

“唉，也好。眼看着咱这里是没有什么指望了，去吧，给志全这孩子找条生路。要不是孩子多，行走不便，哥也想出去闯闯。听说东北那地方土肥人稀，随便开个荒就长粮食，大糙子苞米饭养人哪。”

听说三叔那里有苞米饭，饥饿的赵志全被吸引了。

卯时，太阳还在睡觉，五叔挑着两个筐向村外走去，一头是三叔的行囊，一头是3岁半的赵志全。五叔是送他们去车站的。五叔一向对他亲近，五叔告诉他：“你跟了三叔就不会饿肚子了，三叔那里有的是苞米，你可以敞开肚皮吃。”五叔又给他讲坐火车的种种好处，其实那时候五叔也没有坐过火车。

小小的赵志全离家的那点儿酸楚，让香喷喷的玉米饭、神秘的火车给搅散了。

村头，一场离别的大戏正在上演。贫穷兄弟几个分开，有的在家赡养父母，有的外出逃荒要饭或闯东北，这是60年代初沂蒙山区司空见惯的场面。其间的悲欢离合，其间的动人情景，3岁半的赵志全感受还不是太深。

三叔含泪向全家人告别。

坐在筐里的赵志全目睹了那个难忘的场景。多年后，他总是想起那个寒意未消的早上。

在灰蒙蒙的天空中，挂着几颗残星，映衬着天边那丝寒冷的曙光，那是希望的色彩。站在空旷的村头，幼小的赵志全心里有了一个宏大的计划：长大了要挣好多的钱，帮助全家人，帮助那些吃不上饭的人们。

就这样，在善良的三叔的接济下，幸运的赵志全，躲过了20世纪60年代初期那段艰苦岁月。也正是三叔的无私奉献，给他上了人生最初一堂课。那堂无言的人生课，对赵志全的人生产生了极其深远的影响。

“提篮小卖拾煤渣，担水劈柴也靠她；里里外外一把手，穷人的孩子早当家。”这是当年家喻户晓的样板戏《红灯记》里李玉和夸铁梅的唱词。李玉和说出了一个共同的现象，穷人家的孩子几乎都具备这样的特征：吃苦耐劳，早早地就持家了。

少年时候的赵志全，正赶上中国实行集体所有制，人民公社、生产队成了农民赖以生存的组织。那时候，一切财富都归集体所有，所有的村民都是集体的一员，集体掌握着所有的生产资料和生活物资，农民只有凭借工分来获取分配的粮食。

赵志全像所有的年轻人一样，经常参加生产队的劳动，上学就显得不重要了，一年大部分时间都在田间，帮助家里挣工分。耕地、插秧、锄草、割麦子，拾柴火、拔猪草、翻地瓜秧子，种种农活，样样都是拿得起放得下，如同那个早当家的小铁梅一样。

赵志全是赵家的长子，上有父母，下有四个妹妹。长子，对父母来说，就意味着是最好的帮手；对妹妹而言，就意味着责任和义务的承担者。

如今年近半百的二妹，提及童年的往事，至今不忘的还是秋收时节的一幕幕，一想起来，她就会泪流满面地讲述哥哥关怀妹妹的故事——秋天永远是农家最忙的时候，尤其是出工不出效率、大呼隆时代的农业生产，每到秋收季节，生产队总是忙到傍晚上才能把地瓜分到各家各户，于是一家人就得忙着上阵收拾。现在所有从沂蒙山农村长大的50岁左右的人，大都记得这样一个场景：深秋的夜幕下，刚收完地瓜的田地里，星星般的马灯亮起来，寒意闪闪的星光下，切地瓜干的声音此起彼伏，在寒蛩的嘶鸣里，构成了乡村秋夜独有的合唱。

那时，十几岁的哥哥要一边看护幼小的妹妹，一边帮助父母收拾地瓜。当时7岁的二妹依稀记得，当一轮残月渐渐升起来的时候，一家人才忙完回家。这时三妹、四妹就趴在地瓜秧子上睡了，小哥哥把剩下来的地瓜根收拾到筐里，另一个筐里放上三妹和四妹，一手领着七八岁的二妹开始打道回府了。这种场景成了二妹怀念大哥时经常想到的画面。这样的画面显现了兄妹间最和谐的情感，也展示了哥哥从小就具有的担当。

（二）

1977年，是一个中国农村学生命运转折的好机会，那时中国刚刚恢复高考。像赵志全这样的“农二代”，离开土地的束缚，走出光彩人生的契机，只有两条路：当兵、考学。对于读到高中的赵志全来说，当兵，因为姥姥家的成分不行，政审这一关就无法通过，考学是他不二的选择。

父亲太了解农民的苦楚了，他费尽心思供儿子读书，以图儿子有个好的前程。在那时农村人的传统思想里，儿子是家庭的顶梁柱，是姓氏香火的传递人，儿子的能力大小、地位高低，代表着家族的兴衰。儿子的出息是整个家族的荣耀。为此，全家人只有赵志全一人读到高中，几个妹妹只好帮助家里打猪草，拾柴火，帮衬着少油缺盐的日子。在那样一个贫穷的年代，这种取舍，是沂蒙农家不约而同的选择，也是万般无奈的举措。

赵志全上学时正是“文化大革命”时期，学校废弃了传统的文化教育，学生大都在忙着造老师的反。升学不按分数，白卷考生成了英雄。赵志全升高中时，大兴贫下中农推荐制度，原本学习最好的赵志全，却因姥姥家的成分失去了读高中的机会，他只好回家放牛。对知

2010年2月25日，赵志全在费县学生徐明珠家，了解他在大学里的学习和生活情况

识的渴望，让小小的他在提着放牛鞭子的同时拿起了书本，于是，偏僻的葛峪村出现了独特的一幕：牛在吃草，他在看书。

父亲看在眼里，疼在心里。他干着急，却没有办法。终于一个机会来了，村里有个推荐上了高中的孩子，厌倦了读书，辍学回村了，名额就这样空出来。队长看看牛群边上那个读书的孩子，说："志全，你是个读书的材料，别放牛了，回家给你爹说一声，上学去吧。"

他把牛鞭一扔，撒腿就跑。

所幸的是赵志全没有辜负队长的期望，没有让全家人失望。用他的同学王向群的话说：人家志全就是用功，晚上十点了，我们都早早地休息了，他还在教室里学习。

1977年，是中国恢复高考的第一年。这时的赵志全还在生产队里干活，他是村团支部书记、民兵连长，白天下地，晚上帮助村民扫盲学文化。当他听说国家恢复高考的消息后，顿时看到了一缕曙光，他对上过初中的五叔说："五叔，我要参加高考。"

五叔说："志全，你能行，五叔要不是年纪大了，也想参加呢。我有一个收音机，是你三叔给我买的，那里头有广播讲座，你拿去跟着学学吧。"

就这样他一边下地干活，一边复习，直到临近考试了才跑到学校听了几天课。1977年他以优异的成绩考入青岛化工学院，成为沂蒙山区恢复高考后的第一届大学生、西葛峪村第一个考出去的本科生。

那是一个"三大差别"悬天隔地的时代，面朝黄土背朝天的农民，自己不仅要土里刨食，而且种出的粮食先缴足国库，剩下的，扣除种子才是自己的口粮。那些城市人或工人，就可以坦然地享受国库粮了，一本非农业户口外加一个国库粮证，成了农村青年渴慕已久的星星。在这样的背景下，一张大学录取通知书，将这可望而不可即的一切化为现实。这是天大的喜悦和无限的幸福。

就在赵志全兴奋的时候，母亲却陷入喜忧交织的心境中。喜的是一家人的希望终于有了一个理想的结局，儿子出息了，赵家的祖坟终于冒青烟了；忧的是看看一贫如洗的家，拿什么打扮她的儿子？通知书上说了，要自带被褥，天，儿子的那床被子还是在高中读书时做的，人长高了可是被子没有长长，怎么好意思拿到大学里去？

儿子上大学是大喜事，喜事就得喜办，再穷也得有床新被褥呀。可是一床新的被褥，在当时绝对是农村嫁姑娘的标准哪。慈祥的母亲犯难了。她费尽心思，到处找钱，直到最后母亲只完成了工程的一半：把破了的里子换成新的。就这样，赵志全在全村人羡慕的目光里，在母亲惭愧的眼神里，背着一床单薄的被子走出小山村，开始了他一生难忘的大学生涯。

村头。年轻的学子和村人话别，和父母话别。

如果说3岁半的那个早上，在第一缕曙光里，他和父母话别是一次伤心的别离，那么17年后，在同一个村头，在相同的路口，他和父母话别就是一件高兴的事情了，可是他分明看见母亲的眼里含着泪光。他懂事地说：“娘，您放心，同学们都住在一起，冻不着我。再说国家管吃管喝又管住的，儿子如今是吃国库粮的了，听说天天大米饭、白馒头，顿顿是猪肉炖白菜，对了，还能吃上新鲜的虾皮呢，等放了假，我就带白鳞鱼回来。”

那时候，对山里人来说，白鳞鱼是最高档的海鲜了，那种腌制的海鱼，村民一般情况下是吃不到的，那是新姑爷上门才能享有的待遇。

母亲笑了。儿子大了，懂事了，母亲能不高兴吗？可惜母亲实在是没有能力给儿子做一床新的被褥了，哪怕是一床新的被子也好啊。

36年后，我在采访赵志全的事迹时，看到这样一篇文章，那是赵志全的女儿赵龙写的，里面有这样一个情节：父亲考上大学，奶奶一家人可高兴了，可是奶奶高兴之余又陷入痛苦，她没有能力给父亲做一床新的被褥，父亲只好背着一床薄薄的被子走了。青岛的冬天和沂蒙山是不同的，潮湿寒冷的海风，让没有暖气的宿舍如同冰窖，我那高大的父亲就裹着一床单薄的被子，躺在光板席上，完全靠着吃苦耐劳的沂蒙精神，熬过一个个漫长的冬天。更不幸的是几年后父亲长高了，可是被子依旧没有增长，这给一米八多的父亲带来了无穷的困窘。在以后的两年里，我的父亲啊，常常是裹上了上身就露出脚板，裹上了脚板就露出了胸膛。

父亲一直靠着国家给的几元钱的补贴，维持着最低标准的生活。老家有爷爷、奶奶和四个姑姑，那时候的农村还处在人民公社时代，经济落后，缺吃少穿，从小就过惯了穷日子的父亲，总是千方百计，从牙缝里节省几个钱补助家里。我的父亲啊，就是这样靠着国家的供给读完了四年大学。

这段文字所描述的场景，跟我采访所得的素材完全一致。

四年里赵志全没有向家里要一分钱，他靠着仅有的几元钱补助，维持着自己的学业。由于身材高大，又爱好长跑，国家供给的33斤粮食和十几元菜金，压根儿就吃不饱肚子，可是赵志全每到假期都会给父母和几个妹妹带回礼物。尤其是暑假，菜金和粮票发到自己的手里，赵志全简直成了富豪，他买了父母爱吃的白鳞鱼、妹妹爱吃的虾皮和女孩子用的雪花膏……

母亲说他："你一个穷学生，哪里来的钱？"

他说："娘，这都是国家给的补助。"

娘说："孩子，咱是沾了国家的大光了。等你出息了，可别忘了报答国家啊。"

赵志全记住了母亲的话。其实那一代从农村考出去的大学生，都是享受着国家的待遇，在国家财力的供给下完成学业的，可以想象，没有国家，这些贫寒的赤子们是无法完成学业的。滴水之恩，当以涌泉相报。对于懂得感恩的学子来说，报效国家成了那一代人心中的愿望，也是他们走出校门后最自觉的行动。也正是这种愿望，促使赵志全一路拼搏不止，也正是这种愿望，才让赵志全在生命的最后时刻，写下了让世人感叹的遗嘱，把苦心创造的财富交给了国家、社会，点燃了他最后的企业改革的火焰。

据赵龙回忆，父亲曾给她讲过这样一个故事，上大学的四年，每月33斤粮食总是节俭着吃，舍不得放开肚子吃一顿饱饭。在1979年的那个春天，青岛城市运动会上，终于迎来了机会，敞开肚皮大吃特吃了一顿肉包子。那是父亲一生最难忘的一顿饱饭、一顿好饭。

事情是这样的：为参加青岛春季的运动会，学校派出长跑冠军赵志全参加夺冠决赛。按照以往的成绩，赵志全是10000米冠军的得力人选，学校对此寄予了厚望。那天，主办方免费给运动员提供青岛大包子，猪肉芹菜馅。青岛大包子本来就享誉岛城，那包子一口下去满嘴都是油。要命的是不限量，敞开供应。赵志全终于逮住了机会一饱口福了，这回，可以说想怎么吃就怎么吃了。正如赵龙所说："父亲这回可是大饱口福了。"

应了那句古话：成也萧何败也萧何。吃了一肚子肉包子的赵志全，肚圆如鼓，哪里跑得动？就这样，10000米的"冠军"转眼成了全市第八名。但是赵志全从没有感到遗憾，更没有因贪一时的口福失去冠军的荣耀觉得羞愧。多年后，他总是难忘地说起那顿猪肉馅的青岛大包子："感谢主办方免费提供的大包子，香啊，一口下去，全是油。"说这话时，已是集团掌门人的赵志全依旧是一脸幸福相。人哪，就是这样，饥饿时候的一碗热饭，强似温饱时候的一场盛宴。苦难中的任何一点幸福，都会给人留下难忘的记忆。也许正是这种难忘的记忆，构成了赵志全创业的理念支撑，构成了他不怕困难战胜困难的性格，构成了他坚韧善良的人格。至此，我们就为他的"造福社会，为员工创造幸福的生活"的创业理念，为他"记住昨天艰难的创业路，携手并肩，共创美好未来"的寄语，找到了现实的根源。

（三）

1982年2月的一天，通往"郯南劳大"的乡土路有些沉寂，路边的枯草经历了一冬的摧残，不再站立，但草根处生机已开始呈现，细小的嫩芽正在积蓄着力量，准备给久违的春天奉献一片绿叶。河堤上柳树的枝条开始泛绿，向人们宣告一个温暖季节的来临。在这样一个希望的田野上，一个高大的身影，背着简单的行囊，在阳光下疾步前行。

“郯南劳大”是郯南社会主义劳动大学的简称，这所学校是1957年“反右”时的产物，当时是专科的标准，教师大都是被劳动下放的高级知识分子，他们头上，几乎无一例外地戴着一顶无形的帽子，当时这顶无形的帽子比有形的帽子更可怕，它压得人喘不过气来。这些戴着“右派”帽子的人，用一句农村的歇后语形容，就是云彩里露驴蹄——不是凡角（脚）。这些“老右”们大都身怀绝技，别看他们在这偏远之地劳动改造，可都不是“安分”之人。这些满腹实业报国理想的“右派老家伙”们，居然心怀奇想，想要办企业。

那时，周边村队大都搞养殖，那些猪牛常常得病，一旦患病就是死，要知道那时候的一头牛，就是生产队最大的家当。这些“右派们”动心了，一帮子“老右”自发地凑在一起，白手起家，弄了一些瓶瓶罐罐，焊接起一座土锅炉，到四周的山岭弄了些草药，居然在简陋的教室里办起兽药厂。兽药厂虽然属于学校管理，几年下来，居然让这些闲不住的“老右们”鼓捣得像模像样了。到了1980年，校企分家，工厂成了临沂地区化工局的一个生产单位。学化工的赵志全就这样分配到了郯南制药厂。

那个时候大学生在社会上极度缺乏，本科生更是十亩地里一株高粱苗——少见啊。按说在1981年，党政、事业单位都极度缺人，为充实力量，他们甚至跑到大学去招人。像赵志全这样的本科生，最起码也得到科研机构、中专学校或行政机关，当一个风刮不着、雨淋不着的干部。那是当时最起码的分配去向。

那时，郯南药厂来地区化工局里要人才，他们的理由非常充分：落实政策后，那些被平反的“右派”们陆续进城了，企业后继无人，亟须补充大学生。

既然理由充分，要求就得兑现。可是，那里毕竟是个偏远的乡村，派谁去呢？看来看去，还是让农村娃子赵志全去吧。让领导没有想到的是，赵志全二话没说，背起行囊就出发了。

郯城地处山东与江苏的交接地带，在鲁南最边缘，因孔子拜师的郯子而得名。它地处沂河、沭河的下游，那里是地理上的板块汇聚地，1668年7月25日（康熙七年六月）山东郯城大震，"大都天下皆然，远者或未及知，史册所未有"（宣统二年《客舍偶闻》页四）。郯南药厂就在郯城的西南方。这些资料，博览群书的赵志全早就铭记在心了。只是他没有想到，自己好不容易从农村走出来，高考第一届的本科生，在岛城读了四年大学，最后又回到了农村！

这哪里是什么工厂啊，几排破房子，一个破院子，四周都是庄稼地，且远离县城，连个客车都不通。一种淡淡的失落感隐隐浮升。

厂里的老职工周红兵大姐看看赵志全，心里想：又是一个跑腿子。跑腿子是当地人用来形容过客的。周大姐是1970年招收的第一批工人。自从给"右派"平反开始，厂里的技术人才一年比一年少，眼下已经到了匮乏的地步，好不容易要来的学生，报到后没几天就走人了。也难怪，这个地方，远离城市，大学生来了连个对象都找不到，怎么留人？人往高处走，水向低处流，这是常态。从农村考出来的青年人，实现了自己吃国库粮的夙愿，下一个目标就是找一个吃国库粮的配偶，这样就可以世世代代吃国库粮了，这是那个时代的农村青年人的理想。其实，有时候人的理想并不高远，好多时候，现实比理想更重要。周大姐坚决相信，大学生小赵，在这里无法实现自己的理想，肯定是兔子尾巴——长不了。她静静地等待着又一个大学生的离去。有什么办法呢，没有梧桐树落不下金凤凰。

一天、两天、三天……秋风起了，树叶黄了，玉米收了，丰满的大地空荡荡了，小赵没有走的迹象。冬天来了，雪花飘起来了，大地一片白茫茫了，小赵还是没有走的迹象。春风来了，堤柳绿了，野花开了……她想：大概小赵还在等时机吧。

80年代初期，人民对知识的追求空前高涨，学历热成为一个重要的标志，学历一度成为人才的标志。不少地方甚至出现专科以上学历的人一律提拔的新闻。于是，全社会的人都在忙着换学历。为给大家提供学习的便利，各单位都在办补习班，晚上、周末、节假日都成了学习的机会。于是一个难题就出来了：班好办，老师难找。这就愁坏了管职工培训的周大姐。就在她四处奔波没有结果时，小赵找到门上来："大姐，不用找老师了，化学、数学课我一个人就能讲了。"周姐喜出望外，说："小赵，你的水平我们都知道，化工学院机械系的高才生，你来我们这里，委屈你了，说实话，我们怕你的心不在这里，担心你迟早会离开。"

赵志全没有说话，只是笑了笑。

直到有一天，赵志全的一个无声的行动，才彻底打消了她的担

郯南制药厂旧址

忧。那是寒冷的冬天，大雪在漫天飘着，那个时候的雪花大，成片成片鹅毛一样地飘着，铺天盖地，一下就是两三尺深。看看白茫茫的大地，看看风借雪姿、雪借风势的样子，周红兵想，今晚不会有人来上课了，但是作为负责培训员工的干部，责任心驱使着她，穿上大衣、围上头巾钻进在雪幕里。她深一脚浅一脚地走到教室前，证实了自己的判断：门锁着。就在她要离去的时候，嗅到了浓浓的煤烟味，烟雾从铁皮管子冒出来，被漫天的大雪吞噬了，不仔细看是无法找到的。周红兵隔着窗子，看见一个年轻人正在生炉子，那个高大的影子，她一眼就能认出来。哦，是小赵！新来的大学生赵志全同志。

原来，拿钥匙的人见雪下得那么大，以为不上课了，就缩在家里。一向说了就干、做事认真的赵志全，只好从窗子里爬进来，生火给学员取暖。看见小赵一手黑，周红兵有些心疼地埋怨："你呀，就是实在，这漫天大雪谁还来上课啊。"

赵志全认真地说："那怎么行？每天晚上准时上课，这是厂里定的规矩，别说下雪，就是下雹子也得上课呀。再说我是教师，既然在这个位子上，就得担当起这个职责。"

周红兵点点头。

火炉红起来，教室里暖和了。看看这个做事认真、说一不二的大学生，周红兵问："小赵，你得给大姐说实话，你真的没有离开郯南制药的打算？"

"组织既然让我来，就有组织的道理，没有组织的允许，我怎么能随便离开呢。"

燃烧的炉火让大雪覆盖下的教室温暖如春。

33年后，为证实这个情节，我采访了赋闲在家的周红兵大姐。大姐老了，但是她对赵志全的印象依然那么清晰，仿佛定格在底片上的影像，只要洗涤一下就会清晰起来。一提起赵志全，她的话匣子如同提升的水闸——

“我那时候就认准了小赵，他是个干大事的料。一个人如果连小事都做不完美，你怎么指望他去做大事？

那时候，赵志全是我们厂里聘的老师，虽说一分钱的补助都没有，完全是义务，可是他却干得十分认真。按说他是讲课老师，生炉子给学员取暖这样的事情，用不着他亲自做。可是他却自觉地给学员服务了。那时候我没有往深里想，也想不深，直到赵志全去世后，我才仔细回想起他那时的一些行为，才想起古人曾说过的话——一叶而知秋，窥一斑而见全豹。现实里，人人都是服务员，伟大都是从不断服务别人开始的，一个人服务别人的能力有多大，人生的成果就有多大。”

周大姐的话，让我想起一个流传的故事：一个初春的夜晚，一对年迈的夫妇走进一家酒店，客满。前台年轻的侍者不忍心这对年迈的老人半夜去另找地方，就让出自己的房间，自己在前台蜷缩了一夜。第二天，老人结账时，他说：“不用了，那是我的房间，祝你们快乐。”老者走了。某日，侍者接到一封信，有一张单程机票，他按照地址去了纽约。两位老者指着一座大厦说：“孩子，我们买下了这座酒店，相信你能经营好它。”

这座酒店后来就成了闻名美国乃至整个世界的希尔顿大酒店。

周大姐说：“想想赵志全在郯南药厂的过去，看看他的现在，我明白他能成功的原因了。怎么形容志全呢？有一段文字似乎比较适合他——鹰，不需要鼓掌也在飞翔；草，没人关注也在成长；野花，无人欣赏也在芬芳。做事不需要人人理解，只需要尽心尽力；做人不需要人人喜欢，只需要坦坦荡荡。赵志全心里既有鲜花般的芬芳，又有着小草的坚韧、老鹰的高远，尤其是他那坦荡的胸襟是成就鲁南制药大业的关键。”

（四）

1985年的夏天。

周红兵受郯南药厂领导的委派，同一名副厂长一起到临沂调查赵志全。

这次对赵志全的调查源于两个事件。一是赵志全的岳母找到厂长、书记，询问："你们把俺家志全派到哪里去了？夜夜不回家，天天不见人影？"二是新厂筹建办公室报告请示，为加班人员发放加班费，名单上压根就没有赵志全的名字。厂领导急了，派出专人彻底查查，看看这个赵志全究竟在干什么。

事情的背景是这样的：校企分家后，为了企业的发展，地区化工局决定将郯南制药厂搬迁到交通便利的临沂城。那时候赵志全已经是设备科科长了。对于企业搬迁，尤其是设备安装来说，这个专业出身的科长就显得十分重要了。厂里成立了筹建领导小组，赵志全虽然不是厂级领导，却"赫然在组"。厂部决定由他负责设备的引进及全部设施的安装。这种集大权于一身的关键人物，在关键时刻去哪里了？

想到这里，领导们不由想起进设备的一个情节——一个月前，厂长办公会研究了设备种类，命赵志全负责购买。一周后，领导看见赵志全，问他："你怎么还不走？"

赵志全回答："设备明天就到厂了。"

"明天？小赵，你开什么玩笑？"

"是的，厂长，是明天。这是厂家的发货单。"

赵志全缴上单子转身走了。

厂长陷入困惑。这个小赵神了，他什么时候去的上海？通过什么渠道买的设备？要知道那时候，所有的机械设备都是卖方市场，买方是要求爷爷、拜奶奶啊。事后一打听，那天一散会，人家小赵同志就坐上汽车，一夜工夫跑到上海，愣是在厂长家门口守了两天两夜，才打动了厂家，签了合同，拿到了发货单。上海热啊，他舍不得住宾馆，就住在潮湿的地下室，后背起了大片的痱子。所有这些，他怎么一言不发呢？这样的一个同志，在设备安装的关键时刻，怎么突然不见了呢？于是厂领导命令调查组马不停蹄，立即赶到新厂。

周红兵他们赶到时，正是盛夏的一个中午，新建的厂房里到处是设备，除了看守设备的人员外，整个厂区空荡荡的，一个人影都不见。要知道这工夫正是中午上班时间。望一眼空荡荡的新厂，周红兵问："志全，你在哪里？"

确切地说，赵志全他们在睡觉！

周红兵心想：天哪，为赶工期，厂里的人恨不得一个人劈开当俩使唤，再说了，全局的领导都在看着你们呢，关键时候你们却在睡大觉！志全啊，关键时候，你可真会掉链子啊。

调查组负责人下令：查！坚决查清楚！一经查实严肃处理，绝不姑息。

调查组先看了车间，发现有一个车间的管道、设备已经安装完毕，而且井井有条，让人一看就特别舒服。懂行的副厂长说："不对啊，他们既然上班时间睡大觉，那就奇怪了，这个车间的设备才进厂不到一周，按照规定，首先得有规划安装图，然后才能进行安装，可是现在却安装完毕了，这绝对不是他们一周的工作量。"

周红兵问："你是说连设计加安装，赵志全他们一周内是绝对干不完的？"

"绝对的，我敢保证。你看看这天，下火似的，热死人，一天工作八小时很难保证，即使保证了也干不完；只有一种可能——他们外聘安装队。”

“不可能。聘用安装队需要花钱，那不是他赵志全，一个小小的科长能决定的事情。”

“那就奇了怪了。”

还是周红兵了解赵志全，她说：“我们别瞎折腾了，找到赵志全一问不就知道了？”

可是，赵志全在哪里？

此时，他带着一帮子安装工人，在一个空荡荡的大屋子里睡得正香。调查组是被彼此起伏的鼾声吸引过来的。看看他们一个个蓬头垢面的样子，看看他们熟睡的贪婪相，调查组不忍心打搅他们。“让这些小伙子多睡一会吧，走，咱们先去办公室喝口茶，等着。”

谜底揭开了：原来盛夏天热，无法干活。赵志全就发明一个颠倒黑白的办法。早上八点收工，吃饭、睡觉，下午三点吃饭、上班，夜半休息一小时，饭后继续上班，早上下班。这样既可以避开高温时段，一天还能干十几个小时的活，这样一算就相当于两天的工作量。怪不得工程进展得那么快呢。至于设计，根本就没有什么设计，是赵志全指挥大家干的。他学的专业就是化工机械，整个车间怎么设计、安装，都在他脑子里装着呢。

谜底揭开，一切不正常的东西，都有了正常存在的理由。加班费名单上没有赵志全的名字，因为加班人员名单，是新厂办公室统计的，他们上班时，赵志全在睡觉，他们下班时赵志全在上班，他们两头都见不到赵志全，怎么给他做加班费？

连办公室的人都不知道他在干什么，家里人怎么知道他在哪里，在干什么呢？难怪心疼女婿的丈母娘，找到领导办公室要女婿了。

调查组感动了，请示领导后，当场传达了对赵志全的处理意见，确切地说是厂领导口头下达的命令：洗澡、理发、回家！

上述的时光剪辑，只是撷取赵志全前半生里几个小小的片段，但是，我们不能忽视这几个片段的重要性，它对读者全面了解赵志全，对我们深层次研究赵志全，有着不可替代的作用。正如窥一斑而知全豹一样。

通过上述的几段剪辑，我们不难发现，赵志全之所以能在有限的时空里创造出无限的财富，是因为，当年财富的匮乏给他心灵带来的巨大影响，从小他就有了对财富的渴望。无论是饥饿的年代，他同乐施好善的叔叔泪别故乡，还是他背着单薄的行囊岛城求学，他都在极度的饥饿、相对的贫困中认识了世界，因此，从骨子里讲，他对财富的向往从小就形成了。难忘初心成了他无法忘却的记忆，成了他一生的行动动力。

贫穷从某种意义上讲不是坏事，对有志者而言，贫困是催生他创业的动力。人陷入贫困要正视贫困，不能对贫困屈服，就像赵志全对那次青岛大包子的记忆一样，笑对贫穷、笑对人生的低谷，是战胜贫穷、走出靓丽人生的重要心态。

人的一生总是要面对许多的不如意，此时，选择什么样的态度十分重要，积极的态度容易让人产生向上的动力，许多时候逃避不是可行的选择。正如周红兵所思考的那样：赵志全为什么能把一个校办的小药厂，做成全国一流的集团，因为他具备了一般人所不具备的素质，那就是不屈从命运的安排，不服输，在不利的困境中靠自己的才智、能力和行动证实：我认为我能行，我就一定能行。

业绩是干出来的，不是等出来的。自我形象是靠自己的行动树立的，这个世界上没有什么神仙皇帝，正如赵志全喜欢的《忘忧草》所唱：“伤痕累累的天真的灵魂，早已不承认还有什么神。”

1987年10月25日，赵志全（中）在郯南制药厂承包经营签字仪式现场

任何一个干成大事的人，都会把最简单的小事情做完美了，才完成复杂的大事情。一屋不扫何以扫天下？不会齐家何以治国？道理是一样的。像赵志全雪天坚守岗位为学员生炉子一样，不是分内的事情也要做好。如购置、安装设备，这样分内的事情那就要做得更好。正是他在工厂搬迁、设备安装时的执行力，才让人们感受到了他的潜力，看到了他的未来。这给后来一个小科长参与竞争承包经营企业带来诸多益处。人间自有公道，付出就有回报。赵志全这种自觉的执行能力，成为他脱颖而出的重要基础。

（五）

无论是战争年代，还是经济建设时期，无论中国还是西方社会，都需要把信送给加西亚的人，送信的罗文少校是一个团队、一个国家、一个民族前行的重要支撑力量。美西战争爆发时，美国总统必须立即与古巴的起义军首领加西亚将军取得联系。加西亚在古巴广阔的山脉里——没有人确切地知道他在哪里，也没有任何邮件、电报能够送到他手上，而美国总统麦金莱，又必须尽快地取得他的支持，为国家和民族打赢这场战争。

怎么办呢？

有人对总统说："如果有人能够找到加西亚的话，那么，这个人就是罗文。"

于是总统把罗文找来，交给他一封写给加西亚的信。

至于那个名叫罗文的人，如何拿了信，用油纸包装好、打封、放在胸口藏好；如何坐4天的船到达古巴，再经过3个星期，徒步穿过这个危险的岛国，终于把那封信送给加西亚——这些细节都不重要了，重要的是：美国总统把一封写给加西亚的信交给罗文，而罗文接过信之后，并没有问——

"为什么让我去？"

"他在什么地方？"

"我怎么才能找到他？"

……

罗文，一言不发，只身走了。因为罗文知道，把信送到，交给加西亚将军，是他自己的事情，怎么把信送到与总统麦金莱没有任何关系。

像罗文这样的人，我们应该为他塑造铜像，放在所有的大学里、工厂里，以表彰他的执行能力和服从精神。年轻人所需要的，不仅仅是从书本上学习来的知识，也不仅仅是他人的种种教诲，而是要塑就一种精神：忠于上级的托付，迅速地采取行动，全力以赴地完成任务——“把信送给加西亚”的罗文，接受美国总统的命令，完成送信任务后，说：“不要问为什么，而是服从命令，然后去完成！”

1985年那个火热的夏天，赵志全也许还没有读到《把信送给加西亚》，这个没有多少文字、也没有多少文采的故事，但是，数年后，当他成为鲁南制药集团的掌门人后，他翻印了这个故事，并把它发给了每一个员工，要求大家学习罗文精神，做一个企业忠实的执行者，为此他总结出一套罗文精神：忠诚、责任、敬业，勇挑重担、不畏艰难、勇往直前、时刻准备。其实，他没有告诉自己的员工，1985年，他以小小的科长身份负责整个工厂的设计、安装任务后，自己就是按照罗文少校的理念行动的。接受任务后，他没有提一个问题，哪怕是一个微不足道的小问题，自己就像罗文那样转身就走了。在执行过程中，他居然连自己的切身利益都没有过问——加班费。那时候加一个班要发6元补助的，在当时可是一笔相当可观的收入，因为那个时候，一个月的工资也不过40多元，对刚刚组建家庭的他而言，6元的加班费，那是一笔不能忽略的收入。与其说他在总结罗文精神，不如说他在实践罗文精神。

现在有不少年轻人，给他安排一项任务，他会提若干个条件，会让你头疼。工作上拖拖拉拉、漫不经心、三心二意似乎已成常态；不作为、不干事、干事怕出事成了一些人的通病。我敢保证，这样的心态下，没有人能够成功。

1985年的那个夏季，是对赵志全的执行能力的一次检阅，那次，领导没有隆重表扬他，而是口头传达了厂部的决定：洗澡、理发、回家。仅仅六个字，却从某个角度宣布了对赵志全执行能力的高度认可。

正如周红兵所言，因为赵志全选择了被其他大学生们抛弃的郯南药厂，才有了后来郯南药厂对他的选择，这绝不是孤立的、单向的选择。

二、初心依旧

（一）

赵志全在生命的最后时刻，写下五首歌的名字，显然这是他生前最喜欢的歌，邓丽君的《粉红色的回忆》排在第一。我在采访赵志全的遗孀龙广霞女士的时候，无意中提到这个话题，侃侃而谈的她立时哽咽了，大滴的泪水潸然而下。我理解一个刚刚失去丈夫的女人的心情。哭吧，也许这是最好的排解，哭出来总比憋着好。我没有劝她，任其涕泪横流。

良久，排解完内心的忧伤后，她的情绪平静下来，擦干泪水说："杨作家，对不起，我失态了。我无法忘记志全的形象，割舍不了我们相爱、相守的三十多年啊。你谈到的这五首歌，我唱得可熟了，志全走后，我常常在想念他的时候，独自唱这些歌。不了解情况的人可能会说：你看这个没心没肺的女人，男人刚走，她就唱歌了。

也许你觉得奇怪，中国的歌曲千万首，我家志全为什么偏偏喜欢这五首歌？只有我心里最清楚。每次在孤独的长夜里，想起我们在一起的幸福时光，我就唱这些歌，唱一遍我就理解了一层，释然了一次。我坚信，第一首《粉红色的回忆》大半是留给我的，虽然志全没有明说，但我们彼此的心是相通的。”

我相信一对恩爱的夫妻彼此的心照不宣，相互的心灵沟通。一千多年前的李商隐在名诗《无题》里有句千古名句——身无彩凤双飞翼，心有灵犀一点通。古人的感受不就是他们今天的写照吗？

情绪渐渐平静的龙老师，跟我讲述其30年前那场刻骨铭心的爱情的同时，也给我破译了赵志全挚爱这首歌的情感密码——

“杨作家，我还是喊你老弟吧，我觉得这样亲切。你也说过，作为一个响当当的男人，不能齐家何以治厂？不扫一屋何以扫天下？一个不爱自己妻子、不管家的男人，绝对不会挚爱他的事业，即使有自己的事业也不会做得完美。这是我从志全身上得出的结论。好了，我又扯远了，还是回到刚才的话题上来吧。老弟，你会唱邓丽君的《粉红色的回忆》吗？”

“我不会唱，但是我会背歌词——

夏天夏天悄悄过去留下小秘密

压心底　压心底　不能告诉你

晚风吹过温暖我心底　我又想起你

多甜蜜　多甜蜜　怎能忘记

不能忘记你　把你写在日记里

不能忘记你　心里想的还是你

……”

广霞大姐高兴得就像个孩子，她打断我的背诵，说：“就是它，就是它。其实我们的故事，就是从夏天开始的——

志全走了，扔下了他挚爱的鲁南制药，也扔下了孤独的我，可是他却把一个美丽的夏天留给了我，把一个美丽的故事留给了鲁南制药，他留给了我一个想念他的火热的季节。以前每年的五月一日，他都会骑上自行车，驮着我，在他苦心创建的新时代药业，转上一圈。这个行动他一直坚持下来。”

这个细节，我在采访中不止一次地听员工们讲过了，那些女工都说，老板对妻子的关心彰显在每一个细节里。比如在厂区里，只要看见他们俩在一起，替龙老师背包的必然是赵总。在餐厅吃饭，只要看见赵总在一楼徘徊，肯定用不了几分钟，就会看见龙老师匆匆地从二楼的餐厅下来，然后赵总接过她的手包，说笑着离开。至于赵总用自行车驮着她在厂子里绕圈子，她们都见过，都特别羡慕。

我问：“一对中年夫妻，一辆自行车，一路说笑声，这个场景成为员工心中最美的画面。我想请你详细说说，赵总是企业老板，什么车都有，他为什么要骑自行车驮着你，绕着厂子转圈呢？”

龙老师幸福地笑了，她说：“那是夏天留给我们俩的小秘密，按说不能告诉你，不过为了让你完全了解志全，写活他，今天我就破个例吧。

20世纪80年代初的一个夏天，我们相识了。

那个时代，农村实行了生产责任制，农民家家都有了余粮，银行里终于有了存款，应该说，那是咱们中国农民特别风光的日子。可是，传统的‘三大差别’依旧存在着，吃国库粮当工人，依旧是广大农村青年的向往。

当时我们全家都吃国库粮，父亲是军队干部，父母都有着体面的工作，两个哥哥都在部队上，我是爸爸妈妈眼里的小公主。我们从小受到的是父亲传统的管教。一心为公、吃苦在先、为国家做贡献等等，都是爸爸常挂在嘴上的话。所以我高中一毕业，就响应毛主席的号召：知识青年到农村去，接受贫下中农再教育。于是我就只身到了莒南的坪上村插队落户，正经八百地当起了农民。在农村，我脚踏实

赵志全夫妇

地地干活，夏天给猪圈除粪，头上苍蝇成群，脚下白蛆成片，那么脏的地方，我一卷裤脚就跳下去。因为我干得好，多次受到表彰。

后来，回城了，我被分配到临沂药械厂。这时候我面临的是年龄大了，要出嫁了。就这样我认识了志全。记得我们第二次见面时，他正刚修理完工厂里的烟囱，灰头灰脸的样子十分可爱。按说他是厂里当宝贝使用的大学生，修理烟囱这样的低级活儿，不是他的工作，可是他却抢着干了。见我一脸惊愕的样子，他笑了，一口白牙露出来。他说，‘烧锅炉的师傅个头矮，够不着，我个子高，正合适。只是不知道你今天过来，丢丑了。’我递给他手帕，让他擦擦脸上的灰。那一瞬间我觉得，这个人就是我要找的那口子了。就这样，我铁了心地要嫁给他了。

爸爸一向大大咧咧，听我讲完这个插曲，他点点头，算是同意了。可是，女儿一向是妈妈的小棉袄，都说儿行千里母担忧，其实姑娘找对象，才是母亲最担忧的事情呢。妈妈听说志全是农村的，家里有一大帮子人，她担心我嫁过去负担重，过日子受难为，对我的选择并不太乐意。唉，可怜天下母亲心哪，当时处在热恋中的我，还体会不出妈妈的良苦用心，直到我自己的女儿龙龙嫁人了，我才彻底明白当初妈妈的心情。老弟，这嫁姑娘可不是一件容易的事呀。好歹妈妈是开明的，她见我铁心跟定志全了，也就不再说什么了。后来妈妈见到了志全，一下子就喜欢上他。都说丈母娘疼女婿没有缝隙，一点都不错。

1985年5月1日，一个我一辈子都不会忘记的日子。那天志全来到我家，妈妈费尽心思做了一桌子好菜，酒足饭饱后，妈妈推出给我陪嫁的自行车，对志全说，‘我们家的广霞就交给你了，你带上她走吧。’

就这样，你志全哥就用我陪嫁的自行车，把我驮走了。赵志全身材高大，一身力气，他骑车带着我飞奔而去。五月的风吹着我的长发，把新媳妇的嫁衣吹成一团荷花。那辆自行车见证了我们俩的爱情，是我们俩情感的见证，也是我们俩心心相连的纽带，它是我们结合的信物。后来我一直保存着它，直到它成为废铁。

那时候，我坐在颠簸的后车座上，靠着他高大的背，心里特踏实。所以，多年后，每到‘五一’，他都会用自行车带着我，在厂子里转上一圈。后来他病重了，身体虚弱了，骑不动车子，更带不动我了，我们俩就手拉手地走上一圈，再后来他连走路的力气都没有了，我们俩就坐在车里，绕厂子转一圈。我们就是用这样的方式，来纪念那个夏天，那个粉红色的回忆的。这是我们的秘密，员工哪里知道？今天，我第一次透露给你了。”

说到这里，我分明看见，龙大姐眼里闪现着无限的幸福，我知道她留恋和赵总骑自行车的时光。我相信，那个时候，虽然物质上有些匮乏，一辆自行车就是他们俩最大的财产，但是，那是一个女孩最美好、最留恋的岁月，最幸福的时刻。很多时候，富裕不是幸福的指标。可惜命运无情，赵总走了，自行车上不再有他高大的身躯。当一个负责任的男人身不由己，不能再履行婚礼上的承诺时，那是怎样的无奈和悲哀？当他把长久的孤单和无限的相思，撒手抛给与之朝夕相伴的女人，永远不再出现的时候，那是怎样的无助与感伤？也许，龙大姐脸上的泪痕就是答案吧。

龙老师继续："我们俩结婚时没有新房，多亏了我是厂里的播音员，有一间属于我自己的工作室，我们就在里边安上一张木床，播音室就成了我们的婚房。妈妈给我准备了两床崭新的被褥、一套生活用品，在这个狭小的空间里，志全显得十分满足。他曾经告诉我：广霞，我从来没有盖过这么暖和的被子，长这么大从来就没有铺过褥子。他说这话时的语气，同给女儿讲他因贪吃肉包子，失去冠军荣耀时的语气，是一模一样的。记得他对龙龙说，'龙龙，爸爸从来就没吃过那么香的肉包子！'那时龙龙还小，用小手刮着他的鼻子说，'爸爸是个大馋猫。'那时他就呵呵地笑了。我知道一个'农二代'的苦楚，就告诉女儿，'爸爸跟你们这一代不一样，他从小就吃苦，正是为了不让你们再吃苦了，爸爸这代人才拼命创业的。'

都说丈母娘疼女婿是无条件的。妈妈总是隔三岔五地喊我们回家吃饭，她知道志全爱吃肉包子，就事先剁好肉馅子，用花生油养起来。每每这时，志全就会一脸幸福。当我们快到家的时候，他总是把自行车的铃铛按得响个不停，我就拍他的肩膀，'赵大先生，你以为是吉普车啊，显摆什么？'他总是呵呵地笑答，'吉普算什么，以后咱就开着轿车，来妈妈这里吃饭，让四邻看看你龙广霞先生的本事。'

我知道他从不吹牛。我相信他的话。

我曾劝他，'你是本科大学生，党政机关都需要高学历的人才，让爸爸找找人，调你去党政吧。'他总是摇摇头。我知道他是个从哪里跌倒，就从哪里爬起来的人，在他成功之前，是绝不会接受别人施舍的。我最清楚，志全是一个靠自己的能力，实现自己的梦想的有志之人。我只有给他鼓劲，'家里有我，你放心地干你想干的事情吧。’那天，志全深深地看了我一眼，喊了一声‘老婆’，就把手掌展开。我们击掌为盟，算是成交了。

志全个子大，加之他是大学里的长跑冠军，体育锻炼让他体格健硕，一辆自行车让他骑得得心应手。我说：你能不能仔细一点？他呵呵地笑着，‘放心，老婆，有我在你就无忧了。’随着一串车铃声，自行车到家了。”

80年代中期的农村是相对落后的，除了水、空气比现在要好得多，衣食住行都无法和现在相比。在那样一个工业产品极度缺乏的时代，一辆凭票供应的自行车，堪比现在的一台轿车。当时的自行车，是身份和实力的象征，赵志全就是用妻子陪嫁的自行车，带着新媳妇，风风光光地回到故乡西葛峪村的。五月的乡村，山花烂漫，正是鸟语花香时。在那样一个山清水秀的小山村，新媳妇、新自行车，一对吃着国库粮、拿着工资的青年人，所吸引来的是怎样的目光啊。

我相信，这应该是赵志全一生中最幸福的时光。那个年代，从农村走出来的“农二代”，想法比较单纯，也符合现实：自己吃上国库粮，再娶一个自己喜欢的，吃国库粮的媳妇。尤其是买辆自行车，带着媳妇回乡村，见父母，那是何等的荣光啊。实现了这些短期的目标，幸福是不言而喻的。社会在迅猛地发展，如今的年轻人，永远不会再有这样的体会了。可是从那个时代走过来的人，他们一辈子都不会忘却这些记忆的。所以，这样的记忆，被称为“粉红色的回忆”。

（二）

对中国企业而言，1987年无疑是最不可重复的。在这一年里，传统的工业体制在政策的杠杆下发生了变革，沉重的历史桎梏终于被撬动，僵化的体制进入了土崩瓦解前的黎明。一群不显眼的小人物，开始顺应时代，脱颖而出，他们凭借着毅力、胆识，以壮士一去不复还的执着，毅然踏入风浪区。他们用自己的智慧，把中国当成了一个巨大的实验场，于是，1987年，一个企业家的时代拉开了帷幕。

这一年，一个叫赵志全的年轻人，一个名不见经传的校办药厂设备科长，以超人的胆识，登上了老区企业改革的舞台。谁也没有想到，就是这次实验性的改革，就是这个初生牛犊不怕虎的年轻人，以不撞南墙不回头的决绝，用了27年的时间，居然把一个作坊似的小厂，发展成一个年销售收入60多亿元的“制药王国”。

老区企业史注定选择了赵志全，赵志全也注定成为这场改革的先行者，30岁的赵志全匆匆登场了。后来，新华社记者李锦这样描述赵志全：一米八多的个头，走路大步流星，上楼一步三磴，永远是一副意气风发的样子。一双洞察人心的眼睛，一脸融化人心的笑容，既有不怒而威的凛然，又有平易近人的和蔼……应该说李记者还是有眼光的，他的描述基本上没有多大的夸张，几乎所有认识赵志全的人，大都认可这段描述。我亦如此。

正是记者笔下这个意气风发的年轻人，在沂蒙老区的企业史上，扮演了一个举足轻重的角色。

1927年诺贝尔文学奖得主伯格森说过：“有人说，社会的进步，是由历史某个时期的社会思想条件自然而然发生的，这简直就是无稽之谈。它实际上只是在这个社会，已经下定决心进行实验之后，才一蹴而就的。这就是说，这个社会必须自信，或无论怎样要允许自己受到震撼，这种震撼，始终是由某个人来赋予的。”对中国的经济改革这盘大棋而言，这“某个人”非邓小平莫属。由大及小，由上及下，道理是一样的，就鲁南制药的企业发展而言，这“某个人”无疑就是赵志全了。

随着采访的深入，我对赵志全和他的性格，以及他创业历程都比较熟悉了，在我动笔之前，我一直在思考这个问题：赵志全为什么要在遗嘱里留下这五首歌？《粉红色的回忆》究竟包含着他怎么样的情怀？龙大姐的话我相信，毕竟他们相亲相爱了30多年。我相信一个相沫以濡的妻子的直觉，相信一个志同道合的妻子的感受。但是对于一个白手起家，积累了百亿财富后，又把用汗水和血泪积攒起来的财富奉献社会的人来说，他那博大的胸怀里，一定还有崇高的情愫。我相信，一个做成大事的人，绝对拥有海一般的胸怀，在荡漾的碧波掩盖下，不仅仅是宽广的外延，一定有着更深邃的内涵。

要彻底了解一个人，必须研究他命运转机的时间节点。对赵志全来说，1987年无疑是他人生和事业的关键年，是他从一个无名小辈到知名企业家的转折之年。

那么，就让我们把目光锁定在1987年吧。

回望历史，我们就会发现，1987年不仅是世界史上不平凡的一年，也是我国经济史上不平凡的一年。

国际背景：

纽约股市大跌，是为“黑色的星期一”。

日本人均国内生产总值超过美国。

中国国内生产总值达到12101亿元（人民币）。

国内政策背景：

全国开始征收个人收入调节税。

商业事件：

达能、雀巢、联合利华、摩托罗拉、肯德基等国际商业巨头、世界级的品牌，大举进军中国市场；国内柳传志推出联想微机；宗庆后、任正非、怀汉新开始创业……这些日后影响中国的经济人物开始出山。河北省石家庄一家造纸厂的小科长马胜利，成为国有企业改革的典型，以承包经营模式成名的“厂长马胜利”迅速蹿红了整个中国。

到了1987年的下半年，在“马胜利旋风”的吹动下，全国开始推行厂长、经理承包责任制。这个新鲜的体制，是对传统的企业体制的一次大胆的突破，它对生产企业无疑是一个重大的利好。因为是新鲜的事物，建国几十年形成的思维惯性，一时还难以接受一个新体制的来临，为推动这项具有划时代意义的改革，全国各地都在进行试点。大家都知道，既然是试点，成功和失败就会并存，希望与失望就可以同在。那么，怎样才能在试点中，把成功的希望推向极致，同时把失败带来的影响降到最低，这就成了各地政府要考虑的事情了。在这种思想的支配下，临沂地区就把国企改革试点的任务，交给地区体制改革委员会，因为他们对全区企业的情况几乎了如指掌。于是他们选择了郯南制药厂。

也许读者要问，全区的企业到处都是，为什么选择郯南制药厂？

让我们回过头来看看，1987年的郯南制药厂究竟发生了什么。

那个时候，郯南制药和全国所有的企业一样，吃着计划经济的饭，原料由物资部门按计划供给，产品由国家医药公司统一销售，企业似乎只有一个职责：生产加工，其他就不需要多操心了。事实上，1987年双轨制中的国家计划的功能，被市场渐渐逼空，于是好多企业开始遇到困难了，日子的滑坡让那些吃惯了计划饭的人开始骂娘。赵志全所在的郯南制药厂就是这样一个典型，由于大家都在等、靠，谁都不愿意为企业谋划，结果好端端的一个企业开始衰败。生产时断时续，工资发放成了头等的大事。

所幸的是企业小，全厂也就一百多人，牵扯面小，虽然企业面临破产，人心惶惶，但是给社会和政府造成的影响并不大。也正因为它小，地区体改委才选择它做改革的试点，显然这是明智的选择。正如李兵在他宣讲的报告《用生命追逐梦想》里说的那样：那时的郯南制药厂，一年的产值只有100多万，利润几乎为零。选择濒临倒闭的郯南制药厂做全区首家承包经营试点，成功了，可以给全区的企业提供一个改革发展的模板，失败了，也不会给社会带来大的波动。

这个决定如同巨石击水，在全厂立时引发轩然大波。一向吃惯了公家饭的工人们，哪里能接受这样的试点？改什么革、试什么点？明明是把国企私有化嘛。我们堂堂的国企工人，不就成了给个体户打工的小工了吗？

就在大家为前景担忧的时候，赵志全却感到了一个从未有过的契机的来临，作为一个想干事、能干事的人，他需要一个展示的平台、一个可以翱翔的空间。因为对驰骋蓝天的理想来说，狭小的空间阻碍

1987年10月25日，郯南药厂承包合同签字仪式现场

了梦想的飞扬。可是，作为一名小小的设备科长，他没有施展的空间，再说了即便是厂长，在那样的一个体制里，你只是一个组织生产的队长而已。赵志全反复看文件，越看他越觉得光明一片，厂长经理责任制，就是厂长经理有权按照需求组织生产，对人事、财务拥有绝对的权力进行调节和分配。也就是说，承包后可以在有限的空间里，发挥无限的梦想。赵志全一下子感到了春天的来临。于是他的激情立时燃烧起来。

应该说，郯南制药厂走到今天，能成为享誉全国的鲁南制药集团，是1987年的改革试点给了它一个生机无限的春天。赵志全能从一个小小的科长，实现人生的蜕变，成长为一名著名的实业家、创业者，由一个标准的“农二代”，成长为一名全国人大代表，走进人民大会堂，同党和国家领导人坐于一堂，并提交关于造好药造福社会的建议，也是1987年的那次试点成全了他，从此改变了他的一生。当然，在给他无上的荣誉的同时，也让他承受了常人所无法承受的苦难。

1985年的那个夏天，他找到了生命中的“另一半”，成为他无法忘却的“粉红色的回忆”。除了爱情，一个优秀的男人，他的生命的绚丽也要靠事业的支撑。从这个逻辑出发，我们不难看出，1987年，沂蒙老区在郯南制药的改革试点，承包者虽不乏其人，但最终花落赵家，也是他一生中最难忘的“粉红色的回忆”了。

我相信，赵志全一生都不会忘记这个日子：1987年10月25日。设备科长在承包合同书上，郑重地签下了自己的名字：赵志全。从此他像科长马胜利一样，成为中国经济改革的第一批承包经营的厂长。如果说5月1日他找到了人生的伴侣，那么10月25日，就是他找到了事业舞台的日子。因此，1988年他就把10月25日定为厂庆日。为纪念这个日子，在郯南制药只有200人时，他就成功地举办了第一届职工运动会，从此这个日子成为整个集团最重要的时刻，每年都要在这个时间里举办丰富多彩的体育赛事及大型的厂庆晚会，隆重纪念这个粉红色的日子。

以往，每年的5月1日，他都要骑自行车带着妻子绕厂子转一圈，以纪念他人生中的粉红色的记忆。这与每年的10月25日举办厂庆系列活动，有着异曲同工之妙。前者是个人行为，后者是集体的行动，前者他要带着妻子转上一圈，后者他要带着员工大庆几日。无论前者还是后者，对赵志全来说都是至关重要的日子。因此，我们断定，历史留给赵志全的“粉红色的回忆”，是爱情和事业。知道了这些，一个活生生、有血有肉、有情有义的赵志全，就立体地站立在了我们面前。

当我向赵志全的生前好友谈及这个观点时，他们说：没错，你分析得有道理，龙老师说得也没错。像赵志全这样一个有道德操守、有创业激情、有家国情怀的人，他的目光一定不会拘泥于一处，他会看得更远、更深、更广。对这样的人，我们决不能用世俗的眼光看待他，否则就失之偏颇了，那样，就是对一个楷模人物极大的不公了。

（三）

揭开了这个谜底，接踵而至的迷惑也就一一解开了。那时候，临沂是全国人口最多的地区之一，对于决定一个区域经济走向的改革试点来说，绝对不会是一件简单的事情，这种牵一发而动全身的举动，地委、行署不知道要研究多少次，其间的慎重可想而知。

那么，改革试点这样的大任，为什么偏偏落到一个小小的科长的肩上？是历史的巧合还是人为的运作？

从所有的材料上看，说法是惊人的一致：赵志全对年产值只有100

多万，利润几乎为零的郯南药厂，提出四年时间完成年产值1000万、利润120万的目标，从而胜出。

在采访中我得到这样一个情节：1987年10月那次集中答辩会上，一位好心的领导担忧地说："志全哪，你定得也太高了吧，真不行，可以降一些嘛。"

这是一个善意的担忧。对一个产值100多万、利润几乎为零的企业来说，短短四年实现年产值1000万、利润120万，这步子的确太大了，难怪老领导担忧。这个细节让我产生这样的疑惑：赵志全是为了达到承包的目的，而对现实置若罔闻，盲目提高承包标底吗?

直到我采访了鲁南制药分管财务的现任副总王步强后，才打消了这个猜测。有人告诉我，在答辩会上，赵志全曾说过这样一句话："我的指标是同财务会计王步强反复讨论过的，这个指标，是在科学论证和现实研讨的基础上综合制定的，是可行的。"

如今已是副总的王步强，对这个细节记忆犹新。那时候他就在郯南药厂做财务会计，一天赵志全找到他，商量定承包指标的事。当时，赵志全有一套自己的思路：如何改造现有的设备，调配现有的生产力，怎样增加投入扩大产能等等。最主要的是他计划对全厂进行分配制度的改革，彻底打破国有企业干多干少一个样、上班不上班一个样的状态，用改革分配制度做杠杆撬动全体员工的创造欲望。在赵志全的眼里，100多名员工的激情，倘若被激发出来，没有干不成的事。

不过当时王步强还是提醒了他：指标定高了。

赵志全告诉他，之所以参加答辩，因为他自己一直认为，就企业的设备、产品来看，药厂不应该是目前的状态，他想借改制的机会改变现状。既然国家投资办了这个药厂，就应该让投入与产出效益最大化，让员工收入最大化。

赵志全对郯南制药厂有着别人无法理解的感情。郯南药厂原来是一个小小的校办企业，因为太小了，行署才把化工机械厂划出一半，药厂才有机会从偏远的郯南搬迁到临沂市。作为筹建新厂的成员，尽管赵志全的职务最低，可是他却承担了几乎所有车间的设备的安装，包括那些纵横交错的管道，都没有花钱请工程师，都是他自己设计，并带领工人亲手安装的。他对工厂、机械有割舍不断的情感。

王步强又说："我知道，作为我们厂为数不多的大学生、知识分子，赵志全一直抱有干大事的理想，我们这代人经历了'文革'，走过了一段蹉跎岁月。我们这些喝沂蒙山水、吃沂蒙地瓜、受沂蒙精神熏陶长大的人，受老一辈革命家的影响太深，那时候，我们都知道周总理为中华崛起而读书。我们这代人都有一种报国的理想，用你们作家的话说是拥有家国情怀的人。当时赵志全的情怀似乎比我们更浓郁。他曾经说过，他很欣赏周总理的一段话——中国人几乎占了世界人口的四分之一，这样的国家，如果在文化上不能对世界有所贡献，经济上不能有较快的发展，那我们就对不住世界人民，也对不住自己的祖宗。毕竟赵志全是大学生，读的书多，在他的眼里企业做到最后，就是在做文化，为此，他在承包的第二年就在地区体育场里搞起全厂运动会……这也许是赵志全故意把承包指标定高的一个缘由吧。因为赵志全身上，有着中国老一辈无产阶级革命家们的情怀。"

说实话，在1987年赵志全承包时，王步强还没有把他看得这么高大，直到2014年11月14日深夜，赵志全倒在办公桌前，匆匆地走了。当王步强受命打开他的遗嘱时，才彻底明白了他在1987年10月25日的那个抉择。从那个时候起，他奉献、创业、创新的新征程就开始了……

我相信王步强的说法。但是作为一个报告文学作家，我坚信：历史绝对不会这样浅薄，赵志全在27年前的那次选择，远远不会这样简单。于是，我开始离开鲁南制药做外围的采访……

三、一地荆棘

（一）

在鲁中名城莱芜，我见到当年主持郯南药厂改革试点工作的原临沂地区体改委主任刘宗元。当年在临沂地区，刘宗元是个非常有争议的人物，对于他当年的改革，我曾全程跟踪、倾力关注过，并创作了有一定影响力的长篇报告文学《穷官》（人民文学出版社，1987年版），我们算是老朋友了。作为改革者，他同赵志全一样，一腔激情，满腹胆识，大刀阔斧，不计个人得失。

我第一次见到赵志全就与刘宗元有关系。那是1995年，刘宗元在沂蒙山腹地——蒙阴县任县委书记，他因为大刀阔斧的改革，以超前的思维发展落后的县域经济而饱受诟病。出于一个作家的良知与责任，我选择蒙阴定点生活。一天，他让秘书通知我，中午有个重要客人要我陪一陪，并告诉我，来客是我的费县老乡。当我到达县政府招待所时，我看到一个头发花白的老人，坐在主宾的位子上，与刘宗元谈笑着。这个人就是鲁南制药的老总赵志全。席间我问：“赵总你高寿？”刘宗元立时笑了，说：“走眼了吧，他比你大不了几岁。志全你是1956年还是1958年生人？”赵志全呵呵地笑了，说：“不光杨作家，凡是第一次见到我的人，都认为我是老头子呢。杨作家还算委婉的，别人都直接问我‘老汉，六十几了？’”

我们都笑起来。

笑过后，刘宗元说：“志全，我记得1987年，我代表行署跟你签约时，你一根白头发也没有。怎么搞的，一下子全白了？”

“那年我才30岁，血气方刚，一头茂密的黑发，别说白发，连一根黄发都没有。想起来也就是一两年的工夫，不知不觉地就全白了。小时候听说书先生讲，伍子胥过昭关一夜白了头，那时我还不信呢，轮到自己头上了才知道，此事不虚。”

刘宗元一声感叹：“搞事业都不容易呀，尤其是干企业。志全，你得悠着点，快40岁的人了，得学会保重身体，那是你做大事的本钱哪。”

赵志全回答：“要保重的是你老兄，全区都知道，蒙阴县是最落后的县，你来这里才几年，天翻地覆哇。宗元兄，你当体改委主任的时候，可不像现在这样憔悴。”

刘宗元说：“在上边当个部门领导，事情相对单一，县委书记不一样了，一县之长，千头万绪，权大责就大。在我们中国，县委书记历来都在风口浪尖上，这个位置既是中央政策的执行者，又是地方政策的制定者，要紧的是肩负着区域经济的发展大任。为官一任造福一方，这福可不是那么好造的，你得手拿把掐，日夜不得轻松。在现行的体制下，你要当一个有作为的官，不拼上几斤肉哪里行啊。”

两个志同道合者似乎忘了喝酒，面对人生、事业感慨起来。

那天我似乎听见赵志全说，眼下他又碰到难过的坎了，他是来找老主任讨教的。

可惜那时我的精力都在研究蒙阴县的县情上，无暇顾及这个老乡赵志全。早知道20年后还有这样的交集，当初就应该好好听听的。唉，这个世界上，从来就没有先知先觉的神仙，更没有卖后悔药的商贩。

如今的刘宗元，已经从莱芜市委副书记的位子上退下来了。谈到赵志全，他一脸惋惜地说："天妒英才！要是上天能再给他10年的时间，我敢断定，鲁南制药集团将是国内医药行业的龙头老大，可惜他英年早逝。1987年的改革试点，选择赵志全时，我曾当众断言，今天我们选择赵志全，是给20年后的沂蒙栽一棵摇钱树。当时有人还不以为然，说我言过其实。我说，'咱可以打赌，不会超过20年，赵志全就会给我们一个意外的惊喜。不信，你就睁大眼睛看着。'事实证明我的判断是对的。听说去年鲁南制药集团就上缴了8个多亿的税金。八百里沂蒙不就一个鲁南制药吗，老区要是有10个这样的企业，那是什么气象？"

当年的那份改革试点合同，意义重大，它是80年代沂蒙老区国有企业改革的第一份承包合同，从此，沂蒙国企改革的大幕徐徐拉开。好多人没有想到，就是当初这样一个实验性的决定，却让一个小厂20多年后发展成为一个资产过百亿、闻名全国的大型制药集团。

选择赵志全，当初是领导们的意思，还是人家赵志全自己的努力？我至今还是不明白，当初竞争者若干，其中就有当时的企业领导人，从经验和条件上看，赵志全并不占优势，那么，他脱颖而出的原因，仅仅是标底高的缘故吗？

这回我没有掉以轻心，抓住刘宗元的话，展开了采访。

刘宗元回答道："老弟，你的思考和疑问是对的，这件事别看过去二十七八年了，至今我都历历在目。厂长经理承包责任制试点，这是我国经济领域的头等大事，那时候，改革旧的体制相当于否定了过

1994年9月19日，赵志全（左二）为鲁南制药股份有限公司挂牌

去，当时地委、行署是开了三次会才定下了的，决定以我为首带头组班子，推进这次改革。我知道这是一次事关整个企业命运的实验，只能成功不能失败。

千万别小看这个小小的试点，于私，成功了我们就是经济时代的功臣，失败了我们就是历史的罪人；于公，成功了就可以迅速、全面地促进这项关乎全区经济命运的大改革，失败了，老区的旧有经济体制就会延续，在时间就是金钱、效率就是生命的时代，谁都承担不起这个历史罪责。因此，承包人的选择尤为关键。

我们选择赵志全，绝不仅仅是因为他的标底高。地区行署要的不是几十万的利润，要的是试点的成功推进，要的是一个成功的模式，为全区经济体制改革提供一个可以复制的样板。当时，他们四个人竞争，面对四份竞标书，我们反复研究、讨论。这时，我接到当时的地委书记刘明祖同志转来的一封信。正是这封信，让我们下定决心，认准了赵志全。”

“你是说，在你们实行承包经营的时候，地委领导转来一封信？”

“是的，那是赵志全写给他的信。”

“是不是赵志全为了获得企业的经营权，才出此下策，让领导给你们施加压力的？”

刘宗元笑了：“这是一般人的思维逻辑。当时工作组里，也有人持这样的心态，因为在那种环境下，很容易让人产生怀疑，说起来，我也是读完这封信才明白的。赵志全在这封信里，丝毫没有提及自己承包经营的念头，而是站在一个专业技术人员的角度，站在一个当事人的角度，对郯南药厂存在的弊端、需要改进的方法、企业目前的潜力、设备的潜能、产品的前景，以及新产品开发的方向，都做了专业的叙述和恰如其分的说明。尤其是在那个时候，他就对以销定产做出详细的规划，这需要超前的思维和高瞻的眼光。这封信的中心意图是告诉我们，像郯南药厂这样的企业，已走到生命的尽头了，只有改革才能医活它。

可以说，这封信坚定了我们的选择。

我是中央财经大学毕业的，对经济也算有所研究，对企业也算有点研究，可是我看完赵志全的这封信后，被他清晰的思路、精辟的见解以及对企业了如指掌的精细分析折服了。一个小小的科长居然这么在行，可见这是一个有智慧、爱琢磨事的人，也是一个能做成事的人。出于慎重，我走进郯南，开始考察这个小小的设备科长。

我先从他的人品开始调查，直到把外围的人对他的评价都掌握了才决定见他。当时他还是一个体格健硕的大个子，走起路来虎虎生风，一头浓密的黑发，好一个英俊潇洒的小伙子。我们谈了一夜。也正是那次彻夜交流，我认为郯南药厂的承包经营人，非这个黑发青年莫属了。只是我们没有想到，再次见到赵志全时，年轻的小伙子居然白头了；更令我想不到的是，在鲁南制药集团事业如日中天的时候，正当他带着鲁南制药集团员工向百亿企业、百年企业冲刺的时候，他倒在了工作岗位上。唉，人生苦短，命运无常啊。”

刘宗元不止一次地提及赵志全的白发，这让我对赵志全短短时间内黑发变白发的奇闻产生了兴趣。古人有诗云：西风吹老洞庭波，一夜湘君白发多。赵志全哪，你究竟遇到了何种艰难，一夜白了头。

刘宗元告诉我：“你要彻底解开这个谜底，你必须走进历史，看看赵志全刚上任的那几年他和他所承包的企业里，究竟发生了什么。”

走进那段历史前，让我们先读一段文字吧：

> 承包后的困难远远超出他的想象。企业账面净资产只有19万元，流动资金一分也没有，生产原料也仅能维持三天。为了尽快恢复生产，赵总马不停蹄，一家一家地找银行贷款，但银行一听说是濒临倒闭的郯南制药厂，就摇头回绝了。在那叫天天不应、叫地地不灵的日子里，他常常一个人站在荒草丛生的厂区，看着破旧的厂房、简陋的设备，苦思良策。
>
> 就在赵总陷入绝境时，一位行长出于同情，答应贷款2万元，但是期限只有一个月！区区2万元，今天看来，还不够我们企业一分钟的产值，但那个时候简直就是救命钱！之后，他又七借八凑，筹集了1.8万元，就这样，靠着这仅有的3.8万元，艰难地启动了生产。

这是“赵志全事迹报告团”成员李兵讲述的一段文字。从报告文学的角度来看这段文字，显然是单薄的、简洁的描述，无法说明一个人的生理变化。如果赵志全承包企业后，仅仅是资金难题的话，那么在那样一个体制面前，似乎显得太正常了，赵志全一夜白了头的故事也就索然无味了。我坚信，这期间一定会有其他鲜为人知的事件发生，而且是层出不穷的。

还是走进历史吧，只有那样，我们才能发现那些被岁月掩盖的事实真相。

（二）

随着周红兵的思绪，我穿越时空，走进28年前的郯南药厂。这位健谈的行政女干部，鲁南制药集团原人事科科长、女工委主任，她为了让我全面了解那段历史，特意召集了一些老同志，在鲁南制药集团总部招待所会议室里，等着我的到来。

我真诚地请求他们，所有有关赵志全的点滴故事，不论现在还是过去，无论是新的还是旧的，都要毫不保留地告诉我，别管有没有用处，只要事关他的事件，即使不是你亲身经历，道听途说的也可以，我们再顺着这个线索做细致的挖掘。

让我想不到的是，提起赵志全，他们居然也满眼都是泪光。这让我想起在新时代药业采访那些员工时的情景。也好，让他们尽情地酝酿感情吧，也许只有这样，他们才能给我提供最真实的故事、最有可读性的情节。

在他们的流泪叙述、断续讲解中，我渐渐地走近1987年的赵志全——

“你就像那冬天里的一把火，熊熊火焰温暖了我……”一个叫费翔的歌手，在整个中国唱响了《冬天里的一把火》。与此同时，在企业界，一个叫马胜利的业务科长也火了，他的火不是唱出来的，而是干出来的，是用真金白银垒起来的。他借助承包经营制度，打破了常规，破除了壁垒，一夜之间由石家庄造纸厂业务科长马胜利变成了“厂长马胜利”，他因为把一个连续亏损3年的企业，通过承包实现了320万的利润而成名。马胜利的火，不仅仅是他以承包的方式，将一家国企扭亏为盈，而是他在1987年，用豪迈的语气，向整个中国宣布一个大手笔：“中国马胜利造纸集团”，从现在起，在全国20个省、市，承包100家造纸企业！

一个人承包100家企业，而且拍胸脯许诺：保证盈利。这是大胸怀、大气概，还是说狂话、说大话？

就在北方的马胜利把“马承包”的模式宣扬成神话时，南方的一个叫李经纬的广东人，他精明的脑袋突发奇想，让一瓶健力宝魔术般地风靡了全国……

1987年因纷呈的企业现象，以及太多风云的厂长们用无与伦比的勇气唱响“冬天里的一把火”，而被人誉为中国“企业家年”。

就在这些中国企业界的“大腕”们，把一潭死水彻底搅活，风光地享受着“改革风云人物”的殊荣的时候，在山东沂蒙首府临沂城，一个叫赵志全的年轻人却因承包而陷入多头“围剿”。

当河北的风云人物马胜利，以“晓行夜不眠”的状态，在全国各地无限风光地做着令无数听众疯狂的报告时，山东的赵志全却陷入四面楚歌。

拿到签约的承包经营合同书的赵志全没有想到，体制的打破给他造成的反弹压力远比企业缺乏资金难对付得多。这归因于我们新中国成立以来一成不变的企业体制。应该说，早在1980年以前，计划经济体制下的国有企业的地位并不比事业单位甚至党政机关差多少，从某种程度上讲，工人吃的也是国家的饭，拿的也是财政的钱。因此企业工人过着不愁吃饭的日子，至于企业是否亏损，那是政府的事情，与个人的利益并无多大的关系。可是厂长承包经营责任制的推进，彻底打破了这些优越性。一切附属在政府集体上的利益，都随着新任的承包人的到任而烟消云散了。这才彻底打碎了长期形成的铁饭碗。

从历史的经验看，所有新政都会触及个人的切身利益，赵志全的承包经营，显然也没有跳出这个框架，于是矛盾一下子集中在赵志全的身上。道理是那样的简单：我们是国家工人，你别拿着鸡毛当令箭，改革？你改就是，可是你不能改了以前的规矩，老子们端的可是铁饭碗，那不是你给的，那是社会主义制度的优越性，是政府给的，你说砸就砸了？别以为一纸合同就成了尚方宝剑，老子的铁饭碗可是祖传的，你以为你是法眼通天的神仙，还是一手遮天的玉皇？美得你。再说那些竞争对手也不愿意看到他成功，一个小小的科长算老几？什么承包经营，拿着鸡毛当令箭，你以为厂子就是你家的祖业？

赵志全要按照改革的思路去管理工厂、组织产销，他们却要按照原先的模式前行。于是冲突势在必行。

对付对手的无非有两种方式：明枪，暗箭。

先来暗的吧。

写信上告。花上8分钱，让你忙半年。随便找个理由就够你喝一壶的。

毫无疑问，告状利用好了，是解决问题的一种方法；利用不好，就成了将事情复杂化的一种弊端。要是真实署名地反映情况，那是可取的行动，问题是那写匿名信的人，大都带着自私的目的，捕风捉影，夸大其词，甚至黑白颠倒，是非混淆。按说这样的信也无关大局，但是，三人成虎，谎言重复千遍仿佛就成了真理。

当铺天盖地的来信，冠以为民请命的理由，携带着举报造假药的话题，飘成漫天雪片的时候，上级再也不能无动于衷了。

那一年，小小的郯南药厂热闹起来，一个从未有过的奇观出现了：不足200人的企业，一下子拥来了十几个调查组，调查组的人数，几乎与企业的人数持平。尽管赵志全一向自信，坚信邪不压正，可是他面对的毕竟不是几个人、一个组，而是上百人、十几个组啊。他有一种山雨欲来风满楼的压力。

对方在等着看热闹的时候，却忽视了赵志全的性格。赵志全是属“皮球”的，你拍得越重，他反弹得就会越高。越是困难他越来了劲头。查就查呗，身正不怕影子歪。

他相信老朋友刘宗元的话，查查也好，没有问题，给一个说法，不就风平浪静了吗？省得那帮子人老是暗地里捣鬼，今天说你造假药，明天说你贪污公款。查清楚了，你就可以安心做事了。

说归说，谁碰上这样的事情都会压力很大的。提及那次铺天盖地的调查，当年的行署调查组成员之一的刘玉东说，各级调查组的人数快赶上郯南药厂的职工数量了，那阵势够唬人的。他说也正是那次声势浩大的调查，让他看到了赵志全遇乱不慌、临危不惧、敢于担当的血性。从此他和赵志全开始了长达27年的交往。

后来，刘玉东调到省城做了省食药监管理局安全处处长，回顾那场调查，他深有感触地说：“这个世界上没有绝对的坏事，那次联合调查给郯南药厂带去了强烈的质量意识。正是那次响亮的警钟，让造好药、造良心药成为赵志全坚定不移的选择，才有了现在的鲁南制药集团，尽管当时的赵志全十分艰难。”

赵志全知道自己是清白的，所谓的假药案不过是对手整治他的借口，他更知道这个时候，自己慌了手脚对谁有利。他是整个临沂地区第一个承包试点的厂长，他身后不仅仅是一个郯南药厂啊。于是他孤身一人，顶住排山倒海般的压力，白天组织生产、销售，晚上配合调查组调查……

在当时的社会环境里，做一个改革者、一个企业家，可不是一件容易的事情。这种困境不是某一个人的遭遇，而是整个社会的悲哀。

1987年的中国，对“企业家”的概念，整个社会是不认同的，“企业家”这个词出现在大众词典里，已经是1989年的事情了。1987年，我们的企业还在政府设置的轨道上，做着惯性的运行，企业肩负着政府和社会的诸多功能。那时候我们称企业领导人为厂长，企业实行厂长承包责任制，作为政治推动下的体制改革，无疑是传统企业文化的一次转型，对一个转型时代而言，所有的价值观都亟待重建，于是冲突在所难免。

回顾那个时候的段子，我们不难看出当时社会充满了抱怨和牢骚——“造导弹的不如卖茶叶蛋的”“老大靠了边，老二分了田，老九上了天，不三不四赚了钱”。

因为改革是一项特别复杂的社会系统工程，不可能在事先设计得天衣无缝的状态下进行，改革过程中不同利益群体的摩擦、碰撞，甚至斗争，都是不可避免的。但是“马胜利”搅起的强烈的“一包就灵”的旋风，依旧在席卷着大地，人们对破体制的宣言热忱有加。沉浸在对改革的膜拜中的人们，还没有意识到这场触及深层的改革，会给社会带来巨大的变化，包括对制度致命的撞击，和对观念的彻底颠覆，以及阶层的分化……也就是说，对这样的变革无论是个体，还是社会都缺乏必要的准备。在这样的背景下，赵志全陷入窘境也就在所难免了。

（三）

赵志全在那些日子里究竟承受了多大的压力，究竟忙到什么程度呢？27年后，他的五叔赵元常回忆往事时无意间说出了事情的真相。

他说："那是1988年，我二哥的前列腺病犯了，尿尿都困难了。我就给赵志全打电话说了这件事，他忙啊，就安排龙广霞帮我们办理。在临沂市中医院里，医生会诊后让直接做手术。手术是要亲人签字的，见不到志全，没有办法，我就代签了。手术不是太大，也不麻烦，可是术后恢复起来就是一件麻烦事了，于是二哥就住院了。

在住院的那些日子里，广霞不停地送饭，来医院探视。有一回我问她，'志全忙什么呢？'广霞轻描淡写地说，'他那边一摊子事呢。他们两口都是这样，从来不给我们谈他们工作上的麻烦事儿，从来都是报喜不报忧。那时候不像现在这么方便，人人都有手机。'

一回我说，'多日不见大侄子了，怪想得慌，要不，我去厂里找他聊聊？'

广霞一口回绝，说，'五叔，他忙得连回家吃饭的空都没有，我都一天到晚见不到他，真的，五叔，您去了也找不着他。咱们家里不论有多大的事情，您找我就行了。'

那次我没有往深里想，也是我粗心大意了，志全一向孝敬，要不是出大事的话，他怎么能不来医院呢？他是长子，他父亲的手术签字按说得他来，可是我们怎么也找不到他。直到后来，我才知道当时好多人告他，上级派了那么多人来查他，内忧外患哪，他居然一声不吭地自己承担起来。也好，他不出面，一来是怕我们知道了，替他担心；二来父亲需要静养，最怕分心。这个孩子心就是细。难怪我三哥说他是个做大事的材料。

俗话说，知子莫如父，我哥私下里给我说，'志全这孩子一定有什么大事瞒着咱，要不他早跑来了。'

我劝他，'哥，别瞎寻思，志全的媳妇广霞不是天天来吗？安心养你的病吧。'"

现在想想也是，那年发生了那么多、那么大的事情，他一个人顶着能不忙吗？

像周红兵这样的老员工们都记得，那些为了自身利益，不惜血本搅起来的漫天乌云，大有黑云压城城欲摧的局面。郯南药厂里人心一下子就乱了，尽管赵志全使出全身的解数，可是，他面对的是那样一个时局，企业能正常运营吗？

老员工们都记得，那年，南京出现了甲肝疫情，亟需郯南药厂的特效药大青叶合剂。仓库里明明有货可就是发不出去。面对这样的场景，员工那里已经是六神无主了。他们的新厂长呢，更是焦头烂额，十几个调查组云集小厂，一个人怎么应付得了？现成的产品，运出去就是钱啊，可是没有人来干，眼瞅着企业效益就没有了，赵志全急得嘴上都起了泡。这就给了那些整他的人一个口实：看见了吗，他招架不住了吧！

鲁南制药厂旧址

除了必要的情况说明，赵志全没有一句辩解，他寄希望于事实。他相信一句话：事实胜于雄辩。

可是面对一个个调查组，面对那一股股恶告的势力，孤身一人的赵志全能走出这个多重困局吗?

让我们看看赵志全从小接受的文化熏陶，也许我们就能预测到结局了。跟那个时代的所有创业者一样，赵志全有着一个卑微的起点，岁月的嘲弄、苦难的打磨、在社会底层的历练，以及理想的幻灭，都让他对生活有着近似残酷的清醒认识。他具备了“狼”一样的素质，一旦见到机遇，他就会把所有的潜能全部激发出来，倾其全部的力量，豪情一搏。拥有这样素质的人，是轻易不服输的，除非置于死地，让他不再拥有任何机会，否则他会坚决沿着命运给出的一线甬道，向着光明执着而去。在这样的人眼里，任何困局都是一块磨石，只能让他出击的刀背更加明亮，让刀刃更加锋利，只是他需要经历痛苦的磨砺。

晚上，心疼他的妻子安慰他说：“咱身正不怕影子歪，该吃就吃该喝就喝，你把心放在肚子里，厂里待不下去了还有家，怕啥，大不了咱再回去当工人。你是大学生，你有技术，咱不怕。”

赵志全一笑，他知道在这样的时刻，妻子给的温暖就是最大的动力。他摇摇头，说：“人哪，三十而立，我今年刚刚三十岁，正是建功立业的黄金时机。咱从农村来，没有背景，没有后台，好不容易赶上国家搞改革，给了咱一个难得的机会，咱得感谢政府，感谢国家。你放心，我是绝不会轻言放弃的。”

孟子曰：“天将降大任于斯人也，必先苦其心志，劳其筋骨，饿其体肤，空乏其身。”在赵志全的眼里，他们告状，也不都是坏事情，起码对自己也是一个考验、一个教训。只是那些人为一己私利把动静鼓捣得太大了，以至于耽误了企业的发展。

他相信，共产党之所以得天下，就是因为公正清明。

一个理智的政府，是需要大批干事创业的人，绝对不需要无事生非的人、为一己私利不惜颠倒黑白的人。别看对方动静大，其实他们告的那些事，都是捕风捉影的东西，不然他们就不会躲在暗处放冷箭了。

赵志全分析，写匿名信的人无非有三类：一类是改革触及他们利益的人；第二类是那些与他竞争的人；第三类是不愿意看到一个小科长突然腾达，心理失去平衡的人。不管有几类，赵志全就用一个办法：你告你的，我干我的。因为你一告我就不干了，企业就完了，自己的事业也垮了，对方想要的不就是这样的结局吗？

什么时候都是这样，一旦找准了事情的关键，其他的一切都好办了。

那些日子，对方看见赵志全临危不惧、谈笑风生地指挥着整个工厂，有板有眼地推进产销，就坐不住了，纷纷给调查组“加温”，可是他们也太低估上级的智商了，看看没有什么新的举报，调查组鸣金收兵了。这是他们最不愿意看到的结果。

今天，回过头来看改革，我们都明白：改革是一项十分复杂的社会系统工程，在没有参照的探索中进行，要改革，就得不触及各种群体的利益，矛盾是不可避免的。但是在当时，无论是政府还是被改革的单位，都对这些矛盾缺乏预测，以至于加大了改革者的工作难度。毕竟历史总是朝着前方行进的，一切与主流不符的东西，最终会被历史的潮流所抛弃。这是历史前进的基本规律。

心正则神安。无私天地宽。赵志全还小的时候，母亲就告诫他：人啊，白天不做亏心事，夜晚不怕鬼敲门。

所有的调查组都撤走了。结论是：举报内容纯属子虚乌有。

第一次交锋，对方使用的暗箭没有射中赵志全。

身心疲惫的赵志全刚松了一口气，明枪又来了。

对方纠集几个地痞威胁赵志全无果，就来更邪的。一天赵志全刚回到家，见龙广霞在厨房里做饭，过去想打打下手。他哪里想到，这时，一个黑洞洞的枪口正在向他瞄准……

这些日子，一家人都为他担忧，闹心的事情好不容易过去了。一个早在意料中的结果姗姗来迟，但毕竟是一个官方的结论，一个阳光下的结局，从此，他可以安心创业了。龙广霞特意备了些好菜，打算庆贺一番。赵志全卷卷衣袖，对龙广霞说：来，我炒几个小菜，咱庆贺一下，也给你们娘俩压压惊。话音未落，一声惊心动魄的枪声划破了寂静的夜空……

四、莫名的天赋

（一）

企业家的敏感和智慧，是整个中华民族稀缺的资源和宝贵的财富，是我们这个国家此前、今后经济发展的基本支撑。这些敏感和智慧就源于企业家们莫名的天赋。

很多时候，准确地预见前景，对于企业家来说，就是一种莫名的天赋。比如中国地产业标杆式的人物王石，在1987年深圳的一次土地拍卖中，窥视到地产业的曙光，尽管那时候，他还是一个倒腾外汇的小商贩。就像中关村的柳传志，在喧嚣的计算机行业里，看到家庭电脑的大趋势一样。他们莫名的天赋，成就了他们事业的辉煌。

那时，刚同政府签订承包合同的赵志全，也看到了医药行业的契机。可惜他还不能像做个体的王石、柳传志那样，当机立断，全力出击，追逐他心中的梦想，他所领导的毕竟是一个刚刚改制的国有企业。那个小小的国企已接近空壳，净资产不足19万元，车间无原料、机械停摆、工资断档……阻碍赵志全出击的，远远不止这些，还有国企病带来的巨大弊端，以及人为设置的遍地荆棘，他只有扫清这些掣肘的障碍，才能迈开大步，奔跑起来。

在赵志全四面楚歌的那一年，中国的企业虽然被马胜利、李经纬们大胆的行动搅起一圈圈大波，但是全国众多的企业厂长、经理们，还在履行着一个生产队长的职能。企业家的智慧发挥的时机还没有完全到来。当然那个时候我们还没有“企业家”这一称谓。不管你领导着多大的企业，政府给你的任命文件上一律写着“厂长”或“经理”。尽管1987年中国出现了“企业家”这个词，厂长、经理和企业家是绝对不同的概念，从属性上看，他们都在领导着企业，似乎没有多大的区别，可是其内涵却有着天壤之别。

1985年，一个叫彼得·德鲁克的人，出版了自己的书《创新与企业家精神》，这本书在中国并没有引起多大的关注，但是那些研究中国经济的学者和关注中国经济命运的人开始如饥似渴地阅读它。这是一本第一次将创新（innovation）与企业家精神（entrepreneurship）视为企业成长的基因，并系统地阐述了将创新导入企业运营运作的可行性案例的著作。

那时候，我们国家推行的农村改革正在完善中，事关国家、民族经济命运的企业改革才开始。彼得·德鲁克就开始预言：美国已经进入了“企业家经济时代”，企业和企业家正成为美国经济成长的动力之源，企业家经济的出现，是美国经济和社会历史中最有意义、最富有希望的事情。企业家经济在不远的日本、欧洲乃至整个世界，所有正在进行经济改革的现代化国家，都将无一例外地陆续到来。应该说彼得·德鲁克是个成功的预测天才，他那莫名的天赋，给了中国企业一个惊人的预言。

彼得·德鲁克1909年生于维也纳，1937年移居美国，终身以教书、著书和咨询为业，是当代国际上最著名的管理学家，被称为“大师中的大师”。不仅因为他是现代管理学的奠基人，目标管理的创建者，他在市场、创新、变革、战略、知识管理、21世纪管理者的挑战等方面的真知灼见，也让诸多管理大师和成功企业家从中受益。在他的预言成为热点的时候，具有创新意识和企业家精神的赵志全，正在为排除前进征途上的遍地荆棘而煞费苦心。赵志全毕竟还是国家政策利好中的第一批受益者，他的创业尚且如此艰难，那些还没有享受到这一利好的厂长、经理，他们的艰难就可想而知了。

那个时候濒临倒闭的郯南药厂，是被金融系统遗弃的企业，你想贷款比登天还难。听过赵志全答辩会的一位行长，出于对他个人的信任，冒险给他贷款2万元，并且一再嘱咐，到期一定连本带息一次性偿还。这点钱哪里够啊，幸好赵志全有一对家境富裕的岳父母，在关键的时刻雪中送炭了。企业正常生产，这只是企业的第一个环节，最重要的环节是销售。按照传统的经营渠道，厂家生产的药品，必须全部交付给地区医药公司，由他们来推销，因为他们掌管着渠道。对生产厂家而言，这样的渠道有两大致命的短板：一是以销定产的模式，导致生产厂家与用户的脱节，拉长了销售环节；二是生产厂家看医药公司的脸色，回款期限加长。

其实，这个体制由来已久，似乎并没有什么不妥，反正大家都是这样过来的，况且医药公司本来就是厂家天经地义的销售者。可是赵志全却意识到，企业要想长大，必须突破销售这个瓶颈，否则在对方规定的空间里，你永远不可能成为大树。国家既然推行厂长、经理承包制，生产环节既然改革，那么销售渠道就一定能拓宽的。用一个不太恰当的比喻：允许你敞开肚皮吃饭，却控制你的排泄，世上哪有这样的道理?

就像王石预感到房地产的春天不远了一样，赵志全已经敏锐地听到销售权下放给厂家那渐渐清晰的脚步声了。他在会上说：“我们必须招聘、培养自己的销售人员，以开拓我们自己的销售渠道。”

这话引起不小的反响有人说：“这不是没事找事吗，省、市、县三级医药公司不就是我们的渠道吗，为什么自己开拓？再说了，一个国企私自招人，这也不合体制呀，万一上级追究下来咋办？”

赵志全就一句话：“我是厂长。”

在后来的采访中，我找到了第一批销售业务员的其中一位，他叫马洪波，是企业的第五名业务员。他原是厂子里的电焊工，在郯南药厂迁往临沂的关键时刻，他同赵志全一起，中午睡觉，连夜加班，在赵志全的眼里，这是一个能吃苦的小伙子。做推销业务，就需要这种吃苦耐劳的精神。赵志全说：“洪波，你当业务员去吧。”

马洪波一惊：“厂长，你让我拿焊枪行，你让我扛原料也行，出力流汗咱不含糊，可是你让我出去耍嘴皮子，我不行……”

“你没去干，怎么知道自己不行？我没干厂长前也觉得自己不行，这不，也干得不错嘛，咱们这一年多不是扭亏为盈了吗？洪波我告诉你，三百六十行都是学会的，谁天生就是全才啊。去吧，有难处找我，有我在你怕什么？”

马洪波改行了，焊枪一放，背起背包当起了业务员。

回忆起当年推销的故事，洪波似乎并没有多少清晰的记忆，他说，那时候他们的思路还局限在主渠道上，跑业务就是跑外地的医药公司，与赵总的本意是有区别的。他说他记忆最深的是，医药公司不是最终的消费者，可是消费者的钱，却要打在医药公司的账户上，这就给销售人员收款带来了无穷的麻烦。

1989年的腊月二十七，都放假了，赵总还在厂门口等他，因为他兜里装着14700元货款，而赵总的身后，是等着拿原材料款的厂家……

那时候，厂里只有大青叶合剂、元胡止痛片等几个品种。14700元的货款就是一笔大钱。当他走到厂门口时，等候已久的赵总一溜小跑

2012年度业务工作表彰大会，赵志全（后排左二）为获奖人员颁奖

就迎过来……至今他都忘不了赵总让钱挤兑得憔悴的样子。他之所以下那么大的力气、花费那么多的心血组建自己的销售团队，肯定与遭受的这些难处有着必然的关系。20多年来，赵总下力气抓销售队伍，到他去世前，鲁南制药集团终于培养组建了一支2000多人的销售团队。这支团队是鲁南制药集团纵横市场的主力，赵总活着的时候，从来不喊他们销售员，总是亲切地叫“我们的业务将士”。可见他对这支队伍的爱护。

马洪波继续回忆说：“我们真正的大翻身，是在推出银黄口服液之后。那时候，我们已经于1990年8月把郯南药厂改名为鲁南制药厂，厂长也变成了总经理，我们都亲切地喊他赵总。

那年赵总决定，开辟官方渠道之外的自销渠道。他亲自带着我们下江南，打上海市场。他说我们不能只在沂蒙地区做业务，我们的视野必须拓宽，到上海去，到大城市去。

我们都被他的气概感染了。可是上海那么大，谁知道我们一个小厂生产的银黄口服液啊。赵总似乎胸有成竹。那年有部电视剧叫《渴望》，因喊出了一代人心中的困惑而万人空巷。赵总就盯上了电视剧，做电视的插播广告。那时候生产厂家给自己的产品做电视广告还是一件新鲜的事情。别人根本就没有想到，可是我们赵总想到了，而且想到就马上行动。这是他一贯的性格。早在企业搬迁时，领导让他负责购置设备，他打听到上海有就连夜去了，当领导还在为设备着急时，送设备的车就进厂了。

可是这回他遇到了不小的阻力，按照人家电视台的规定，在《渴望》电视剧插播广告需要3万元。那个时候，3万元是一笔巨款哪。现在，这点钱也就是我们鲁南制药集团一分钟的产值，可是在当时，3万元，足够我们全厂发一个月的工资！当然我们鲁南制药集团现在一个月的工资需要6000多万，但此一时彼一时。那时候，把全厂一个月的工资一下子给了电视台，换取一个还不知道有没有回报的广告，这需要对未知的前景有准确的预测，同时还需要一种超人的胆识。

厂里立时炸了锅。

‘咱是做药的，电视台跟咱有什么关系？’全厂议论纷纷。

赵总告诉他们，‘这是投资，投资要的是回报。我们投出去3万元，就可能回来30万、300万甚至更多，当然，任何投资都有风险。’

‘电视台又不是卖药的，他们能给咱们挣钱？既然是投资，为何不投给医药公司这样的主渠道，让他们多给咱推销推销不就成了？电视台跟咱八竿子都打不着。’

真是应了《渴望》里的一句歌词：悠悠岁月，欲说当年好困惑！

就在大家不解的时候，赵总大手一挥，说‘划款！’同时他要求车间大量生产银黄口服液。大家都不知道赵总葫芦里装的什么药。那时候，赵总还没有形成绝对的权威，不像现在，大家对他的决策由衷地佩服。现在想想也就是赵总敢作敢为，但凡思想上有点顾忌，行动上有点犹豫，机遇就彻底失去了。

我相信，时至今日那些老上海人，还能依稀记得这个广告，一个孩子躺在床上咳嗽，妈妈一摸，说，'孩子发烧了，去医院打针吧。'孩子叫起来，'不打针，不打针。'父亲突然想起什么，说，'银黄口服液很好，上次我用了一盒就好了，专治感冒、咳嗽。'孩子笑了。接着画外音出现——'银黄口服液，用了都说好。'

随着电视剧《渴望》的热播，银黄口服液的广告效应应运而出，产品在上海全地区迅速走红，成车成车的产品，从沂蒙发往上海，换回的是大把大把的钞票。

以前我们总是求爷爷似的让人家要我们的产品，那次，我们第一次尝到什么是皇帝的女儿不愁嫁。那时候，要求我们发货的医药公司纷纷上门，我们鲁南制药厂车水马龙，这种从未见过的场景让员工们欢欣鼓舞。大家这才仔细品味起赵总的话，觉得赵总的眼光确实不一般，先前的种种误解才渐渐消失了。

就在我们的产品热销的时候，一场流感席卷长三角地区，这给我们的银黄口服液带来前所未有的市场机遇。1991年，我们完成了2600万的销售收入。2600万啊，这是我们想破脑袋也不敢想的事情啊。赵总签约承包合同前，全厂的产值不过上百万，一下子卖到2600万，这简直就是天方夜谭。可是这个天文数字，在赵总的手里变成了现实。大家才对他当年提出的销售收入1000万的目标，彻底信服了。"

一切都按照赵志全的计划在运营着。

计划是实现目标的先决条件，所谓一等人计划明天的事，二等人处理现在的事，三等人解决昨天的事。养成事先计划的习惯，是所有出色的人共同的特征。在企业界有一句名言：在计划上多花一分钟，执行时就少用十分钟。美国作家艾伦拉肯说：计划就是把未来拉到现在，所以你可以在现在做一些事情来准备未来。

（二）

其实，按时间推算，广告效应获得业界的广泛的认同，已是赵总获利几年之后的事情了。我们进入时空的隧道后，不难发现，这个时间的节点应该是1995年11月8日，制造这个时间节点的是中央电视台。这事还得从头说起：1994年中央电视台的广告收入大约10个亿，广告部主任谭希松是一个敢想敢干的女人，她想出一个绝招：把央视的黄金时间段拿出来向全国招标。他们给投标最高的企业预备了一顶虚无但金光闪闪的桂冠：标王。招标会之所以定在11月8日，谐音：要要发。第一届没有引起多大的轰动，直到1995年11月8日的第二届，一个叫“秦池”的山东酒厂以6666万的天价夺得标王，广告的效益才被彻底彰显。那一年用巨资获取标王后的秦池，实现销售收入9.8亿，利税高达2.2亿，比1995年增长5倍。标王秦池所表现的冲劲，甚至带有梦幻般的激进色彩，符合当时人们对商业的想象：奇迹可以一夜造出来。胆大可以包天。不是做不到而是想不到。尤其是1996年11月8日，名扬天下的秦池再次出现在央视，在最醒目的位置上，酒厂厂长王卓胜底气十足地说：“1995年，我们秦池每天向中央电视台开进一辆桑塔纳，开出的是一辆豪华奥迪；今年我们每天开进一辆豪华奔驰，争取开出一辆加长林肯。”

当年山东的秦池再次夺得标王，他投给央视的标底是：3.21118亿。

我之所以在马洪波的讲述中插入这段往事，就是想告诉读者，早在1990年底，赵总领导下的鲁南药厂就看准了电视的广告效应，抓住这一新兴的媒体来推销他们的产品，并以四两拨千斤的技巧，撬开了上海等长三角地区的市场。他的行动要比所谓的“标王们”起码早四年，这是商业意识？不，我们仅仅把这些行动看成超前的意识，显然是不够的，还来源于企业家莫名的天赋。

任何天赋的表现都是超前的行动。

事实上，当中国的企业家们云集于中央电视台梅地亚中心，不计成本地争夺第三届“标王”的时候，那忽视产品内在的质量，单靠广告造势带来效益的时代，开始宣告寿终正寝了。只是人们那时仍沉浸在“标王”带来的狂热里，没有感受到即将到来的奇寒罢了。

赵志全意识到了这一点。就在其他厂家如火如荼地靠着广告经营的时候，他果断撤下所有的广告，开始专心自己的创业了。面对员工的不解，他在总经理训示中这样说：“我们必须明白一个起码的道理，企业的利润，是靠产品的品质取得的，广告只是它的一种宣传方式和促销的手段，我们搞的是实业，实业讲求一个‘实’字。不光要求我们做人要实，产品质量也一定要实。我们是制药的，我们创业的目的，是在造好药、治病救人的基础上赚取利润，在产品质量创新上下功夫，才是长久之策。单纯地放大‘罗马是可以一夜建成’的狂热理念，最终的结局，就是企业吹得越高，摔得就越重。药效和品质不实的药品，产得越多，给社会造成的危害就越大……”

就在赵总讲完这话后，短短一两年的时间，央视的历届“标王”们中途而殇，一个个从辉煌走向没落。纷纷扬扬的争标夺王的火爆场面，在消费者渐渐复苏的理智中烟消云散了。留给参与者的是一声叹息，留给历史的是无穷的回味。

（三）

企业家莫名的天赋，对企业的成功是至关重要的。大家都知道2015年是中国政府大力治理污染、提倡企业创新的一年，在这一年里，企业破产、倒闭者不在少数。沂蒙老区的许多老企业，也没能逃脱。同时，国家提倡让利于民，国产药品普降15%，这对药企是一个巨大的利空。可是鲁南制药业绩却在2015年再创新高，前10个月上缴利税就达到8个亿。

鲁南制药一枝独秀的原因固然很多，但最主要的原因之一，就是赵志全莫名的天赋。这种天赋包括对企业和市场的准确分析，以及对政策的理解和对未来的掌控。

在相当长的一段时间内，投资者发展企业的目的似乎都是比较直观的：利润。于是高耗能、高污染的项目，在各种利益的组合驱动下，以牺牲环境为代价，公然上马。那时候，企业治理污染还是一件奢侈的事情，于是给后来环境的破坏、雾霾的猖獗埋下了隐患，加大了后来治理的代价。正是这种不负责任的投资，才使得后来的企业断臂求生造成了无法消除的疼痛。

莫名的天赋，让赵志全感觉到，中国的未来一定是一个重视环保的时代，因此，企业为环保让行，环保第一项目第二，成了赵志全做企业的又一个理念。

用赵志全的话说："企业就是为了造福社会，你的工厂把社会环境都污染了，工厂就成了罪恶之源。"

这些年，鲁南制药在赵志全的带领下，不断地实现行业跨越。如果说1991年氯唑沙宗项目的奠基，揭开了鲁南制药中西药兼产的序幕，那么，2002年新时代药厂的上马，就标志着鲁南制药步入生物制药的时代。从此，鲁南制药集团成为集科研、生产于一体的现代化医药产业基地。每次跨越，赵志全都是环保优先。2002年新时代药厂上马，这是赵志全在鲁南制药的最大的跨越：从中西药到生物制药。那时候，他对设计公司说："新时代必须配备一个万吨级的污水处理厂，经过我们新时代处理的水可以直接排放到河里去，使污水达到一级排放标准。至于花多少钱，你们不必顾虑。"这种环保优先的自觉，让设计者由衷地佩服。要知道，一个万吨的污水处理中心需要上亿元的投资啊。2007年，他决定再投9600万元，建占地达100亩的大型污水处理站。2010年，他又投资1.8亿元，建成了万吨污水处理站，并通过了"淮河流域污水治理项目"的环保验收。

新时代药业在温凉河湾里，在"宁让企业亏，不让温河浑"的环保理念支撑下，2005年，赵志全就专门招聘了学环保的1名博士、8名硕士，成立了"污染控制与资源化研究中心"。在重金投入和科技人才的组合下，鲁南制药集团排放的污水全部达到国家A级标准。村民说：新时代排放的水比温凉河里的水还干净。正是因为这些达标的水注入河道，温凉河流经厂区的河湾里才有了成群的野鸭、白鹭，才有了开篇的描述……

在国家环保新政的大势下，多少企业付出了沉重的代价，最终也未能生存下去。鲁南制药集团却因赵志全这种独到的天赋而深受益处。

在赵志全独到的天赋里，即便是他感觉到挣钱的机遇即将到来，如果不是他挚爱的医药，他都不为所动，这种定力，在企业界是不多见的。赵志全常说："一个人，一辈子，做好一件事就不容易了。"20世纪90年代末期以来，中国房地产市场持续火爆，拥有充足现金流的鲁南制药却迟迟没有进入。尤其是在政府提倡大临沂、新临沂的理念，准备对城市大兴改造的时候，作为全国人大代表的赵志全，他最先知道这个消息，凭他敏锐的感知力，他当然知道地区房地产的春天来了。可是他仍旧不为所动。鲁南制药在市内的老厂区有一块几十亩的空地，有人向赵志全建议：“房地产项目开发周期短，一两年就收回成本了，搞个科研项目至少十年才见效，我们为啥不去搞房地产呢？”听了此话，赵志全立刻转头瞪了那人一眼，口吻严厉地说：“制药我们都还没有做好，搞什么房地产？”其实，他是个市场嗅觉极其灵敏、求新求变的人，但在这件事上，他坚守主业，清心寡欲，耐得住寂寞。可见一个优秀的企业家，必须经得住诱惑，否则，你即使有超前的天赋，也不能把企业带到一个繁荣且安全的境界。

让我们返回现实，继续听马洪波的讲述吧——

“多年后，我们只要谈及过去的事情，就会想到那次成真的梦想。那年庆功会上，赵总说3000万只是我们鲁南制药冲上的第一个高地，我们下一个高地就是一个亿。我们只有把目标锁定在更高的地方，才能激发我们创业的能量，现在我们只有一个厂，我们要一个厂一个厂地发展下去，组建起我们自己的鲁南制药集团。我相信鲁南制药集团的明天会更好。

他说这些话的时候我们深信不疑。但是我们怎么也没有想到，就在我们征地扩建新厂的时候，一场突来的危机，给我们带来前所未有的灾难，刚刚步入发展快车道的鲁南制药，又一次面临灭顶之灾。”

五、力挽狂澜

（一）

马洪波描述的困境，被集团一位副总叙述得更加直观了——

“20世纪90年代初，在赵总领导下，我们取得了建厂以来最大的成绩，谁也没有想到，当初2万元贷款起步，3年多时间我们就取得了3000多万元的销售业绩，这是一个破天荒的纪录。全厂上下就像后来的央视争夺标王的场景一样，都陷入空前的兴奋中。人在兴奋中就会失去理性，那时我们好多人感觉不到渐渐来临的危机。只有赵总敏锐的触角能隐隐感受到那渐渐靠近的脚步声。这种感觉是一个企业家的智慧，也许就是人们常说的企业家莫名的天赋吧。

1990年我们的生产能力几何级般地扩大，由于银黄口服液是我们自己的技术，药效非常好，加之《渴望》里广告的推波助澜，出现了供不应求的局面。企业的日子如同芝麻开花——节节高。按照国家的规定，我们的主打产品——银黄口服液的保护期只有3年，也就是说，保护期一过，任何厂家都有权生产，那样，我们的核心竞争力就荡然无存了。任何企业一旦失去了优势，在残酷的市场里就会出现生存的危机，这就是无法回避的丛林法则。我想我们赵总早已敏感地意识到这一点，所以他才征地建厂，在一片荒地上组建新的生产基地，上新产品，以应对即将到来的危机。

我们都是搞企业的，在我们的意识里都有一个‘一二五法则’，简单地说，一个企业做到1000万容易，从1000万到2000万就难了，你要从2000万突破5000万，那更是一座难以攀越的高峰。为攀登这座高峰，赵总审时度势，他知道现有的生产能力及产品是无法完成的，于是他及时兴建西厂，就是我们现在的‘鲁南贝特制药有限公司’。就在我们大张旗鼓地建设新的工厂，实施新的项目，对前景抱有无限希望的时候，我们赶上了90年代前期的经济萧条。正是我们蓬勃发展的时候，遇上了银行紧缩银根。”

如果我们仔细翻阅鲁南制药的大事记，就会发现1985年4月开始，

1996年11月11日，赵志全主持召开“九六决战”北京会议

药厂从郯城搬迁到临沂市西郊，1991年10月西厂（鲁南贝特制药有限公司）开始征地建设，2002年3月新时代药业开工，2006年鲁南厚普制药有限公司扩展工程开工建设……记住了这几个大的投资扩张时机，有助于我们研究赵志全在不同的节点的行动背景。

人的一生注定要经历无数，路上可能有朗朗的笑声，也可能有委屈的泪水；路上有懵懂的坚持，也有茫然的取舍；路上有成功的自信，也有失败的警醒，但是每一段经历都注定是珍贵的。生命的丰盈缘于心的无私，人生不必雕琢，只要踏踏实实地做事，简简单单地做人，人生就一定会精彩。这话似乎是写给赵总的。因为赵志全的一生虽然只有短短的57年，可是生命的长度并不等于生命的高度。刘胡兰只活了15岁，毛泽东为她题词：生的伟大，死的光荣。短短的人生成了伟大的一生，光荣的一生。可见，人生的意义不取决于生命的长度，而取决于高度。赵志全从30岁开始创业，到57岁撒手人寰，他的创业的长度只有27年，可是在这27年的时间里，他创造了常人所不能达到的人生高度。这个高度堪称他生命的奇迹。

为了揭秘这个奇迹，我再次走进鲁南制药的历史，在27年的时光里，寻找赵志全创业进程中留下的点点滴滴。

记得我在采访中，鲁南制药的老员工们不止一次地提及“九六决战”，也许那次行动对他们来说太刻骨铭心了，也许那是一段激情燃烧的岁月，要不，事情已经过去了近20年，只要谈及最艰难的时光，或提及最难忘的事件，大家都会不约而同地说：“九六决战”。

首先让我们还原“九六决战”的时代背景——

在1992年7月，国务院颁布《全民所有制工业企业转换经营机制条例》，宣布全面落实14项自主权之后，在决策层看来，该给企业的似乎都给了，按说企业可以八仙过海各显神通了，但是事实却令人沮丧得很，绝大多数国企在市场竞争中一触即溃。到1996年正是《企业破产法（试行）》颁布10周年。从1986年，也就是赵志全承包经营的前一年，到1990年，全国破产的企业不过121家，可是到1996年企业破产高达6232家。其实早在1994年，银行开始压缩信贷规模的同时，加大收贷力度，大批企业开始感受到了初冬的寒气。在这样的经济环境里，改制的鲁南制药，正在加大投资兴建西厂，实现从中药到西药的跨越。鲁南制药可谓一株小苗，刚破土就遇上了漫天飞雪。

凭借企业家特有的莫名的天赋，在银黄口服液销售火爆的时候，赵志全开始把获取的利润投向新的项目，也就是现在依旧产生着巨大利润的鲁南贝特制药厂。建一座新厂，远比搬迁一座老厂难得多。那时从政府批文征地，到办理各种落地手续，一切张罗下来，时间就过去了两年，赵志全干着急没有办法。这时，鲁南制药赖以生存的银黄口服液，保护期已过，各地的厂家都在生产，很快，供大于求的局面就出现了。任何一个产品，最佳的利润期在求大于供的阶段，一旦颠倒过来，就是降价竞争，利润的空间被无情地压缩。而新的项目正在建设中，内忧外患遥相呼应，一步一步将刚刚有点积累的鲁南制药逼上悬崖。

在企业亟需投资的时候，银行紧缩银根，正在成长中的鲁南制药就这样陷入绝境。就在大量企业倒闭、破产的日子里，赵志全面临着承包以来最危急的时刻。这个时候，他只有两条路可走：要么走破产程序，万般艰难一破了之；要么走自救程序，靠自我的奋斗渡过难关。

显然，鲁南制药宣布破产是不可能的事情，毕竟它是全区第一个实行承包的试点企业，并在试点后一路高歌猛进，一度成为老区企业改制的一面镜子，让这样的企业破产，岂不是宣布改革试点的失败？无论从哪一个层面上讲，鲁南制药破产都是不允许的事情。怎么办？包袱再大也只有自己背着，因为你是承包人，鲁南制药是第一个走市场的企业，不能遇上困难就找市长呀。再说了，甩包袱绝对不是赵志全的性格。

正如他的老搭档王步强所言："赵总是属皮球的，打击的力度越大，他跳得就越高！从不服输、敢于担当、乐于奉献是他最突出的个性。当时，无论员工怎么议论，周围无论多少企业破产，我都相信，赵总只要还有一丝力气，他就会自己扛着。他不会丢下心爱的鲁南制药，不会不顾自己的员工的。现在，我们鲁南制药人提炼出鲁南制药精神——不怕困难、挑战困难、战胜困难。我想，这种精神应该是在'九六决战'时走向成熟的，当然在承包经营初期，这种精神在赵总那里就开始孕育了，但是，我还是坚信，鲁南制药精神是在'九六决战'时，被全体鲁南制药人发挥到极致的。"

（二）

关于"九六决战"的采访是从两个人物开始的，一是司机朱国庆，二是内勤王立英。

朱国庆从业务员改行成了赵总的司机，原因是赵志全原来的司机实在承受不了他没白没黑的工作方式了。赵志全自从当上厂长就没有节假日，夜里十一点前几乎都在工作，司机就得时时刻刻地值班，这样一来谁受得了？尤其跑市场，常常是夜里赶路，白天一到就工作。没有办法，只好再加一个司机了，就这样冲在一线搞推销的朱国庆改行了。

我见到他时，这个司机已经是公司车队的负责人了。提起赵志全，身强力壮的汉子瞬间脆弱起来，刚说了几句话，两行泪水就流了下来。

好歹在鲁南制药采访的时间长了，这样的场景已经司空见惯了，慢慢地，我就总结出一个经验：静静地让他们流泪，等待着他们的情绪稳定下来，再开始我的采访。

大男人朱国庆擦干眼泪说："见笑了，这些日子我最不愿意提及我们赵总了，他突然走了，我心里好空。虽说我再也见不到他了，可是每次见到他的车静静地停在那里，我的泪就忍不住地流。我跟老崔聊过，他跟着我们赵总的时间更长，他也是这样，看到那台车子眼泪就忍不住流下来。

跟我们赵总开车的那些日子，累是累了些，可是我们都很快乐。记得1995年为渡过难关，我们赵总决定去内蒙古，找当年的临沂地委书记刘明祖求助，那时刘明祖是内蒙古的一把手，他对我们赵总十分赏识。我们赵总也是被逼无奈，才找老领导帮助借款，以渡过眼下的危机。那时我们两个司机轮流开着那辆普通桑塔纳轿车就上路了。我们赵总出发有个习惯——晚上走路。用他的话说是不耽误白天的工作。那时候还没有现在的高速路，我们在拥挤的国道上夜行，跑了一夜一天后，终于到达河北北部。那时的河北经济落后，大路旁连个加油站都难找，好不容易找到一个，还没有90号汽油。跟随我们赵总这么多年了，每次出发他都让我们买上一些沂蒙大煎饼，煮上几十个鸡蛋，炒一罐咸菜，装上开水。饿了，就在车上卷上煎饼就吃。特别是最困难的1995、1996那两年，我们吃了多少煎饼都记不住了。我是硬让煎饼吃伤了，可是连老总都这样吃，我们当司机的还说什么呢？

那几年，我们受了不少的罪，那辆桑塔纳也受苦了，从来就没有歇息过，多亏了是桑塔纳，开不毁的桑塔纳啊。那次到了内蒙古，好家伙，自治区党委伙房里管饭，羊肉管饱，我和老崔可开了一次荤。"

应了那句老话：敲锣卖糖，各管一行。朱国庆没少说他的车。他又继续说——

"那时候，我们的企业大了，运转费用也高，到处都是欠款，300

1996年2月23日业务将士宣誓出发

万的借款撑不了多长时间，也就是在那个时候，我们赵总就开始谋划‘九六决战’了。我想这应该是我们‘九六决战’的一些背景吧。杨老师，你要是采访‘九六决战’的内容，最好找找内勤王立英。我记得有个总经理谈话，那就是‘九六决战’的冲锋号。我们集团里所有的谈话记录都是王立英负责完成的，她那里有完整的材料，那些落在白纸上的材料，最有说服力了。”

（三）

第二个讲述“九六决战”的是工立英，人同她的名字一样普通。可是这个普通的女子却做了一件令人刮目相看的事情。

事情的缘由是，赵志全去世后，鲁南制药集团决定出版一部赵志全的文集。生前一向低调做人、高调做事的赵志全，每年的年初动员大会、年底表彰总结大会的讲话稿，从来就没有文字稿，都是他的即兴演讲，所有给他做秘书的人都知道，秘书的职责里没有文字业务。可是，凡是听过赵志全讲话的人，无不被他严密的逻辑和流畅的语言所折服。人去楼未空，精神常在。按说出版一部文集，无论对现在，还是将来，都是一件十分有意义的事情，可惜没有文字存档啊。有人提出，是否找一找老内勤王立英?

王立英1991年从江西财经大学毕业时，青岛一家银行已经同意接收她了，然而王立英在阴差阳错中失去了机遇，就这样漂在了故乡。她听说鲁南制药是一个大学生创立的，慕名之下投在赵志全的麾下。赵志全见她机灵，又是大学生，就让她做了内勤。那时候内勤的权力相对大一些，对内负责整理总经理的讲话记录，对外调剂业务员，负责发货指令和发票开具等繁杂的事务。黄毛丫头王立英，就在这样的烦琐的事务里默默地干到赵志全去世。谁也没有想到，23年来她居然不声不响地整理了几十本笔记，凡是赵志全的讲话、训示，她都一字一句地记录了下来。

王立英不言不语，写一手好字，无论多忙，她都忙而不乱，一笔一画地记录着赵总的讲话。人去楼空后，浏览这些娟秀的汉字，赵志全的声音仿佛就在耳际，那个执着的创业者似乎复活了。这就是王立英的功劳。

所有看到这些文字的人都震撼了，那么大的工作量，那么用心的书写，那么持之以恒的坚持……居然都是在没有人督促的情况下，完全凭着认真的工作态度，由王立英独立完成的。尤其是赵志全对业务人员的历次谈话，简直就是一篇篇完美的战前檄文。在此我摘录1995年的部分谈话，以飨读者。因为业务人员散布在全国各地，谈话是赵志全对内勤讲完后，由内勤整理打印下发的，是每个业务员学习的文件。1995年11月17日的那次谈话，准确地说，就是“九六决战”的集结号。

众志成城，决战九六

——赵总对业务员的谈话纪要（之五）

1995年还有一个多月的时间就过去了，今年是对我们公司和业务将士严峻考验的一年。在我们即将跨入充满挑战和机遇的新的一年的时候，公司正式下达了1996年销售指标，这是交给每一个业务将士的光荣任务。为了保证公司经营计划的圆满完成，使公司渡过巨大的困难时期，尽快走向振兴和富强之路，有必要就一些重要问题，向全体业务将士再一次进行强调，使广大业务将士以崭新的精神面貌，圆满完成公司赋予的各项任务。

一、关于完成1996年各项指标的保证措施

……

要完成1996年各项任务，肯定面临许多困难，这一点是不容我们回避的，并且对每一个业务将士，从干业务第一天起，我们就反复说明了。一个业务将士真正的自豪和光荣，正是因为他所从事的是一项艰巨的工作，如果任何人都能轻松地完成任务，那么业务将士的价值也就不存在了。我们经常说，我们的业务队伍就像一支攻城略地的先锋队，每个业务将士都是一名战士。我们的任务，就是在没有硝烟的战场上，巩固、占领阵地（市场）。也可以说我们的业务将士就像一名运动员，应该创造好成绩甚至争冠军，不然还有什么意义？

业务将士的工作是艰巨的，目前主要是由于我国市场发

育不成熟，市场机制不健全，尤其是医药行业存在一些不正常现象。但这个问题短期内不可能彻底解决，我们应该在这种环境下，走出一条适合我们自己发展的道路。当然，这需要业务将士付出加倍的努力。正是因为这样，我们才把经营放在公司的重中之重，即目前的首要位置上。

同时，我们完成各项销售计划也具备有利条件，公司具有优良的产品、良好的企业形象和比较好的经营政策；有一支强大的业务队伍，这些是大家所公认的。可以说目前我们的产品是一流的，这是不容置疑的，我们好多产品是独家的，拥有自己的专利、独立的知识产权。

……

二、关于业务队伍建设

……

我曾经多次谈到过，一个人，一个年轻人，特别是一个业务将士，最宝贵的是树立自己的形象，让公司对你信任，这是你一生中最宝贵的财富，一旦失去了，就是你最大的损失。这一点，有些人至今仍不能深刻理解。

如果有人问我：“赵志全，你自己的精神追求是什么？”我已经在厂歌创作思想中明确表达了。看到一座座高楼平地而起，看到一台台设备在厂里落地，看到我们的产品一车车送到四面八方，看到一批批职工争先恐后地进入我们的鲁南制药，看到职工的收入不断提高，福利设施（包括劳动环境）不断改善，当然也看到公司形象不断提高，得到社会承认，我觉得这就是我最大的精神享受和不懈的追求。当然在企业的发展中，个人利益也得到了保障。尽管目前我们鲁南制药面临巨大困难，但我的意志没有一天消沉过，追求没有一天停止过。

……

对于业务将士的物质利益和后顾之忧，公司也要充分考虑。为解除业务将士的后顾之忧，经总经理办公会研究决定，1996年将建一座业务将士宿舍楼，解决那些在销售工作中成绩突出，达到或接近结婚年龄的业务将士住房问题。根据业务将士的综合表现，可一次性或分两、三年奖励给业务将士们。今后根据业务队伍状况可以再建第二、第三、第四座业务将士宿舍楼，达到人人有房住。

三、关于业务将士的中心工作

……

业务将士的中心工作就是巩固和开发市场，这个中心永远不能动摇……

四、关于今明两年的形势

……

今年是公司发展史上（承包以来）又一个十分困难的年份。从客观上讲，造成公司今年困难主要有三个方面的原因：一是公司近几年持续高速发展，今年仍是发展时期，但由于国家紧缩政策，应该注入的资金没有到位。就像一个人从童年成长到青年，需增加食物一样。二是偿还债务较多。大家知道，我们公司现在总资产已接近3亿，其中多数为各种债务。因为我们还没有进入积累期，缺乏必要的自我积累，并且从我们的负债结构来看，银行贷款只占了一小部分，大部分是债券及其他拆借资金。在以前，这部分资金的偿还还基本可以还旧借新，或借新还旧，但今年不行了。三是由于资金的普遍紧张和其他各种原因，应收款居高不下（现在还超过1亿元）。以上是客观方面。从主观上讲，我们的销售工作没有做好，至少远远不能完成1995年的经营计划。这主要是相当一部分业务将士没有按照公司要求巩固和开发好市场，这个重大责任不能推卸，我们应该自责。

即使这样，公司今年仍抓住了两项主要工作：一是新产品的开发取得巨大突破；二是市场开发正在出现新的局面。这是企业发展的两个先导，在某种意义上讲带有决定性。现在有些人包括业务将士，不能客观地看问题，对公司未来产生怀疑，这是不正确的。事实上，公司近几年快速发展，都是克服巨大困难后取得的，市场也是不断地解决一个又一个重大问题后向前推进的。

1996年的形势应该是这样的：部分企业在经过近三年来连续紧缩后，已失去或削弱了市场竞争力；宏观环境进入1996年后逐步有所改善，预计今年年底可逐步走出谷底，因为就目前大多数企业状况来说，形势已不会再恶化了。但1996年的形势不容过分乐观。首先，医药市场供大于求的整体格局不会有大的变化，大环境的宽松也是一个十分缓慢的过程。市场竞争的基本格局，包括竞争方式不会发生大的变化。就像一批运动员在进行万米比赛一样，尽管有相当一部分已经中途退场，但仍有相当部分在吃力地行进。要真正取得最后的胜利，还需付出更大的努力。但总体态势是明确的，即一部分具备活力的企业脱颖而出，一部分失去活力的企业要进入休眠或衰退期，两极分化更加明显。我们要奋力拼搏，争做前者。核心工作还在产品和市场，这一点要牢牢记住。

最后，我还得重申一下公司1996年销售计划的客观性和必要性。1996年销售计划3亿，是必须完成的，也是能够完成的，应该争取超一点，我们已经具备了实现这个目标的客观和主观条件。只有这样，我们才能真正摆脱困境，开创一个全面发展的新局面。我给大家粗略地算一笔账。我们企业大了，要维持它的运转，需要很大的财力。几项主要费用如下：销售费用预计1996年要支出2500万元左右，税收要上缴1500～2000万元，利息要1000万元以上，职工工资支出1000万元以上，还有一些必须支出的项目，如水电、燃料动力费、劳保、环保、住房基金等，这些数字几乎是不可减少的，这还不包括生产原料及包装材料。以上几个数字就摆在那里，我们不完成3亿的销售能行吗？我们鲁南制药是大企业了，从2万元贷款、100多万的产值发展到今天，是非常不容易的，我希望全体业务将士们，要挑起这副重担，现在是我们决战九六、绝地出击的时候了！

（根据谈话记录整理）

1995年11月17日

首先我对王立英的勤奋、认真投以尊敬的目光。企业正是因为有了这样的员工才有了生机。

我说："立英同志，是你忠实的记录，让我感受到赵志全的文采，感受到了'九六决战'前整个鲁南制药的昂扬斗志。"我没有想到，一提赵志全，她立时就泪流满面了。她一手擦泪一手摆着："我不想提赵总，一提就容易想到那些艰难的岁月，就会落泪。"

待她平静下来，我说："好，咱不提赵总了。但是你得告诉我，是什么力量督促你20年如一日，无声地、忠实地记录下了这些难得的文字？也许你不知道，你忠实的记录，填补了鲁南制药文献的空白，我打算提议新董事长嘉奖你。"

她终于笑了一笑，尽管是淡淡的一笑。她说："那是我的工作，也是缘于我对赵总的尊重。"停了停，她又补充了一句："其实，赵总并没有给我多高的工资待遇，也没有重点提拔我。我只是完成了我应该做的工作。"

我问："你是否专门学过速记？不然你就是根据录音机整理的？"

她摇摇头："我是学财务的，我对数字有感觉，对文字记录不感兴趣。尤其是赵总那种性格的人，他不会因为你记得慢，就把语速放下来，他是按照自己的意愿在讲话的，我必须适应他的速度，所以我就细听、强记，争取一字不落。那时候我们厂正陷入困境，一切都在节俭，哪里有什么录音机？"

也许这个话题找对了，王立英的话匣子就无意中打开了。

她说："你不知道，我们赵总这个人啊，对身边的人要求严厉得狠。我刚来那时候，他要求我们这些内勤必须背下所有办事处的电话号码，有时他会随便问你，广州办事处的电话是多少？你要是一口答不出来，他就会拉下脸来训你。你也看了他历次对业务人员的谈话，就知道他要求有多严了。一旦下达了业务指标，你完不成是要重罚的。当然你完成了他会重奖。赵总这个人怎么说呢，笑起来平易近人，发起火来比老虎还凶。他心情好的时候，跟业务将士就是哥们、爷们，哪里有老板的架子？不过，他的优点从来对事不对人，你做不好事，他凶巴巴地训你；你一旦把事情做好了，他又重重地表扬、奖励你。大家都知道，你只要干好了工作，在他那里什么事就都好说了。所以我们这些内勤，差不多都怕他，因为他对企业太熟悉了，无论你怎样准备，他都能一眼就挑出问题来。

老人都说，跟着勤快人学巧了，跟着懒汉学拙了。我们赵总是工作狂，所以我们这些身边的人，也就养成了加班加点的习惯。他做事认真，我们也就学会了严谨。

有一天晚上，开会，天气热，我们这些人都淌汗了。独他一个人没觉得热，电扇就在那里摆着，可就是没人敢开。那天他心情特别好，没用多长时间，谈话就结束了。吃加班餐时，我无意中问他，‘赵总你怎么不淌汗呢？’

他一拍脑袋说，‘对不起，我粗心了，我是怕冷不怕热，把你们忘了。立英，你记住了，以后不要管我，你们觉得热就开风扇。’

那天气氛好，我就多问了一句，‘赵总，你身体这么棒，怎么还怕冷呢？’

他一声长叹，说，‘唉，我家里穷啊，在青岛上了四年大学，就靠一床薄被子。你们不知道啊，青岛那个地方，夏天不错，冬天阴冷阴冷的。我是硬让冷给冻怕了。这个秘密我谁都没有说过，今天告诉你们，也好，你们明白了这个，也就明白我们为什么要拼死拼活地创业了。’”

王立英的话题慢慢扯到赵总身上。

我趁机询问了1996年的大决战。

她没有直面回答，反问我：“你看过赵总对业务人员的谈话记录吗？”

我说：“看过了。”

她又问：“你觉得第五次谈话与其他有什么不同？”

我回答：“这个细节我真的没有注意到。”

她摇摇头，说：“别看赵总这个人是学化工的，他文采很好，从来讲话都是出口成章。由于他对企业及行业看得透彻，加之记忆力惊

1997年2月18日，赵志全（前排中间）与“九六决战”获奖业务将士合影

人，以往他的谈话都是一气呵成，可是第五次谈话就明显不流畅了，不仅逻辑思维不流畅，语言也啰唆。”

我说：“真的没有看出来。”

她说：“那是你没有仔细对照阅读，这件事我最清楚了。那次从夜里九点开始，一直到第二天凌晨五点才谈完，这是我们赵总思路最差的一次谈话！那天晚上，我们几个内勤都看出来了，赵总词不达意，这与他以往雷厉风行、言简意赅的风格迥然不同。”

我问：“为什么？”

她说：“因为那一年我们遇上了从未有过的困难，企业面临着巨大的困境，他的压力非常大。企业效益好的那几年，我们赵总抓住时机，急剧扩张，凡是能筹集到的钱他几乎都用了，他的理念就是发展、发展、再发展。几年时间，鲁南制药从城东搬到城西，建设了总部、西厂……到1995年陷入困境时，我们企业的资产就高达3亿元了，在全区也是一个有名的集团了。就像我们赵总形容的那样：一个处于成长期的人，一下子断了食物怎么受得了？在那样的压力下，坚强的他陷入进退两难的境地了。

我们赵总有个特点，从来不把困难放在眼里，在他那里，天大的困难都不是事儿。他对毛泽东一直很崇拜，他说过，毛主席他老人家的眼里只有光明，没有黑暗。‘五岭逶迤腾细浪，乌蒙磅礴走泥丸’，在那么艰难的时候，主席的心态依旧泰然自若。‘小小寰球，有几个苍蝇碰壁’，多大的胸襟哪。正是因为这种精神在起作用，所以在他领导下中国人民才站起来了。这就是毛主席他老人家留给我们最宝贵的财富。可是，从来不怕困难的赵总，在那次谈话中，第一次谈到我们面临的困窘，可见企业陷入怎样的危机。

其实，我们的困难，远比赵总谈到的要严重。那时我们周边的企业纷纷倒闭了，我们虽然大半年不发工资了，内勤差不多快一年没有工资了，可是我们还在坚守。那时候，在企业倒闭潮里，外界都在传言：鲁南制药要破产了。内部，整个集团人心惶惶。说也怪，那时我们都已经心中无主了，可是只要一见到赵总，或者一听到他那一步三磴的上楼声，大家的心就立时稳定下来。不光是我，在那些艰难的日子里，鲁南制药很多员工都有这样的感觉。事后我们几个分析：大家之所以有着这样的感觉，是因为长期以来我们赵总在鲁南制药形成的威望、人气，和他在近乎十年的创业中形成的能量，尤其是他那富有煽动力、鼓动性的讲话，总是给人一种正能量。在他的眼里，鲁南制药就没有失败过，再大的困难只要赵总在，希望就在。说句拍马屁的话，在我们鲁南制药，赵总在希望就在。员工崇拜他，是因为他不怒而威的气场，是他永远充足的正能量，是他面对困难的坚强。这个人啊，用一生的心血浇灌了鲁南制药，最后把一腔的热血全部耗尽了……

我们赵总这个人有超前的眼光，别人看不到的曙光，他能透过遥远的夜空看得见，即使一时看不见，他也能预感到。我记得他对我们内勤人员说过——现在正是企业倒闭潮汹涌的时候，绝望情绪蔓延，从另一个侧面说，低谷到了高峰也就不远了。再说了，我们国家正在进行着划时代的改革，这种经济环境国家绝对不会坐视不救的。快了，严寒越冷，离春天就越近了。大家行动起来吧，我们得准备播种了。

这是他为什么绝地出击，发起'九六决战'的真正原因。

现在，不少人都提'九六决战'，觉得那是鲁南制药的荣耀，要我说啊，那是我们赵总在走投无路的情况下的一次绝地反击！我相信即使赵总活着，他也不会把'九六决战'当成过五关斩六将，从某种程度上说，那是我们鲁南制药的一个麦城，所幸的是赵总这个人有魄力、有能力，带领着我们杀出重围，突出绝地，我们胜利了。倘若那次失败了，就没现在的鲁南制药了。想想都后怕，所以，我一直不愿意提什么'九六决战'，企业平稳才是员工们的幸福呀。

真的，那场危机带给员工的记忆是刻在骨子里的，对赵总来说也是刻骨铭心的，要不，他在十年承包大会上就不会动情地说，'期盼着明天会更好，期盼着鲁南制药会更好，期盼着每一名员工会更好！'

他是带着深深的感情说这话的，那时我哭了，好多人也在抹泪，因为我知道整个1996年我们鲁南制药是怎么熬过的。我们都不希望'九六决战'再次发生，可是市场无情，一旦再遇上那样的困境，我想，安息在玉带山上的赵总啊，就无法安宁了……”

说着说着，她又泪如雨下了。

（四）

2015年2月4日，新任的鲁南制药集团的董事长张贵民收到一封信，是威海市文登区一名叫宋宗安的老人写的，老人今年72岁了，20世纪90年代患冠心病至今，一直服用鲁南欣康，疗效非常显著。对这种价格便宜、疗效好、老百姓吃得起的药，他写信表示感谢的同时，也向厂家提出自己的建议。信中赋诗一首：服用欣康二十年，身心健康乐无边……

金杯银杯不如患者的口碑。那么，欣康到底是什么药物，20年来一直深受患者的喜爱？要想解开这个谜底，我们还得回到历史深处——

就在宋宗安老人患病后不久，中国的企业也生病了，20世纪90年代初期那场由紧缩银根带来的市场疲软，给企业造成的危害是致命的，由此引发了中国企业的倒闭潮，这轮倒闭潮在1996年达到最高峰。赵志全十分清醒地认识到，鲁南制药作为全区第一家改制试点的企业，它的倒闭将会意味着什么。就像当年红极一时的河北马胜利的造纸厂倒闭一样，与其说是企业的倒闭，不如说是企业改制中的一次败绩。那时候的赵志全没有料到，他承包经营才几年，企业就到了生死攸关的时刻，他想到自己就职时的诺言，他看见了鲁南制药员工们那一双双期盼的眼睛，他知道鲁南制药到了自己拯救自己的时候了。于是他以“不怕困难、挑战困难、战胜困难”的勇气，以“找市长不如找市场”的理念，发动了那场破釜沉舟式的“九六决战”。

就在赵志全带着一身的疲惫和一条伤腿回到鲁南制药，对有功之臣大兴表彰的时候，那些参加了“九六决战”的将士们，并没有太多的喜悦，他们不约而同地想到了三年前就开始的另一场决战，尽管那场决战不像“九六决战”，目标单一，时间简短，但是那场依旧在进行中的决战，并没有因为宏观调控政策的实施而放弃，也没有因“九六决战”的胜利而放缓。“九六决战”胜利后的鲁南制药，依旧是一派鼓角齐鸣。业务员们都知道，别看1996年他们都很劳累，但是赵总给他们休整的时间并不多，新年一过，他们就要披甲上马了。这是经验还是感觉？似乎一时还说不清楚。但他们相信，“九六决战”给鲁南制药人带来的喜悦，无疑是空前的，作为一个能在逆境中搏击风浪的赵总，在顺境里他更会“直挂云帆济沧海”的。

3年前就进行的那一场决战，直到现在鹿死谁手还是个悬念，可是赵志全却依旧没有放弃的迹象，那么，究竟是什么项目对他具有如此大的诱惑？

事情还得从头说起。

对医药市场颇有研究的赵志全，承包经营不久，他就敏锐地发现，一种从德国进口的新药颇受心血管疾病患者的喜爱，这个名叫异乐定的新药（化学名：单硝酸异山梨酯），属于治疗心血管疾病的新成果。在我国，传统的治疗心血管疾病的药物是硝酸甘油类的，这类药物需要经过肝脏酶转化后，才能作用于心脏，这无疑给肝脏带来负担，长期服用会伤及肝脏。而单硝酸异山梨酯类药物，无肝脏首过效应，对肝无伤害，具有广泛的市场前景，市场潜力是无与伦比的，尤其是在人数众多的中国市场。

一向处于领先地位的西方国家，已经开始生产这类药物了，德国的许瓦兹制药走在了最前头，他们的新药异乐定，于1985年通过香港代理进入中国市场。

任何新药都有它的保护期，一旦保护期到了，任何药厂都可以仿制、生产单硝酸异山梨酯类产品。

莫名的天赋告诉赵志全，这种没有替代产品的药物，其市场寿命将是长久的。尽管那时的鲁南制药实力脆弱，可是他毅然举债，投巨资开发仿制，以待洋药的保护期一过，就用自己低价的产品与昂贵的进口药争夺国内市场，造福国内的患者。

1993年，德国生产的单硝酸异山梨酯药品异乐定的保护期到了，虎视眈眈的鲁南制药人立刻将自己的同类产品——鲁南欣康悄悄地推向市场，开始了一场国药与洋药的争夺战。这是一场旷日持久的市场争夺战，到“九六决战”时，几年的苦战下来，依旧没有结论，鹿死谁手还依旧是个变数。花费了巨额开发费用的鲁南制药，依然面临着胜与败、生与死的抉择。因为对手是在中国市场上纵横了十年的洋药异乐定，在当时的中国市场上已经占有四分之三的份额，成为患者认同的特效药，除了价格昂贵，疗效没得说。而鲁南制药苦心研仿的同类产品鲁南欣康，才刚刚投放市场。

就像两军决战，去抢夺同一个高地，而对手已经先期到达，并在那里修筑了完备的防御工事，早已以逸待劳了，而另一方长途奔袭，气喘吁吁地刚刚到达高地的脚下。

不对称的争夺战，就这样在毫无悬念的状态下开始了，怎么办？

进，失去先机，就要付出巨大的代价，再说了，即便付出了代价，也未必能够夺取最后的胜利。且不说先前的投资和努力，退，就意味着全盘皆输，对于鲁南制药来说就是绝路，就是死路。显然这是赵志全的性格所不能接受的。

怎么办？没有路走了，那就背水一战，横刀立马，杀出一条路来，除此之外别无选择！

表彰大会后，赵志全向全体销售人员发出进攻的命令。正是由于鲁南制药人这种执着的精神，名不见经传的国产药鲁南欣康才在洋药一枝独大的市场里慢慢地有了自己的份额。宋宗安老人就是从这个时候起服用鲁南欣康的。

21年后的一天，世界著名的仿制药生产商，印度鲁宾公司首席代表兼中国片区负责人蒋开明的到来，让一段被岁月尘封的历史重新复活了。

穷在闹市无人问，富在深山有远亲。这原本是说人世间的世态炎凉，可是在经济社会里，这句话似乎又有了新的注解：当下的苹果、阿里巴巴等企业，他们的总部是在国际大都市，还是在深山小镇都不重要了，即使在天涯海角，喜欢逐利的资本依然会找到他们。在制药行业，远在沂蒙山的鲁南制药似乎也具备了这样资质。

2015年11月，赵志全去世一周年后的一个日子，印度鲁宾公司的蒋开明，带着公司的考察团队，不远万里直奔新时代药业，商谈合作事宜。

双方都以真诚的姿态欢迎对方，将谈判推向深入。

对谢宇而言，他总是感觉这位蒋总有点不爱表达。谈判是一个智力比拼的过程，双方彼此都试图摸清对方的底牌，经过几天的交流、谈判，谢宇基本上明白了对方的意图，于是他说话了——

“蒋总，鲁宾公司作为仿制药的企业，在世界也算是前十位的集团了，中国大陆有千万家药企，我想知道你们鲁宾公司为什么选择鲁南制药进行战略合作？”

没有想到的是蒋开明对这个摸底式话题并不在意，出于礼仪，他把这个重要的话题皮球一样地踢给了队友，在队友回答时，他依旧漫不经心地品着香茶，似乎这个话题与这次谈判与他都毫无干系。一个前来合作的外商，居然对这些关键话题不感兴趣，这的确是件耐人寻味的事情。

队友侃侃而谈——诸如鲁南制药的市场营销策略及团队协作能力，诸如鲁南制药的研发实力及科技创新能力……

谢宇说：“我不否认你们谈的这些东西都很重要，但是任何一家有规模、有发展潜力的制药公司都可能具备这些因素。可是，这些东西对鲁南制药来说远远不是重要的，鲁南制药的核心竞争力不是同类厂家都具备的东西。鲁南制药独到的核心竞争力不在这里。”

很显然，这样的表述很容易引起对方的关注。然而蒋开明依旧坐在那里，脸上的表情没有丝毫的变化。

但凡到过鲁南制药集团的人，都有着这种直观的感受：鲁南制药的员工在岗位上都很投入，在工作上从来不用顾及自己的待遇甚至升迁，大家都知道，只要尽心尽力了，就会得到应该获得的报酬。用员工自己的话说：“在鲁南制药干得特别舒心。你不用考虑周边的关系，你不必关注自己的收入，这一切赵总已经替你想好了。就连家庭的晚餐，食堂都给准备好了，一个家庭即使不动厨房也会生活得很如意。”无论是工作还是生活，都在一个既定的程序里运营着。因此，鲁南制药员工生活在一个相对幸福的圈子里，他们不管见到谁，都是一脸笑容，不管是生面孔还是老朋友，他们都会同你打打招呼，冲你微笑，冲你点点头。幸福都写在脸上了。

他们为什么笑？

因为他们在鲁南制药生活得很开心，他们把工厂当成了赖以生存的家园……

这种幸福感是怎么来的呢？

外人不晓得，但是，鲁南制药人都知道这是赵总用了27年的心血，也可以说是用毕生的精力为员工们精心营造的。给员工一个美好的生活是赵总办企业的基本宗旨，这个宗旨和“造福社会”一起成为鲁南制药发展的双引擎。

外来人看到的也许是表象，真正地具有这种感受的人还是鲁南制药的职工，因为多年来赵总用他的身体力行，用他的人格魅力，用他的初心谱写了一曲鲁南制药文化特有的赞歌。

这些年来，国际国内市场风云变幻，市场外部环境和企业内部环境都在发生着变化。27年的发展过程中，鲁南制药也多次陷入危机。所有陷入危机的企业都是一片慌乱，可是鲁南制药却很平静。1995年到1996年，后勤职工大半年没发工资了，可是大家依旧在工作着。正如老员工所言："只要有志全在，鲁南制药就不用怕。"因为赵总屡次带领鲁南制药人渡过难关，这是1987年承包经营以来员工们的经验使然。

正如领袖不是天生就形成的，是在实践中通过打拼造就的一样，赵总带着员工一路厮杀着把一个濒临倒闭的校办工厂带到今天，其间的艰难险阻无论有多少，赵总总是用他那种不怕困难、直面困难、战胜困难的信心和决绝，不急不躁地带领员工实现绝地重生，所以，他留给员工的印象是信心十足、无所不能的。在员工心里，赵总就是一个强者、能者、胜利者的形象。时间长了，员工就觉得跟着赵总走就有一种安全感，只要赵总在，大家就有事干、有饭吃。这是实践得出的结论，也是他个人的魅力所在。这种人格魅力构成了鲁南制药企业文化独有的基因，成为鲁南制药长大的文化养分。

无论是27年来的实践，还是最后他赤条条地离去，都宣告了一个创造了无数财富的企业家对财富的心态、对社会的责任。无论是资金流还是物流，27年来，鲁南制药从净资产19万元到资产达百亿，赵总可以说经历资金无数，可是他自己却没有一套属于自己的房产。

一个没有私心、没有个人欲望的民营企业家，他积极的行动、无声的榜样成为鲁南制药前进的力量。对初心的坚守成为员工对企业认同感的源泉，所以，在困难时期大半年不发工资，大家依然选择坚守岗位。

在众多的民营企业里给老板打工的理念普遍存在，我出多少汗你给多少钱，至于企业好坏与员工关系不大，所以企业一旦遇上困难，立即就树倒猢狲散了。在鲁南制药，这种团结一心、厂兴我荣的文化格局是赵总用27年的心血写就的，这种状态就是鲁南制药特有的文化存在。

赵总在十周年承包经营座谈会上表露自己承包经营时的“初心”一直没有改变。他的这种坚守成为无声的宣言，虽然赵总没有丝毫宣扬，但却在无意中感染了员工。

在鲁南制药，员工除了写在脸上的幸福感，还有放在心里的安全感。蒸蒸日上的企业活力让员工没有下岗的危机感。在赵总“初心”的引领下，多少年了，企业就是在最危急的时候，也没有裁一名职工，困难都是赵总和企业默默地承受了。赵总在鲁南制药就像一个大家长，一个称职负责的家长是不会把困难转嫁给孩子的。赵总对员工的关心是有名的，有关员工工作、生活的需要，凡是他能想到的几乎都替员工解决了。

安居才能乐业。目前中国民营企业不少，像赵总这样建造三四千套住房供给员工居住的企业并不多。这是鲁南制药稳定的一个重要的因素。

在赵总眼里，员工的衣食住行都是事关企业的大事，不论工作上还是家庭里发生的困难，只要他知道了，那是一定要解决的。他考虑事情细且远，在他看来，职工有房有车有存款，那只是小家的环境，人是群居动物，还需要一个舒适的大环境，这就是鲁南制药为什么一掷千金建设体育场、球馆、游泳馆、植物园的原因了。为让员工方便生活，鲁南制药在职工聚集区建起平价超市……

蒋总对这些“鲁南制药”特色的文化依然不感兴趣。可是，鲁南制药特有的文化，成为鲁南制药最核心的竞争力，确实是一个不容回避的现实……

只要事关员工工作生活上的事情，赵总总会提前给予规划、实施，尤其是对那些前线上的业务员。在鲁南制药，大部分业务员都亲身体会到企业的温暖。公司对所有业务员家庭情况都有明细的档案，谁家父母生日、孩子满月，谁家遇到突发事情，公司都会一清二楚。早些年，连业务员家里的煤气罐什么时间该换气了，后勤处都明明白白。

譬如某个业务员父亲突发脑溢血，公司就会安排专人负责照料，找最好的医院、最好的医生给予治疗。你想想，哪个业务员不得感念老板，感激企业一辈子。这样的情感是维系员工和企业最好的纽带啊。这样细致入微的关怀，让业务员感到温暖，让他们无任何后顾之忧了。一个无后顾之忧的团队发起冲锋来，结果是什么，可想而知。

业务首位意识是赵总从承包经营起就建立起的，令人难以置信的是，这种意识直到今天依旧没有丝毫动摇。

他刚承包经营时，厂里只有一辆波罗乃茨小车，那时候厂里的业务员也少，每当业务员出发，赵总就把车让给业务员，自己骑车上下班，次数多了业务员就不好意思了。在赵总的行为里，这没有什么好说的，谁的工作需要就让谁来坐，谁用车的效率高就让谁来用。好钢就得用在刀刃上。业务员有辆小车从小里讲事关业务员的脸面，从大里讲事关企业的形象。企业发展了，他也坐上了“普桑”，但给大片区经理配的是桑塔纳2000甚至奥迪，这样的关怀、体面，那些成绩优秀的业务员大都享受过。

不仅对销售人员如此，对车间员工也是如此。赵总管理企业从不刻意寻求什么，或带有什么样的目的性，他只是把自己的感情毫无保留地给了他人，时间长了不知不觉地就感动了大家。

百年企业必有文化的支撑。

1988年，鲁南制药只有100多名员工，那时候企业经营还很困难，赵总就租借临沂地区最大的体育场举办全厂体育运动会，那时候，百十人在偌大的体育场上显得还十分空荡，可是他却一脸微笑，意气风发地带头参加赛事。那时候，还没有人能从他的微笑里读懂运动会的含义，反而被多数人误解，普遍的观点是：瞎折腾，还没有吃上饱饭呢，就狗拉耩子——胡歪歪。这么个折腾法企业非完蛋不可。

赵总就是凭借着自己对百年企业的文化构想，硬是举办了全厂职工运会。今天，鲁南制药职工运动会已经成为常态了，可是，这燎原的大火正是当初的那点星火。1988年的那次运动会成为鲁南制药企业文化史上的盛典，被载入企业的史册。

时间和实践都在证明：运动会、元宵会、集体婚礼、厂庆……这些活动，成为鲁南制药企业文化重要的组成部分，成为凝聚员工合力，激发员工斗志，为企业组团克服困难、敢于争先的一次次盛会。

要是没有百年企业的大规划，谁能做到这一点？要是没有对未来的精准把控，谁能在那个时候做到这一点？今天，鲁南制药人终于理解了赵总1988年的决定。这就是赵总的眼界。

有句话适合所有做企业的人：所有成功的企业成功都是必然的，失败的企业失败绝不是偶然的。

赵总带着这样的发展理念，整整经营了27年。在他的精心打造下，鲁南制药的员工们就形成了这样的一种共识：赵总什么都替我们想好了，我们好好工作就是了。日积月累，这样的感觉就成了一种常规理念。这样的感受，并不是所有企业的员工都具备的。这是一个长期的理念熏陶、行动感化的过程，任何一个团队，一旦有了这样的思想那就不得了。

人都是有情感的，一旦有了归属感、认同感，其他似乎就显得不太重要了。那些猎头公司不断地碰壁鲁南制药，就说明了这一点。做事先做人，这个观念看似笨拙，实则有效。这是鲁南制药比其他药企高明之处，也是鲁南制药独有的企业文化，用时髦的话说就是核心竞争力。

没有想到蒋开明对这鲁南制药独有的企业文化只是出于礼节象征性地微微一笑。按说，一个合作者关注的就是对方的优势，蒋开明显然有点另类了。

经过连续四天的考察、谈判，整个活动渐渐接近了尾声，离开了谈判桌，自由的空气就在瞬间弥漫开来。鲁南制药集团副总王步强和谢宇请蒋总一行喝茶，在新时代五星级宾馆的茶室里，在悠扬、舒缓的葫芦丝乐曲里，品着香茗，聊着闲话。

谢宇触景生情地说："这座五星级的宾馆，是我们赵总生前精心打造的，可是，自从建好后，他一共过来吃了两次饭，没有坐下来喝过一次茶。"

这些天来一直不太发言的蒋总突然哽咽着说："这几天，你们不止一次地谈及赵总，你们不知道，每次你们提到赵总，我就别有一番滋味在心头，我想落泪，可是在谈判桌上，我得忍着。你们不要以为我是一个局外人，其实你们对赵总的情感，我也有。"

刚才还平静的蒋总，已是泪流满面了。

突发的事情让在场的人面面相觑，要知道蒋总是第一次到鲁南制药，而赵总早已去世一年多了，他和赵总压根儿就不熟悉。

蒋总再次让对方陷入迷惑。

一团迷雾在谢宇他们眼前弥散开来……

"我们的赵总您认识？那您就说说您是怎样认识赵总的。"

满脸泪花的蒋总早已泣不成声了，他摆动着沾满泪水的双手，声音哽咽地说："你们别说，你们别说，你们听我说。"

他伤痛的样子更引发了对方的好奇心理，大家急于想知道他和赵总之间究竟发生了什么。

他抹一把热泪，说："这些天里，你们每次谈及企业发展，都要谈及你们的赵总，我从你们真诚的表情上看出了你们之间的感情。可是，你们知道吗，你们每次说起他，我都会想起以前的心愿，就是有机会一定亲自拜访他。这个想法在我心里都20年了，可是等我来到鲁南制药，他却走了……”

看看他一脸哀伤的样子，谢宇他们都觉得不解，如果说蒋总和赵总是朋友，那么这些日子他一直没有流露出任何信息显然不合乎情理，如果说他们不相识，那么蒋总的表现就令人费解了。

等他情绪稍微平复后，谢宇好奇地问他：“蒋总，您和我们赵总是怎么认识的？”

“我不认识他！他也不认识我！”

从人的情感上讲，一个人轻易对一个素昧平生的人如此大动感情，而且哭得那么真情，那么伤怀，这显然不符合常理。可是看看蒋总大动感情的样子，在场的人只能陷入深深的困惑。

这，究竟是怎么回事？他和赵总之间究竟发生了什么？

蒋开明旁若无人地哭着，泪水像断了线的珠子肆无忌惮地飞溅着，伤心的样子让人唏嘘不已。都说男儿有泪不轻弹，只因未到伤心处，那么究竟是什么原因，让这位与赵总不相识的外商如此动情？看看他伤心的样子，茶艺师知趣地关了音乐，大家静静地等待着泪人恢复情绪。

良久，他从悲痛的情绪中渐渐走出来，自己也感觉到了情绪的失控。知道大家对他的动情感到迷惑，他稍微稳定了一下情绪，告诉眼前困惑的人——“我，印度鲁宾公司的蒋开明，是你们赵总手下的败将。”

此言一出，所有在场的人都睁大了困惑的眼睛，更加不解地看着这位外商。

这从何说起？印度鲁宾公司和中国鲁南制药公司，两家刚刚开始谈判，没有任何交集，再说，蒋总和赵总既不相识，何来败将一说？此时赵总已经去世一年多了，一个已过世的人怎么打败一个远在异国的商人？这不成了典型的悬疑穿越小说了吗？难怪在场的人都一头雾水。

蒋总用完了一叠面巾纸后，失控的情绪才渐渐平稳了，他的思绪遂从沉痛中回到茶室。他看看一脸困惑的人们，随着自己的思绪讲到了过去——

蒋开明，上海医科大学毕业后，被分配到公立医院做门诊大夫。面对涌动的医药市场，他敏锐地发现了利润点，于是他毅然辞职做起了医药销售商。就在他把生意做得风生水起的时候，德国许瓦兹制药开始把发展的目光投向潜力巨大的中国市场。

这里有必要解释一下德国的许瓦兹制药，以及它生产的治疗慢性心血管疾病的特效药——异乐定。

早在1985年，德国这家药企就研制出单硝酸异山梨酯类新药异乐定，这款应对心脏病的良药以特有的疗效和安全性能，迅速获得了患者的青睐。德国人通过香港代理商开始在我国港台地区经销这个产品。

进入20世纪90年代，中国沿海地区开始了一场从未有过的发展潮。对市场有着敏感意识的德国人，抢占了中国改革开放的前沿——广东，把异乐定打入中国内地市场。由于对内地情况不熟悉，那么好的产品一直没有在内地市场上打开销路。在外来和尚念不好经的销售市场上，他们不得不改变策略，亟需内地本土的医药经销商加盟。就在这样的背景下，已经在医药市场上做得风生水起的蒋开明，于1992年加入了许瓦兹团队，从此他成为第一个把“单硝酸”这一概念完整地引入内地市场的洋药经销商。

业务员出身的谢宇一下子睁大了眼睛，他兴奋地说：“您就是当年异乐定在中国的经销商啊，那个时候你们可是占领了中国70%的市场啊！”

蒋总看看谢宇，问：“你怎么对异乐定这么熟？”

谢宇没有想到，20年前的商场对手，居然走在一起了，他依旧兴奋地说："那时候我是业务员，我们正在推销鲁南欣康，对手就是你们的异乐定啊！"

一切都明了了，现在的谈判双方居然是昔日的市场对手。这个世界真的很奇妙。

蒋开明正式加盟许瓦兹时，整个异乐定经销团队在内地全年业务量刚刚做到300万马克，这显然是德国许瓦兹不愿看到的现实。他们寄希望于新的团队，以开拓这个大市场，因此，德国人对新组建的销售团队尤其看重。蒋开明也不负众望，很快就占领了内地大半个市场。

1994年，蒋开明的团队在推销异乐定时发现，山东有一个叫鲁南制药的业务团队正在推销一种叫欣康的产品，显然欣康属于单硝酸概念的仿制品，说白了就是异乐定的仿制货。蒋开明他们大为吃惊，在市场上，一个没有竞争对手的产品是唯我独尊的，鲁南欣康的出现，对异乐定来说，显然是一个不祥的信号。蒋开明立即将这一情况上报给德国人，并提议对鲁南欣康进行市场调研，制定对策。

许瓦兹公司的董事们不敢怠慢，立刻高薪聘请德国一家权威的市场调研公司来中国对鲁南欣康进行全面调研。

一向做事认真的德国人，经过仔细的梳理和广泛的调研后，得出结论：鲁南制药跟许瓦兹不在一个档次上，用中国话说就是一个大人和小孩子打拳击，竞争的结果只有一个——鲁南欣康被淘汰出局，中国市场最终只有许瓦兹的异乐定胜出。

显然，对德国人而言，这个调研报告是权威的。看了这个报告，蒋开明的销售团队就像是吃了一粒定心丸。是呀，无论从品牌还是技术、实力，名不见经传的鲁南制药，哪里是大名鼎鼎的许瓦兹的对手？鲁南制药地处落后的山区，许瓦兹却在发达的德国，而且是一个以科研著称的名牌企业，两者绝对不在一个竞争的平台上。事实也渐渐证实了报告的预测：在中国市场上，异乐定在新销售团队的攻势下，销售额直线上升。沉浸在喜悦中的蒋开明团队，一路毫无阻挡，势如破竹地拓展着他们的业务，巨大的成功，让他们渐渐遗忘了对手的存在。

在他们眼里，一个虚弱的对手是不值得提防的。

上天从来都是公正的，它在青睐强者的时候绝不唾弃弱者，为双方提供了相同的舞台。就在蒋开明的团队强势推进的时候，那个被他们遗忘的对手开始绝地反击，尤其是“九六决战”后，这种反击的力度在各个层面得到强化。在异乐定畅销的广州、上海等发达地区，蒋开明团队感到一股阻力明显地强大起来。随着时间的推移，异乐定市场份额在无情地萎缩，而那个不被许瓦兹重视的鲁南制药，正在一点一点地蚕食着属于洋药的市场份额。

蒋开明开始焦急起来。

在许瓦兹焦虑不安的日子里，市场的天平开始倾斜了，原本属于许瓦兹的份额一点一点地被鲁南欣康占领。情急之下，蒋开明决定采取市场上的惯用手法：高薪猎头。挖对手优秀的业务员，这是销售圈子里常用的手段，尽管不太文明但效果却立竿见影。然而，面对高出鲁南制药3—5倍的薪水，那些看起来有些憨厚的沂蒙汉子却一个个不为所动，这让见多识广的蒋开明陷入迷茫。就在这迷茫中，大名鼎鼎的异乐定开始败走麦城，数年后，彻底失去了中国市场的许瓦兹破产了，曾经占据中国市场接近80%份额的异乐定，就这样淡出中国患者的视野。

作为洋药异乐定在中国市场独一无二的推手，蒋开明当年可谓百思不得其解，那个权威的调查报告明明白白地写着：中国市场最终只有许瓦兹胜出。可是事实给许瓦兹开了一个残酷的玩笑，这个玩笑开得实属过大了。

许瓦兹兵败中国后，作为经销商，蒋开明的团队要找出丢失阵地的原因，于是，他自己出资，对失败的原因进行了全方位的调查。那些熟悉的医生告诉他：做业务推销，从学术上推介产品是一个层面，建立起多元的服务体系是第二个层面。你们许瓦兹在前者做得细致，人家鲁南制药在后者渗透得深入。

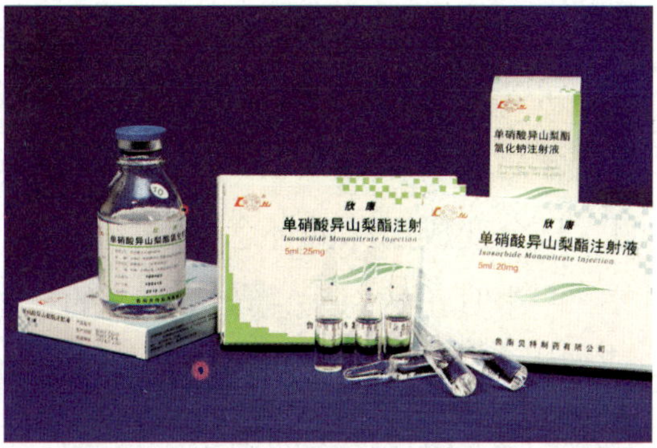

鲁南制药欣康（单硝酸异山梨酯）系列产品

这个结论，显然让蒋开明不理解，推销药品与人情世故怎么挂到一起？然而，事实无法否认：一个专业化的洋药销售团队，最终败在一帮子沂蒙乡下人手里！

蒋开明带着这个谜一般的困惑，在许瓦兹破产后含泪离去。那时候，他就萌生出看看鲁南制药、见见那个打败他的对手的念头。

被鲁南制药打败后，许瓦兹在中国的市场就彻底失去了，蒋开明就去了美国，后来，他加盟世界知名的仿制药生产商印度鲁宾公司。后来，鲁宾要在中国寻求战略合作伙伴，蒋开明从众多的厂家里一眼就看到了鲁南制药，他想，终于有机会见到那个久违的对手了。

印度鲁宾公司和中国鲁南制药公司都有一个鲁字，巧合的是两家公司都诞生在1968年，一个在孟买一个在沂蒙。更巧合的是鲁南制药当年是许瓦兹不屑一顾的小工厂，没想到的是，20年后鲁南制药以年收入60多亿的成就跻身于名企序列，受到了众多国际大公司的青睐，于是，就有了蒋总他们的鲁南制药之行。

蒋开明这次到访，就是要亲眼看看那个打败他的对手，可是，他敬慕已久的赵总已经走了……那是一种怎样的遗憾啊！

蒋开明突然觉得自己痛失了一次学习的机会，痛失了一位生意场上难得的良师，痛失了一位不可多得的益友。这一切都源于自己的懒惰，假如许瓦兹失败那年，他就丢掉心里的不快走进鲁南制药的话，假如……然而一切都过去了，只能是假如。

可惜这个世界不相信假如，也没有假如之后的故事。正如俄罗斯文学之父普希金所言——一切都是瞬间，一切都会过去，那过去了的，只会变成深深的怀念……

一个真正的对手，给人留下的，永远是深深的敬意。

于是，一种深深的遗憾，无情地撕裂着蒋开明的胸膛，他双手抓着头发，脸上出现痛苦的褶皱，男子汉不易轻弹的眼泪，再次夺眶而出。

蒋开明失声痛哭……

我们生活的世界里有着太多的秘密，知道了秘密也就解开了蒋总为什么不关心谢宇的话题，也就解开了他大泪滂沱的原因了。

此时的王步强、谢宇他们才彻底明白，是什么吸引了这位外商蒋先生。

王步强他们都是赵总最忠诚的下属，也是对赵总感情最深的人。原本决定深夜返回临沂的王步强，被这个远道而来的客商感动了，他决定留下来好好陪陪这位赵总的崇拜者。

对赵总共同的崇敬再次拉近了大家的距离。也许他们都想起了赵总，于是，一个个无声地坐着，柔和的灯光照耀着晶莹的泪花……

是的，不仅仅是外商蒋总，在座的人都想赵总了……

玉带山上赵志全的墓前，出现难得的一幕：

一个被打败的对手，怀着深深的敬意，向不曾谋面的对手献上一束鲜花。

一个被打败的对手，向一个胜利的对手深深地鞠了三次躬。

一个被打败的对手，站在胜利者的墓前，泪流满面地说：“赵总啊，你是我最崇拜的对手，是我最敬重的朋友，输给你这样的对手，不丢人！”

六、兄弟抱一抱

兄弟你瘦了　看着疲惫啊
一路风尘盖不住　岁月的脸颊
……
兄弟抱一下　为岁月的牵挂
为那心中曾翻滚的　汹涌的浪花
为哥们并肩走过的　青春的年华
兄弟抱一下　说说你心里话
说尽这些年你的委屈　和沧桑变化
兄弟抱一下　有泪你就流吧

《兄弟抱一下》

（一）

有人说过，解放战争期间，共产党领导的军队之所以总能取胜，原因很简单，双方打起来的时候，共产党的军官大刀一抡，或者匣子枪一挥，大喊一声："同志们，跟我冲啊！"第一个迎着弹雨冲上去了，他的身后就是一股摧枯拉朽的洪流。国民党军的军官则躲在后边喊："兄弟们，给我冲啊！"其实胜败就差一个字。当然，决定战争胜败的因素绝对是多元的，不仅仅是一个字的差别，但是这一个字却不容小觑。俗话说一字值千金，关键时候就指望这一字之差定输赢，决定生死。赵志全知道这一个字的分量，当"九六决战"的冲锋号吹响后，他对司机们说："备好沂蒙大煎饼，炒包咸菜，咱们去前线，到业务第一线去！"

所谓的前线，就是销售将士们所在的地方。

就在冲锋号响起来后，对鲁南制药来说，确切地说是对赵志全来说，他需要的不再是战略而是战斗力，也就是说，目标既定，需要不顾一切地快速冲锋、直达目标的战士，就像"把信送给加西亚"的罗文一样。决战到了刺刀见红的时候，忠诚、拼命的战士就显得尤为重要了。但是，作为指挥官，你的位置决定着战士的斗志。你在战士的背后推着他们一起冲锋，和你在前面领着他们冲锋，所产生的能量绝对是不一样的，这一点赵志全无比清楚，虽然他相信自己的销售团队。所以在冲锋号的余音里，他紧随其后来到前线指挥，鼓舞士气，帮助销售人员解决难题。用鲁南制药员工的话说就是"市场巡视"。

司机朱国庆告诉我这样一个细节："那一天晚上，我们两个司机开着那辆普桑，一路风尘赶到南京，一到宾馆，赵总就吩咐我们两人吃饭、洗澡、睡觉。

跑了那么长时间，大家都累了，尤其是赵总，他人高马大的，普桑轿车里的空间又狭窄，他蜷曲在后面受了不少罪。可是为了不让我们打盹，他就同我们一起抽烟、拉呱，小小的车里两支烟枪，有时是三支烟枪一齐冒烟，那是什么景观？我们两个人，可以轮流开车替换着睡觉，可是赵总就受苦了。

早上，我们喊他吃饭，看见他的门半掩着，推开一看，他正在那里查地图找医院呢。看看床，被子还没有铺开，看来他只是在沙发里随便躺一会儿，就早早地起来工作了。赵总所到之处，第一件事是召集业务将士听他们汇报，当面帮他们找问题，接着就出解决问题的方案。一上班，我们马上就行动，直到问题彻底解决。就这样，他一个城市一个城市地跑起来。最多的一次，我们9天就跑遍了东北三省的18个城市。那时候，我们每天只有一个愿望——睡觉。我们是两个司机，可是赵总是一个人啊，每到一个地方我们可以睡觉，赵总却要工作。什么人撑得住？多年后我就想，我们赵总啊，就是那个时候，把身体熬垮了，病就是那个时候落下的根。

我们赵总都这样拼上了，员工能不拼命吗？整个1996年，我们鲁南制药就在这样的拼搏中，一路汗水、一路心血地走了过来。

人间自有公道，付出就有回报。

就是靠着这股精神，那一年，我们决战胜利了。年底，我们赵总大奖功臣，其实，要说功臣，还得说那辆普桑。那两年，我们几乎是半年就换一次轮胎啊。那辆普桑真的是我们鲁南制药的功臣哪。

这样的奔波在那几年是家常便饭，赵总这人对自己的生活又不太讲究，有个车坐就行，有个地方住就行，有口热乎饭吃就行，在他的意识里只有两个字——工作。记得有一次，车半道上抛锚了，我们赵总终于说了一句话，‘等这次的事过去了，我们换台车吧。’可是，表彰完员工，他就把这件事给忘了。

说句没人相信的话，我跟他开了那么长时间的车，全国除了西藏，我们哪里没有去过？如今，全国都在搞旅游开发，各地都有好玩的景点，可是我们都不知道。记得那年集团放假，我带着老婆孩子去杭州旅游，找雷峰塔时，我媳妇才彻底服气了，说，‘看来你们赵总真是一个工作狂人哪。’这年头，但凡有点钱的企业，哪个没在旅游胜地举办过会议？而且差不多都是第一天报到、第二天开会、第三天自由活动。可是我们赵总的脑子里，从来就没有这样的意识。就这样，整个团队所有的员工也都养成了不计个人得失、拼命工作的好习惯。赵总也常说，鲁南制药之所以走到今天，是因为有一支能打能冲的队伍。

人就是这样，你是谁不重要，重要的是你和谁在一起。这些年我给赵总开车，别的没有学到，怎样吃苦、如何才能干好工作、如何搞管理，我也学了不少，要不，车队那么多人，我一个司机怎么管理得了？这就是我跟赵总开车最大的收获。所以，他走后，我失去了一个好老师、一个好兄长，因此，我一向怕提及赵总，一提起来我就忍不住落泪。

有一次去南京出差，办完南京的事，我们接着飞奔长沙。在长沙巡视完市场，落实、解决完办事处的困难时，已经是深夜两点了。我和另一个司机正在睡觉，秘书通知，赵总要出发到合肥。我们立即爬起来，开车就走。这是我们渐渐形成的规矩，每到一个地方，先给车加满油，人才能吃饭、睡觉，只要停下车，我们的任务就是养精蓄锐，以备赵总随时开拔。

从长沙赶到合肥，就到了第二日的下午，这时候我们赵总已经两天两夜没有好好休息了，实在是困乏极了，他就在车上迷糊一阵子。我们理解他，那么大的一个摊子，那么多人等着吃饭，那么多的债权人都在等着讨钱。有时我们也心疼他，可是赵总决定的事情，我们只有执行。到达合肥后我们还没有吃午饭，办事处的同志就在一家小饭店安排了几桌。那天我们看见赵总实在是太累了，走路的脚步都有点乱，可是我们谁也没有注意他，毕竟大家都饿了。谁也没有想到，赵总一脚踏空，人就摔在地上，这一摔，他的小腿就骨折了。赵总这个人就是坚强，他当时丝毫没有表现出来，还是边吃饭边开会处理问题，后来他突然晕倒了，大家这才手忙脚乱地把他扶到沙发上，送到医院才发现，小腿骨折了。你想想，他得忍受多大的痛苦哇。

在医院的病床上，医生给他固定上夹板后，打上了石膏，让他躺在床上歇息，可是他借此机会召开业务骨干会，病房成了会场。主治医生看见了，他跟我们的业务员都熟悉，他不解地问我们的业务员，'这真是你们的老板？'

'是我们赵总。'

'年薪拿几百万？'

我们的业务员就笑了。在南方，一个老板每年拿几百万不是新闻。可是我们赵总跟员工一样，是按月发薪水的，一个月不过几千块钱罢了，比好多业务人员的收入低得多，因为业务人员有奖金提成的收入和超额奖金，还有总经理红包。赵总跟所有的高管拿平均工资的系数，那时我们知道，赵总只比副总多拿一个点的系数。

医生不解地说，'那你们的总经理图什么？'

是呀，我们有时也不知道他拼命创业究竟图什么。"

朱国庆还向我提供了一份鲁南制药工作情况明细表。1989年，鲁南制药实现从档案工资到岗位工资的转变，继而实现计件工资。1994年，鲁南制药进行分配制度改革，高级工程师工资为5000元。2000年，公司规定博士月薪

赵志全乘坐的桑塔纳轿车

为8000元，硕士为3000元，这在当时的沂蒙山区可谓轰动一时。这种工资水平，哪怕在当时的北上广也不遑多让。2006年，公司还给每个博士免费配送了一辆崭新的桑塔纳轿车及130平方米的住房。2002年9月赵志全的工资单——收入6002元，扣除水电费、房租等52.72元，实发工资5949.28元。那时，一个企业老总动辄年薪百万乃至上千万、坐着豪车住着洋房已不是稀罕事，而赵志全却仍然坐着那辆已跑了70万公里的桑塔纳，住着40多平方米的旧房子。与其他老板相比，赵志全的生活不单单是“简朴”一词所能描述的。

（二）

朱国庆接着说：“第二天大伙儿都劝他住院，已经不能走路的赵志全笑了，他对我说，‘不就是养着吗？我们回家养呗，厂里还有一大摊子事呢！来，抱我起来。’

赵总要走，我们只好想别的办法了。他这个时候是不能做剧烈的运动的，我们就想出一个办法，把他抬到办事处，以没有合适的车子为由，拖延着。就这样，办事处成了他的临时指挥部。杨老师，下面的事你还是问问马洪波吧。洪波你不是采访过了吗？好多事情他最熟悉。”

马洪波给我讲述的故事，正好和朱国庆的讲述衔接起来。

马洪波是80年代从化工机械厂合并到郯南制药厂的，他跟赵总一起搬迁、安装了整个工厂，他那时就领教了赵志全的“厉害”。他说：“赵总是把公家的事当成自己家的事来干的，所以他才能把企业做好、做大，尤其是到了1996年大决战，那简直就是在玩命。赵总骨折后，在广州办事处指挥全国的销售队伍，继续我们的‘九六决战’。

一天赵总对我说，‘洪波你去广州打前站，集团要在广州召开片

区长会议。’

我大吃一惊，说，‘伤筋动骨一百天哪。你这才受伤几天，就要跑长途，就不能缓缓吗？’

赵总说，‘我看了各地的报表，离3个亿的销售收入不远了，我们的“九六决战”胜利在望，越是这个时候越需要鼓舞士气。洪波，这回咱不坐车了，说什么咱得洋上一回，坐飞机。’

那时我还不知道怎么买机票，如何办乘机。赵总说，‘鼻子下有嘴，不会就问。’我知道赵总的性格，就匆匆地走了。

赵总是肯定走不下飞机的。我就找到机场的负责人，把赵总的全国五四青年奖章和证书拿给人家看，说明赵总的真实情况。机场负责人感动地说，‘这样拼命的老板，理应受到特殊的照顾，我给你们提供便利，你们可以把车开进来。’

那天飞机上只剩赵总和我了，我说，‘我来背你。’赵总说，‘你行吗？我可不像你想象的那么轻。’我笑了。就这样我背着赵总走下飞机，沿途的乘客都看，那次我们俩的回头率可高了，成了机场明星。

那个时候，赵总也是烟不离嘴的，有时候他一天得两盒。晚上，赵总说，‘洪波这回咱得抽回好烟，过一回财主的阔日子吧！’

赵总一向抽济南卷烟厂生产的白将军，那烟冲，有劲，价格便宜，三五元就买一盒。

我问，‘广州可是什么烟都有哇，国产的进口的，咱抽什么价格的？’

他想了好大一会儿，说，‘云南红塔山吧。’

我笑了，说，‘我当是软中华呢！’

赵总哈哈地笑了，说，‘你真把自己当财主哇。一盒软中华买一条红塔山呢！’

赵总腿上打着厚厚的石膏，行动不便。他不愿意以这样的形象出现在全国业务将士们面前，那时候好多人还不知道赵总骨折。于是，赵总就决定，锯掉腿上重重的石膏。他说话谁敢不听？没办法，我们把他拉到医院。

医生问，‘多长时间啦？’

我们如实回答，‘才十几天。’

医生说，‘胡闹。十几天就长好了？那是骨头！你以为是焊接钢管哪。’

在赵总的执意恳求下，医生没招了，说，‘拍拍片子看看吧。’

片子出来了，根本就没长好！

我们都劝赵总，可是赵总的脾气我们又都知道，他决定的事情，你执行就是了，不要问为什么。他说锯掉就锯掉呗。

医生也没招了，不过人家有言在先——锯掉石膏可以，但是后果自负。说完，就让赵总签字。

医生没有想到，赵总顺手就签上了他那个一般人无法模仿的签名。

南方医生接骨手法和北方医生是不同的，他们先用夹板固定后，再在外面打上石膏固定。那层厚厚的石膏，是要用锯子一点一点锯掉的，不能猛敲，医生整整鼓捣了一个中午。

敲掉石膏后，赵总一下子感到轻松愉快了。他走了两步，得意地说，‘怎么样！我说没事吧，你们还不信。’

医生喊一声，‘不能走路。断骨还没有长好，负担不了你的体重。’

赵总笑笑，‘我这人皮实。没事的。’

可是回到办事处，一夜工夫，医生的预言实现了——小腿吹气一样地肿起来……

在南方指挥‘九六决战’的赵总，是那场战役中唯一的‘伤员'，一个伤员指挥着千军万马攻下了事先预定的目标，身心的疲惫可想而知。开完片区长会议，赵总一下子就垮下来，肿得老粗的腿无法活动了，整个人儿就像庞龙唱的《兄弟抱一下》里歌词：兄弟你瘦了，看着疲惫啊，一路风尘盖不住岁月的脸颊……可是，他还得工作，在办事处里，赵总一边处理着事务，一边指挥着全国各地的业务将士进行最后一战，一边调度着三千里外的企业生产。

那天，我给他熬了一盆草药水，正给他肿得比大腿还粗的小腿做着热敷，这时门开了，龙老师出现在门口。她看看丈夫的腿，眼睛里闪着泪花，立在门口久久不能说话。良久，她说，'志全，你不要命了吗？'泪就掉下来了。

我们知道，龙老师来了，事情就好办了。这回，赵总就可以多住些日子，歇息一下了。否则谁也劝不住他。"

2011年2月18日，赵志全与安置的下岗职工交谈，询问工作情况

马洪波还记得赵总在合肥骨折后的情景，他接着说：“车是不能坐了，员工就把一辆面包车的座子拆下来，铺上被子，做成一个临时的小救护车。几个人有的抱住他的上身，有的抬着他的腿，慢慢地走着。那阵势现在想起来还有些悲壮，跟抬着伤员撤离阵地的队伍没有什么两样。那一瞬间，我看见刚毅的赵总眼里闪烁了一下，随即恢复了常态。

赵总是一个从来不愿意把自己脆弱的一面展示给员工的人，无论何时何地，无论压力多大，即便是在他患癌症的12年，员工们从来不知道他患了绝症。除了有些憔悴，你从他的精神上，永远看不出那是一个病人，他在员工面前一直是个积极进取、乐观向上、充满正能量的形象。但是熟悉他的员工一直坚信，他之所以喜爱庞龙唱的《兄弟抱一下》，可能就是从那个时候开始的，因为‘九六决战’胜利在望了，预定的销售收入基本到账了，他在广东召开全国片区长会议，通报这一喜讯，同时发出最后一战的命令，再向前推进一步。在广州的晚饭桌上，已经不能走路的他，扶着桌子慢慢站起来，说，‘我们鲁南制药终于胜利了！没有你们这些将士在商场上玩命地拼，鲁南制药这次绝地出击就不可能完胜。这一年整个团队完成了总部下达的销售任务，每个业务员都用实践证明了自己。作为鲁南制药的负责人，我只有一句话——业务将士们，你们辛苦了！集团年底要开一个隆重的表彰大会，让战果累累的兄弟们讲讲你们拼搏取胜的故事，让全体员工感受一下你们决战商场的传奇。’

赵总拖着伤腿，一刻也没有停止工作。用集团副总经理张则平的话说，‘赵总这个人特别能忍。’

就这样，业务人员七手八脚地把他抬上了汽车。

路上，员工按照龙老师的意思开得比较慢。赵总就多次督促，好歹他躺着，看不清外面的路况，大家就联合起来忽悠他。

到达单位，同志们都知道，在前线打拼的赵总回来了，而且是胜利归来，大家都赶过来，看望赵总。车门打开了，不见了高大的身影，下来的是默默无语的我们。员工们正在纳闷，面包车的后面徐徐打开，赵总躺在那里，当我们把赵总抬下车时，员工们还愣在那里。那天，这个场面让几个老员工看见了，他们一下子围上来，一个老员工哭了，跑上前来，握住赵总的手问，'赵总你这是怎么了？走的时候不是好好的吗？'

一个老员工瞪了几个业务人员一眼，说，'你们这些毛头小子，怎么照顾赵总的呀？'

他们不知道发生了什么，但是他们知道，这个事关企业生死的时候，赵总是绝对不能出事的。有他在，鲁南制药的希望就在。这种认识不是哪一个人的观点，而是大家在近十年的岁月里产生的共识。

赵总拍拍他的手，轻描淡写地说，'小事一桩，小事一桩，不小心把脚给崴了。'

他呵呵地笑了，扭头指着业务员说，'是他们这几个家伙，非让我躺着，就像出了大事似的。'

不管他怎么圆，不能走路这个事实是无法改变的，他一边同员工打招呼，一边轻描淡写地喊我，'洪波，还不扶我一把，躺了一路，腿都麻了。'"

这就是员工眼里的赵总。

（三）

赵志全有四个妹妹，没有亲兄弟，在费县城，师哥王法义可以说是他的"亲兄弟"了。赵志全只要遇上大事，总要给王法义聊聊，征求他的意见。

1985年赵志全告诉他："师哥，我要娶媳妇了。"

王法义得知师弟娶了一个吃国库粮的媳妇，高兴得不得了，当即用自己的工资，给未见面的弟妹买了一双红色的牛皮鞋。

1987年，赵志全萌发了承包经营郯南药厂的念头时，首先跑到费县城，征求师哥王法义的意见。

1998年，鲁南制药又开始了新一轮扩张，这次是从传统制药向生物制药的大跨越，动作之大、投资之多，都是罕见的。那个时候，鲁南制药的声誉已在全国叫响了。赵志全打算移师北上，到北京图谋，他再次找到师哥。也正是那次彻夜交流，促使了新时代药厂花落费县。

之后，已经是费县政协副主席的王法义，代表费县人民政府，开始了和师弟的十年合作。赵志全生前，曾不止一次地说："新时代药厂快速发展，法义兄功不可没。"

知恩图报的师弟早有安排，等师哥退休后，将他聘到新时代，也算是对老兄的一份感谢。令师弟没想到的是：师哥就是师哥，王法义退休后，立即刀枪入库，只身回老家孝敬老娘去了。

师弟得知后，一声叹息，一脸羡慕地说："师哥的人生才是圆满的。"

王法义在费县城是个人物，在最早的那批国企厂长里，算是一个标杆式的人物。

1977年，已经在费县化肥厂任团支部书记的王法义，参加了改变中国一代人命运的高考。王法义考入青岛化工学院，与赵志全一起成了化工机械专业的师兄弟。他们都是"农二代"，从小就吃苦耐劳，又从小学就接受着沂蒙文化的熏陶，有着相同的奉献精神。唯一和赵志全不同的是，王法义带着工资上学，每个月他都会按时收到化肥厂财务科寄来的36元钱。那个时候，王法义这样的学生，就是高校里的

“土豪”。用王法义的话说：“我可以吃青岛大肉包子，赵志全他们就得啃馒头了。”差别不是友谊的阻碍，相反他们俩成了无话不说的好朋友、好兄弟。

师弟引起师哥的关注，缘于系党支部书记不厌其烦地夸奖赵志全。一天，师哥终于约师弟去了大排档，自然是师哥成了主陪，师弟成了“吃货”。从此，这样一边倒的请客常常发生。白吃得多了，小师弟就不太好意思了。师哥却不以为意，得意地说：“兄弟，老哥我不差钱。”

毕业后，王法义回到费县，去了费县的毛纺厂。赵志全毕业后，去了一个校办企业郯南药厂，两地相差200里，可是师哥师弟却开始了事业上的交集。

1987年，师哥已经是费县毛纺厂的厂长了，在整个临沂地区，已经是响当当的人物了。用同学们的话说：“法义兄啊，吃得开打得响。”当时师哥手下有数万纺锭、几千员工，师弟还是郯南药厂的设备科科长，差距依然很大。一天师弟找到师哥，让师哥帮着拿拿主意，他要参加竞争，做沂蒙第一企业承包人。师哥大喜，他知道师弟的能力，当一个校办企业的设备科长，那是高射炮打蚊子——大材小用了。

师哥一语定了乾坤。

让师哥高兴的是，师弟管理经营的药厂，就像雨后的玉米，一天一个新模样，短短几年，就成为沂蒙山区企业的新星，锐气直逼师哥管理的毛纺厂。1991年临沂市委书记王渭田调任山东省农委主任，走前只看望了两家企业，就是他们师兄弟俩领导的费县毛纺厂和鲁南制药厂。当王渭田得知他们是同校、同系的同学时，语重心长地说：“咱们沂蒙是革命老区，工业底子薄，企业人才匮乏，好歹有你们这些报效家乡的大学生，沂蒙有望啊。你们一定要当好沂蒙山区工业的领军人物哇。”

老领导离开沂蒙后，兄弟俩没有让他失望，师哥在计划经济时代，把一家国企推向极致；师弟在市场经济时代，把一个私企做成了沂蒙山区的龙头老大。

如果说这些仅仅是巧合的话，那么后面的故事，就是兄弟俩的精诚合作了。只不过师哥的角色发生了变化。师弟代表自己的企业，师哥代表的是地方政府，难得的是两者在发展的规划上有着惊人的一致，才在千古小城，演绎出一场精彩的经济大戏。

事情的起因是这样的——

1998年，也就是赵志全带领鲁南制药人“九六决战”大获全胜后的第三年，正是企业发展走向快车道的时候。这时的赵志全凭借着自己的天赋，再一次预感到，新的发展机遇来临了。他要做百亿企业、百年集团。要做到这一步，显然临沂市的空间已经制约了鲁南制药的发展了，他需要突围，寻找新的空间。这时候，师兄已经做了费县计划经济委员会主任，干的就是发展地方经济的活儿。

那时候，各地都向鲁南制药伸出橄榄枝，沿海的日照、北京的大兴……就在赵志全拿不定主意的时候，师弟想到了师哥。

师哥一听，来菜了，他哪里能放师弟走啊，鲁南制药就是一棵摇钱树啊！费县本来就没有像样的工业，那些计划经济时代的国企差不多都在市场的汪洋里折戟沉沙了。师弟赵志全做试点企业，提前踏入商海，搏击风云，反而做大了，把他引来不就好了吗？但是，他只是一个小小的计委主任，招商引资是他的责任，可是要引鲁南制药这样的大户，就不是他能决策的事情了。他立即向县长汇报。

当时，费县的县长就是当年山东省树立的三大典型人物之一的仇景阳（三大典型人物为身残志坚自强不息的张海迪、青年数学家潘承洞、企业的革新能手仇景阳）。正苦于治下没有大工业的仇景阳，刚当上县长才三天，他连家都没回，就带上王法义，直奔临沂城找赵志全去了。

2015年7月26日，我采访了已从临沂市政协退休的仇景阳。他在郯城化肥厂工作时，赵志全刚刚分到郯南制药厂，他关注赵志全，是从1987年10月25日开始的。后来，他到赵志全的故乡费县任常务副县长，从那时他就萌发出招商鲁南制药的打算，直到他出任县长，这个计划才得以落实。无论是赵志全的人品、事业心、故乡情结，还是鲁南制药集团的科技含量，都让他心动。

鲁南制药下属的新时代药业花落费县，是他在费县当县长时的得意之作，后来企业做大了，仇县长也升任了副市长。谈及当年的招商成就，他念念不忘的是赵志全和他的新时代药业。他告诉我，那次他邀请赵总来考察，作为东道主，他带着有关人员早早地在公路边上等候，当一辆普桑停在他们面前时，大家还不以为意，直到身材高大的赵总笑着向他们招手，人们才发现，原来这就是大名鼎鼎的赵总的座驾呀。

看看这辆破旧的普桑，仇县长说："老赵，现在连开小板厂的个体户都不坐普桑了，你这么大的老板还坐着普桑，这不是面子的事，这事关你的安全哪！你要知道，你的身后还有成千上万的员工呢！"

赵总笑笑说："正是因为身后有成千上万的员工，我才迟迟不敢换新车呀。"

采访时，仇景阳告诉我："成功引进一个有前途的企业不是一件容易的事情，当我得知赵志全是个孝子后，我连他父母的工作都做了。总之我们是想尽一切办法。为顺利引进鲁南制药，我们成立领导小组，具体做事的就是赵志全的同学王法义。我用开玩笑的口气对王法义说，'老王，我告诉你，这次你师弟要是跑到别的地方去了，你

这个计委主任就别给我干了。'

一轮又一轮，艰难的谈判开始了。要不，我怎么说，成功引进一个优质的企业，绝对不是一件容易的事情呢。费县又不具备资源、区位优势，我们凭什么吸引人家？可是所有的优惠条件，又都要在政策的控制范围内，我们能够突破的地方有限，我们只能采取情感战术，抓住赵总的家乡情结大做文章。这就是谈谈停停、停停谈谈的原因所在。

记得有一回，谈判陷入僵局，赵志全托人给县里传话，'你们现在支持我们鲁南制药，10年后，鲁南制药能给县里十个亿的税收。'

以后的事情王法义都知道了。后来他被提拔为费县政协副主席，以副县级干部的身份，在联合成立的新时代药业指挥部任第一总指挥，帮助他的小师弟筹建我们费县未来的工业旗舰。你有空的话，还是找他谈谈吧，他知道的事情比我多。"

停了停，他说："不过，我还有话要告诉你，2014年11月的一天，当我突然得知赵志全同志不幸病逝的消息时，我第一个反应是不相信，他那样一个沂蒙大汉，哪能说走就走？生命也太脆弱了吧！当这个消息确定后，我一声长叹，继而又陷入不安。在精英人物左右民营经济的现实里，一个全市最大的民企老板猝然离世，自然要引起普遍的担忧，这可事关企业的兴衰，事关一万多名员工的生计，事关国家、地方的税收啊……当一纸遗嘱公示于众的时候，我的担忧在瞬间消失了。企业平稳运营。用沂蒙山的话说，外甥打灯笼——照旧（舅）。对这个遗嘱，我丝毫不感到意外，因为从12年前那台破旧的桑塔纳车上，我就判断出他对待财富的态度了。"

2015年8月12日，在新时代药业的宾馆里，我见到了清瘦、干练的王法义。王法义搞经济、当官员都是一把好手，他秉承祖宗廉洁的家风，一直被小城人所称道。在小城，王家在明朝就是望族了，王氏的老祖光禄寺卿王雅量，是明代官场清廉的代名词。

1999年的世纪之交，许多人还没有认识到鲁南制药这个科研型的企业所蕴含的巨大的潜力，但熟悉它、了解它的王法义，深深地知道它巨大的发展空间。2000年，赵志全公开以8000元月薪广招生物学博士，开始向生物制药进军，他所研发的领域在国内超前，在世界都是一流的。随着生物制药的研发，赵志全急于给自己的生物制药寻找新的场地。

因土地问题，双方谈判一直没有达成一致。加之那些只看表象的人风言风语："都说鲁南制药有钱，你看看他们老总坐的破车，还不如小个体户，它能有多少钱？谁有粉不搽在脸上？""是呀是呀，我看就是拿着一个牌子来圈地呗……"事情迟迟没有进展。

2000年，费县人民政府在北京举办招商活动。王法义在座谈会上直言不讳地说："眼前的商我们都没招好，跑北京来不是舍近求远吗？"他的观点得到仇景阳县长的赞同。在他们的努力下，费县与鲁南制药的谈判再次启动程序。那时候赵志全有着一种难以忍耐的焦躁，他心里清楚，商战惨烈，一个品种晚上市就意味着失败。

师哥看出他的心事，就劝师弟："好事多磨。历来都是慢工出好活。"

赵志全苦苦一笑。多少年与政府打交道，他明白政府的那套程序。庭前杨柳待春风，慢慢地，急脾气的赵志全也学会了等待、忍耐。

2001年，新世纪的曙光里，一阵迟来的春风染绿了杨柳，双方隆重地签约了。

不管谈判持续了多长时间，也不管签约日是何时，在赵志全的眼里，建设新时代就是从2002年正式开工的。这一年国内经济独好，可世界经济却萎靡不振。也就是从这一年开始，中国成为世界制造工厂。这一年，上海获得世博会主办权。这一年，国内GDP首破10万亿大关，应该说中国的新世纪开局相当不错。在这样一个大好的环境里，踌躇满志的赵志全把新厂取名新时代药业有限公司，可见他是煞费苦心的。新时代，一个多么富有朝气的名字呀！它寄托了赵志全最大的梦想，也孕育着鲁南制药明天的辉煌。尽管那时厂址是一片荒芜的山坡、河滩地，除却乱石就是水草。

为了给新时代筹集建设经费，早在2000年赵志全就发动了“零点行动”。他说：“我们过去所创造的业绩、成就，我们过去所有的荣光、辉煌，从现在起都清盘了。一切成就都归零了，一切辉煌都是过去的故事，新的世纪来临了，我们的创业从零开始了。”所以，他把这新时代的开建之年看得尤为重要，这一年是鲁南制药的大事之年，也是费县企业创新的元年。

一天，赵志全、仇景阳、王法义等一行人，绕着县城给新时代公司选址，赵志全一眼就相中了温凉河畔，小花山四周，万寿宫下，浚河以南大片山地。当时有人说：“赵总，人家圈地都是找耕地，你怎么专门挑山地、河滩哪？”

他笑了笑，没有解释什么。

他对师哥说：“我之所以看重这两山两河流域，我有一个计划，也可以说一个宏大的规划，给我20年时间，20年，我就能实现它。”

师哥知道他的宏图，说：“百亿企业百年梦。”

师弟摇摇头：“就目前我们鲁南制药的基础，只要不出现大的战略失误，做成百亿企业不需要20年。老兄，站在万寿宫的顶峰，我们看到了什么？”

“两河两山，四五个小村。”

“现在看就这些，要是我们在东面的姜庄湖上，建一座水电站，抬高水位后是什么样子？”

新时代药业污水处理站

“那就是水绕山转，山因水柔，整个厂区就成了一座水城啦。”

“新时代药业是我们的生物制药基地，需要一个独立的、优雅的环境。树茂、花香、山清、水秀，也只有这里具备。到那时，我们建立新的社区，把几个村子整体搬迁，把新时代打造成北方独有的山、河、厂、湖于一体的工业旅游区。”

师哥笑了，说：“看来所有想干、能干大事的人，都恨时光短暂，恨生命无常。”

赵志全笑了。

可惜老天吝啬，只给了他12年的时间。其实就是这短短的12年，上天也够狠心的，让一个干事业的人，整整承受了12年的癌症折磨。在上海做手术时，外人只有师哥王法义知道。那是开胸的大手术啊，醒过来的时候，人显得特别憔悴，麻醉过后的剧烈疼痛，让他一脸大汗，那汗珠子尤其大。龙广霞含着眼泪给他擦。他说：“不能哭，你得笑，这样才能给我正能量啊！”

我们都知道，人是唯一能接受心理暗示的动物。积极的暗示，会对人的情绪和生理状态产生良好的影响，激发人的内在潜能，发挥人的超常水平，帮助人战胜困难。志全知道自己肩负的任务，他是希望自己马上就能好起来的。

一般人在这样的疼痛下表情会发生剧变，可是志全却一副平静的样子，王法义被感动了，上前握住他的手说：“老弟，人生不过百年，听哥一劝，借此歇息了吧。”

赵志全摇摇头，艰难地一笑。

王法义说：“你要是不放心，就找个经理人，自己也该养养了。再说了，钱少了是自己的，多了就是国家的、社会的了。身体都垮了，挣那么多的钱干什么呢？”

赵志全问我：“法义哥，那年在乾隆皇帝下榻的万寿宫，咱兄弟俩的规划，你忘了？”

王法义说：“那么诱人的蓝图，那个只有你老弟敢想的大手笔，我能忘吗？可是，志全老弟啊，眼下你的身体要紧。老话说得好，留得青山在，不怕没柴烧。”

赵志全说：“我是做药的，我知道当前还没有攻克癌症的药物，但我也知道，癌并没有想象的那么可怕，你想，它不就是一种病吗？你从骨子里不把他当回事不就行了，它能咋的？人，只要精神不垮，生命就不会终止，拼搏就可以不息。老哥，你得帮我完成那个规划，到那时，我一定放手。”

那么大的手术，在赵志全看来，就像一次感冒似的。那天，他一再告诉王法义要保密：“鲁南制药还有成千上万的员工，我们还有无数的市场对手。”

王法义明白他的心思。这就是他患癌症12年来几次大手术都无人知道的原因所在。

新时代药业依旧奉行着赵志全创业的一贯理念：边建设边生产。用赚的钱再建新项目。

别看鲁南制药那么大，可他们发展的项目从来不盲目，基本上是做一个成功一个。用王法义的话说："现在鲁南制药投放市场的非处方减肥药——舒尔佳就是典型的案例，试销阶段一个月就做到5000万的营业额，我听说他们的目标是20个亿。你别看成功了收益非常可观，从当年师弟组织博士团队研发它，最少也有10年，研发投进去的钱太多了。鲁南制药就是这样，一个产品可能一研究就是好多年，一投资就是上亿，甚至10亿，可是一旦成功了，效益也是惊人的。这就是我师弟的眼光，也是他的胆量。"

王法义接着说："有时候我常常反思自己做的企业，总的看来，我这个师弟的企业才是真正意义上的企业，不像我当厂长的时候，企业就是政府的加工厂，两头都有国家包着，省心。现在搞企业，区域范围里要竞争，全国范围内要竞争，世界范围内也要竞争。原材料你自己购进，产品你自己推销，人、物都要自己管理，得操多少心哪！

后来我听了一个传闻，是有些媒体讲的——华润想收购新时代药业。当然，我没有核实这个故事的真假，但是我想，对赵志全的人品来说，故事真假都不重要了。我相信，这样的传说，发生在他身上，即使是虚构的，人们也会相信的。

就在赵总病入膏肓，他所领导的鲁南制药却蒸蒸日上的时候，善于资本运营的央企华润集团（2014年世界500强排名第143位），经过长时间的调研，开始与鲁南制药摊牌，为了彻底拿下这个研发能力在全国5000多家药企位居领先地位的现代化企业——鲁南制药下属的骨干新时代药业有限公司，他们开价70亿。见赵总不为所动，第二轮谈判，他们以势在必得的气势，开价90亿，条件是裁员。

90亿，毫无疑问是一笔巨额的财富，同时，也是对赵总27年心血的认可。90亿显然是一个诱人的巨型蛋糕，可是裁员一半就是3000名员工啊！

面对近百亿真金白银，小师弟淡淡一笑，说，‘我们搞企业的目的，就是造福社会，为员工创造美好生活。那么多的员工被裁员了，他们没有饭碗了，我要那么多钱还有什么用呢？’

他坚定地摇摇头，断然拒绝了。

说起来，我还得感谢这个师弟呢！杨老弟，你还记得我在费县毛纺厂当过厂长吧？那时候的费县毛纺厂，是计划经济时代的工业典型，后来，在市场经济时代它失败了，好多职工下岗了，他们都是给计划经济出过力、流过汗的人，我虽然早就不干厂长了，可人是有感情的，心里一直放不下。新时代投产后，师弟赵志全帮着厂里安排了不少下岗职工。按说新时代当时招收的员工都是大学生，现在起点就是研究生了，赵志全之所以招收下岗职工，那是替县里解决难题。

后来，他病重了，很少见外人了，连我一般情况下也见不到他了，时间长了顶多打个电话问候一下，尤其是我退休后，不再过问政事，就陪着老母看蚂蚁上树了。2014年11月15日，我得到消息，放下老母就赶来了。

其实，我对他的离去并不意外，一个癌症患者，能坚持这么多年，实属不易。但他对财富的抉择方式还是出乎我意料。站在灵柩前，想起在上海我在他病榻前他对我说的话，我终于明白了。他静静地躺在花丛里，一米八几的大个子单薄如一张纸，我知道他是熬尽了最后一滴血，拼尽了最后一口气才放手的。

此时我想起他爱唱的那首《兄弟抱一下》……

可是，我的志全小师弟，再也听不见这熟悉的歌声了。那一瞬间，我心如刀绞，眼泪哗啦一下子就淌了下来……”

等王法义的情绪平静下来，天已近中午，我留他吃饭。他说：“杨老弟，不是大哥不陪你，我老娘99岁了，小脑萎缩了，就认得我，我得回去给她老人家喂饭了。”

站在新时代药业的门口，望着一个孝子远去的身影，我想起师弟对师哥那声羡慕的感叹。赵志全哪，你无须感叹，侍候父母是孝，创造财富报效国家是忠，忠就是大孝！

七、斗士的柔情

（一）

第三次采访赵志全的遗孀龙广霞，是在那座童话城堡似的幼儿园里。此时的龙老师是鲁南制药集团的幼儿园园长，掌管着总部、新时代两处幼儿园。可爱的鲁南制药宝宝有上千人，这些孩子是赵志全生前的至爱，小小幼儿园是他最爱去的地方，用他的话说，这些宝宝就是鲁南制药的明天。

如今，这里成了龙老师全身心投入的地方。在这样一个童话般的世界里，和一群天真无邪的孩子们生活在一起，她会暂时忘掉丧夫的忧伤。这样一个活泼的氛围，会慰藉她灵魂的疼痛。此时，我想起赵志全的遗嘱：如果广霞闲不住的话，可以管管幼儿园。我一下子明白了一个负责任的丈夫的良苦用心。

我想，毕竟一切都过去了，她应该走出漫长的沉痛，可是我没有想到提起赵总，她那一脸的微笑瞬间就荡然无存了。在这瞬间的变化里，我感受到他们30多年的那份难以割舍的情感。一日夫妻百日恩，百日夫妻似海深，何况30年哪！看看龙老师脸上的表情和她眼眶里晶莹的泪珠，我知道，丈夫的离去已经成为她一生的伤痛了。

她忍住泪水，对我说："我做了一个梦，梦见老板（在公开的场合，龙老师喜欢这样称呼他）来了，老板大笑着，大步流星地走来，两边数以千计的员工们掌声雷动。"

"明天就是10月25日了，这是鲁南制药集团厂庆的日子。往年的这个时节，老板总是牵着我的手，大步走向会场。今天老板却一个人走来了，尽管他强打精神，但是脚下的飘忽、脸上的倦意还是让我发现了，好长时间没有见到老板了，我不假思索地向他跑去，一激动，梦就醒了。"

讲到这里，她哭了。

一切又恢复成无奈的现实，梦中那个熟悉的场景已经离她远去，那个她最爱的人成为梦中的记忆了，无限的孤单吞食了有限的梦境。她那飞溅的泪花是对他无尽的思念，她那断断续续的哭声是对他最痴情的呼唤。

夹杂着断断续续的哭声，她向我叙述着一个遗孀漫漫的孤单和长长的落寞，讲述着她对亲人绵绵的相思和无尽的怀念……

我一眼看见她办公室里的那张照片，那是鲁南制药女工们多次向我描绘的画面：西装革履的赵总一手拉着一袭红衣的妻子，一手挥着，向会场走来……看来，这场景不仅在她的生活里也在她的梦里，这幅画面已经成为她最残酷的记忆了。

她说，这些天她一直在上火，医生给她开了药，她吃后腹泻了好几天。80多岁的老母亲看在眼里疼在心里，说："广霞呀，往后的日子，你得自己照顾自己了。她是含着眼泪冲妈妈点头的。老板在的时候，只要她感冒发烧或不舒服，一准都是老板给她开药，多少年了，她从没有因为吃药而拉肚子。什么药有副作用，老板都知道，才不会让她乱吃呢。可是老板走了，也把这种无限的温馨一并带走了。”

说到这里，龙老师的两行眼泪飞溅而下。

我知道，此时，任何劝解都不会有效果，与其做无用的劝说，还不如让她自己慢慢地平复。

此时，我有点担忧，采访还能继续吗？

我没有想到，龙老师也是一个坚强的人，很快，她就从痛苦中走出来。

她擦擦眼泪说：“在外人看老板就是一个强者，他好像无所不能，其实他这个人也是一腔柔情。记得那年他做完手术，十分痛苦地躺在床上，我正在给他做热敷，突然远在美国的女儿来电话。那时候女儿怀孕好几个月了，反应得厉害，呕吐成为家常便饭，怀孕反应带来的痛苦可想而知。

我忍不住问她，‘龙龙，你怎么样啊？’

女儿无奈地回话，‘还能怎么样？一个人挨活呗。’

这话让老板听见了。他说，‘广霞，你赶快去美国伺候女儿，龙龙还是个孩子。’

‘我走了，你怎么办？’

‘我什么苦没吃过？可是龙龙是个孩子呀，龙龙那边要紧，你今天就走，越快越好。’

其实我是非常不愿意离开的，要知道老板刚做完癌症手术。在他的再三催促下，我只好孤身离开。走到门口，我忍不住地回头看他时，他冲我伸出大拇指，意思是他是一个强者，让我不要担心他，更不要把他的事情告诉给龙龙。

我知道龙龙是他的命。

记得龙龙出嫁那天，一向讲话出口成章的他，第一次失去了往日演讲的风采。我知道，女儿被娶走了，他有一种无法割舍的疼痛。此

鲁南制药集团幼儿园

时作为一个父亲，他和天下其他慈父没有什么两样。”

一头是同甘共苦的丈夫，一头是心肝宝贝似的女儿，分身无术的龙老师感到自己是那样的无助，她强忍着心中的酸楚，向躺在病床上的丈夫竖起大拇指，并会心一笑。那是他们之间相互鼓励的方式。可是，一扭头，她就落下一串泪花。

同龙老师交流的次数多了，我渐渐发现，这是一个事业型的女人、工作中的强者。她并没有因为丈夫如日中天的事业就安心做个家庭主妇，她一直在拼命工作。对她的性格，丈夫心知肚明，于是就有了那句让她感动至今的话：“广霞这个人我知道，给她一个大平台，三天内她就会累死的。”

斯人已去，此话久存。

在今后漫长的岁月里，也许只有这些难忘的只言片语才能温暖她孤单的心灵。也许这就是她在玉带山上面对那座孤坟长哭不止的缘由了。

任何一个强者都是一个斗士，他们在拥有独特的荣光的时候，总是有着常人无法感知的孤独，只是能替他分担的人太少罢了。对赵志全而言，毫无疑问龙老师是替他解忧的一个。领导这么大一个工厂实在太难了，他的难处只有她最清楚。

婚后，闲暇时，她最喜欢干的活儿是帮他梳理那头浓密的黑发，替他掏掏耳朵，帮他捶捶酸疼的背。她时常跟他开玩笑："志全，这头发长在你头上可惜了。这么浓密粗壮的黑发，长在一个女人的头上就是一条油亮的大辫子呀。"1987年承包经营后，几年光景，她熟悉的那头黑发就变成了白发了，2002年后，为了创建新时代药业，实现大鲁南制药的企业构想，她熟悉的一头白发就渐渐地没了……为了缓解他心中的压力，只要能在一起吃饭，她总是想办法给他唱支歌。播音员出身的她具备唱歌的天赋，关键的是她知道他喜欢什么歌。

我忍不住插话："是遗嘱里留的那五首吗？"

她摇摇头，轻轻地哼起了调子——

天蓝蓝，海蓝蓝
拉起锚，开起船
天蓝蓝，海蓝蓝
把稳舵，撑起帆
风大浪大不呀不说难
礁多滩多不呀不说险
咱有龙的胆……

我一下子想起来了，这是电视连续剧《潮起潮落》的主题歌。这部1992年热播的电视剧，讲述了一个关于共和国海军的故事，主题歌是一首催人奋进的航海远行歌。这部剧热播的日子，正是鲁南制药在南方打市场的艰难岁月。

在拼搏的日子里，集团给业务员送行时，他们就一起唱这首歌。咱有龙的胆！只有有胆量的人才敢闯荡市场，才能把工作做得更好。这些富有正气、朝气的歌曲就成了他喜欢的曲子。于是，心知肚明的妻子就常常在他面前唱这些歌了。

她说，大约是2010年后，他一直喜欢听她唱《无悔的征途》，为了唱好这些歌曲，她是边练琴边学唱的。那时候，集团里的事情多，他们只有在吃饭的空隙里唱一曲，许多时候，歌曲的意境激发出他的激情，不知不觉中他也跟着唱起来——

清晨告别母亲的时候

没想到这一走

就是一生

万水千山风雨兼程

无悔的征途

你脚步匆匆

你的故事我在倾听

多少年过去我依然

依然心动……

这些歌里有他需要的正能量。在漫长的拼搏里，当他耗尽自己的体力后，疲惫的心灵需要一股正能量的注入，就像一部车子需要加油一样。作为妻子，她知道他内心的孤独以及由此而产生的脆弱，于是，饭厅里就有了激越的歌声……

她记得那是鲁南制药发展史上最关键的一年，用鲁南制药人的话说："九六决战"。那年，龙老师也病倒了，住进了医院。那天，在全国跑市场的他终于跑到医院，在病房，他们相遇了。他给她冲了一杯麦乳精后，深情地看她一眼说："我太累了。"说着他的眼皮就不自觉往一起合。她看看他一头乱发，一脸疲惫，说："我这就出院，回去给你梳梳头。”

他笑了笑。

那天，他匆匆地走了，如同他匆匆地来。当他的背影消失后，她立刻办理出院手续。

医生说：“你不要命了？”

她淡淡地回答：“他的命更重要。”

她不敢再拖下去，因为她知道，一个强者有时候比弱者更需要倾诉。30年来，毫无疑问，她是最安全的倾诉对象、最忠实的听众。然而一切都在2014年11月14日的那个深夜结束了。一个强者走了，从此，一个最忠实的听众痛苦地“失业”了。于是她的耳边响起那熟悉的《红河谷》：“想一想你走后我的痛苦，想一想留给我的悲伤……”

（二）

2014年11月14日夜。赵志全写完遗嘱后，留给妻女一封信，他在信中写道：亲爱的妻子、女儿，我走了。这些年来，我每一天都过得很艰难……

这是一个强者，首次透露自己真实的心迹，一个从来不向困难低头、在员工和世人面前从来都是以强者的姿态出现的人，能写下这样的文字，可见27年来，尤其是他患癌症的12年里，他承受着怎样的苦难。他在克服鲁南制药发展的种种困难的同时，孤身同癌症进行着殊死的决斗，那是怎样的孤独和落寞。在创业的坎途上，他拼尽最后一丝力气；在对病魔的决战中，他耗尽了最后一滴血。在这样的时刻，写下了这段文字。这绝不是一个强者的软弱，这是一个活生生的强者，对自己最爱的人最真实的表白。

理解了这些，我们就明白了2014年11月18日殡仪馆里，女儿赵龙为什么一改殡仪馆多年来沿用的追悼会上放哀乐的规矩，坚持改用父亲喜欢的《掌声响起来》《忘忧草》这两首歌，并在悼念过程中循环播放。显然，知父者亲女也。赵龙一改常规的做法，也许殡仪馆的人无法理解，作为一个女儿，她没有像常人那样，在众人默默的悼念中哭得死去活来，而是站在父亲的遗体前，低沉地反复唱着《忘忧草》——

让软弱的我们懂得残忍，狠狠面对人生每次寒冷。依依不舍的爱过的人，往往有缘没有份。谁把谁真的当真，谁为谁心疼，谁是唯一谁的人。伤痕累累的天真的灵魂，早已不承认还有什么神……

婉约凄凉的歌声里，传递着一种怎样的情愫，我相信九泉之下的赵志全心领神会。我深信，女儿的歌声，九泉之下的父亲一定能听得到的，我相信，他一定会开心大笑，一定的。

那么，让我们一同走进强者的内心世界吧。

2015年11月12日，在省城济南，赵龙替父亲领取“齐鲁时代楷模”证书的时候，她简短地讲了自己的一个经历，让观众不禁为之感动——

小时候，她常常骑在爸爸的肩头，胖胖的小手抓住爸爸的一头黑发，调皮地玩耍。都说女儿是母亲的小棉袄，是父亲的开心果。作为女儿眼里的父亲，赵志全无疑是一个慈父的形象，且不说小时候，父亲的肩头是女儿最安全、最温柔的座椅，也是女儿仰望世界的最好的平台。那个时候的爸爸有着高大的身躯、健硕的身板，关键的是爸爸有一头浓密的黑发，女儿胖胖的小手抓着它，是那样的惬意，可是，爸爸承包经营没多久，那一头浓密的黑发就悄然变白了。

她上小学时，爸爸妈妈常来接她，小伙伴看见一头白发的爸爸，一手牵着她一手牵着妈妈，都在背后议论："瞧，这就是有钱的厂长找的小老婆。"

小小的她曾好奇地问爸爸："爸爸的黑发去哪里了？"

那个时候她还是个孩子，不懂得创业的艰辛，不知道爸爸白发背后的故事。

2007年的春天，留学美国的她回来看望父亲，一家人其乐融融地聚在饭桌前，女儿看见爸爸苍老了，消瘦了，心疼地给爸爸捶捶背、揉揉肩。

爸爸的一头白发，让渐渐长大的她既荣耀又伤怀。今天，这头熟悉的白发近在咫尺，她忍不住地抚摸这些熟悉的白发。就在此时意外发生了，那头让她终日惦念着的白发，居然整体移动了起来，在她的迷惑中，整个儿掉在地上，光光的脑袋突兀呈现在女儿的面前。

爸爸的白发又去哪里了？

一向强悍的爸爸，突然之间像一个做错了事的孩子，默默地转过脸去，一言不发地弯腰捡起假发，悄悄地戴在头上。

妈妈无言地目睹了这一切，她忍不住潸然泪下。

爸爸伸手刮了一下女儿的鼻子，那眼神仿佛告诉女儿不许哭。爸爸必须以强者的形象出现，否则，就要影响到鲁南制药整个事业的推进。

聪明的女儿读懂了爸爸的心思。她轻轻地给爸爸整整假发，泪，顺着她的面颊悄然而下，一滴、两滴……

读者从上述的叙述中，感受到了一个强者的形象。其实，任何一个强者内心都有着细腻的柔情，正是这种表面的刚毅和内心的柔情才使得一个人立体起来，否则，不管他多么高大，最终永远是单薄。几乎把全部的心血和才智都交给了鲁南制药的赵志全，同样有着男子汉的一腔柔情，只是一个强者的事业心过于重要，以至于他无暇在亲人面前展露这柔情罢了。如今斯人已逝，我们无法面对面地去探索他的内心世界，让我们一同来细细地研读一封信吧。那是一个父亲给他一生中最爱的女儿的一封信：

赵龙女儿：

爸爸有些话想对你说。你现在正处在人生的重要关头，必须把握好。

首先说一下你学习的问题。虽然你去年大学毕业了，但就学历教育来说，你的学业未完成，还有好多知识需要学习。现在全球化的趋势是必然的，如果不出国学习，就像现

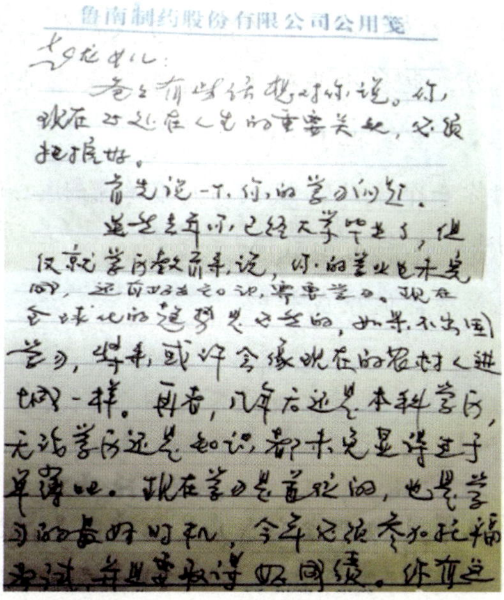
鲁南制药股份有限公司公用笺

赵龙女儿：
爸爸有些话想对你说。你现在正处在人生的重要关头，必须把握好。
首先说一下你的学习问题。
虽然去年你已经大学毕业了，但就学历教育来说，你的学业也未完成，还有好多知识需要学习。现在全球化的趋势是必然的，如果不出国学习，将来或许会像现在的农村人进城一样。再者，几年后还是本科学历，无论学历还是知识都未免显得过于单薄吧。现在学习是首要的，也是学习的最好时机，今年必须参加托福考试，并且要取得好成绩。你首先

赵志全写给女儿赵龙的信

在进城的农村人一样。再者，几年后还是本科学历，无论学历还是知识都未免显得单薄。

现在学习是首位的，也是学习的最好时机，今年必须参加托福考试，并且要取得好成绩。

你已经参加工作了，要合理安排工作和学习的时间，对工作中的一些问题，要想办法解决，不能怨天尤人，这是毫无用处的。不能好高骛远，认真做好每一件小事，形成严谨的作风。任何工作都能锻炼人，对人的成长都是有益的。以后你会体会到，真正的伟大来自于平凡。工作基本上就是不断地把一种事情或者基本相同的事情做好，有好多是每天把一件重复的事情做好……有好多看似带有偶然性的结果，仔细想来大多其实是必然……

女儿，爸爸不是要强加给你什么，既然我能教导我的员工，引导企业的发展，我也能把一些有益的要求带给你，对你的成长有些帮助。爸爸虽不希望你成就什么大的事业，承担过重的压力，也多次明确不让你经营大企业，但毕竟你得承担比一般人更重的担子……

我们就你一个女儿，我们希望你能愉快工作和生活，但不能没有约束，不能自由散漫。

真诚地希望你健康成长！

关心、寄希望于你的爸爸

2006.4.9

这封信的落款日期告诉我们，那个时候，正是鲁南新时代药业的建设如火如荼的关键时刻，同时，也是写信的父亲陷入癌症痛苦的艰难日子。尽管，此时的我们已经无法知道一个父亲写这封信时的心境了，但是我们完全可以想象到，拖着重病之躯的强者，经历了一个千头万绪、操劳至极的白日后，面对漫长的夜晚和远在异乡的爱女，内心的那份难以描述的寂寞与孤独。

感受到这一点，我们也就理解了女儿赵龙面对父亲的假发时的泪花了。

一个国家或团队，甚至一个人，最大的苦闷，是苦闷被压抑在心中，得不到宣泄。宣泄的过程从另一个视角来看，也是一个展示、倾诉的过程。

人生就是这样，你既然选择大海，就要接受它跌宕起伏的胸怀。

一个人的一生，无论长与短、精彩与落寞，都是复杂的。假如我们仔细选择几个节点，那么我们就不难发现一个人的人生的轨迹，就不难看出他的内心世界。

1977年，金榜题名那年，赵志全才20岁。那是他改变自己命运的第一次跳跃，我们可以用“鲤鱼跳龙门”来形容他当时的心情了。作为一个“农二代”，他和所有的农村青年一样，想要改变自己的身份，换一个让整个村的人都可望而不可即的非农业户口本、一个国库粮证。吃国库粮是整整一代人的梦想，那些面朝黄土背朝天的农民的后代们，只有那些出乎其类、拔乎其萃者，才有机会实现。赵志全实现了，毫无疑问，他是国家政策的受益者。在撬开机会的大门后，赵志全是凭借自己的实力，艰难地走出黄土地的。他没有忘记给他机会的国家，没有忘记自己是国家供养的大学生，于是他不动声色默默地奉献了10年。

10年后的1987年，一直在底层工作的赵志全，终于等来了事业中的一缕曙光，那是一缕他渴慕已久的光亮，那年他30岁。这次生命的跳高，是他改变现状、改变自己平庸命运的开始。我们可以说，这是他做大事的一次千载难逢的机遇。毫无疑问，赵志全依然是国家政策的受益者。知恩必报的他，在计划经济和市场经济相互交集的时代，苦苦拼搏了10年。

10年一晃就过去了。这10年是中国经济急剧变革的10年，是观念转变的10年，10年里发生了多少难以预料的故事。10年风云际会，多少企业改革风云人物折戟沉沙，1987年全国第一批承包的厂长、经理们，大浪淘沙后还剩下几人？这样的10年，赵志全是怎么熬过来的？是什么精神支撑着他走过艰难的10年的？

那么让我们来读一首《热爱生命》吧——“我流浪儿般的赤着双脚走来，深感到途程上顽石棱角的坚硬，再加上那一丛丛拦路的荆棘，使我每一步都留下一道血痕。”

1987年在北京的诗人食指，无意间给那一年开始创业的弄潮儿画了一幅真实的画像。只用若干年，这些当年吃螃蟹的人，大部分销声匿迹了，但这充满玄机的诗句，依旧被那些拥有鲜花和掌声，也因此遍体鳞伤的创业者作为先见之明的谶语反复品味着。

仔细品味，似乎这首诗也是写给赵志全的，尽管那时候，赵志全正值血气方刚之际，创业的激情和对未来美好的憧憬让他没有来得及品尝生活、事业强加给他的艰辛。

所幸的是开始创业的赵志全没有沉沦，他创建的鲁南制药在市场的风雨中没有迷失，他风光无限地一路走了下来。但是，我们依然从食指的诗句里，给强者赵志全找到了合理的诠释——但我有着向旧势力挑战的个性，虽是历经挫败，我绝不轻从！我能顽强地活着，活到现在，就在于：相信未来，热爱生命！

一个10年过去了，又一个10年开始了。在1997年，也就是“九六决战”胜利后的1997年，在庆祝承包经营十周年演讲比赛上，赵志全用从未有过的口气，严肃而认真地说了这样的一段话：

我深深地爱着我们鲁南制药和每一名员工，执着追求着

> 鲁南制药富强的不灭梦幻，多少次风雨兼程，多少个不眠之夜，多少酸甜苦辣，多少悲欢离合，无论风雪严寒，无论炎炎夏日，一年一年，一天一天，一时一刻，期盼着明天会更好，期盼着鲁南制药会更好……

我想，这时的赵志全，历经了10年的市场拼搏，经历了10年的艰苦创业，人生的各种滋味，创业的各式困惑他都尝遍了，此时他的境界已经从最初的自我展示，彻底升华了。这时的赵志全，应该像毛泽东评价白求恩时说的那样：一个高尚的人，一个纯粹的人，一个有道德的人，一个脱离了低级趣味的人，一个有益于人民的人。

又是10年过去了，患癌症的赵志全心里最清楚，他还有好多的梦想没有实现，鲁南贝特要升级，鲁南厚普要扩产，新时代药业要完善……他组建的数十个博士、几百个研究生组成的研发团队，在中药、西药、生物制药等不同的领域内，研发的具有领先水平的新药，开始开花了，有些已经结果了，他多么希望自己能看到所有那些顶尖级新药啊，那样该有多少患者没有了痛苦……

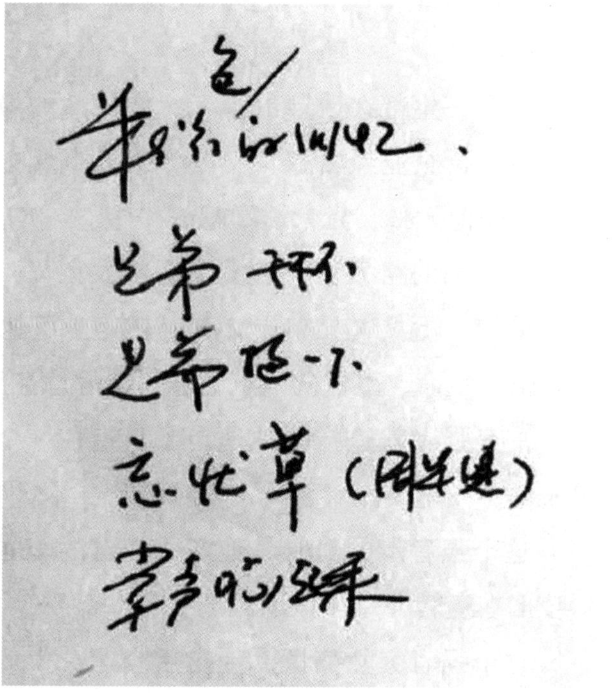

赵志全生前写下的五首歌名

“无奈朝来寒雨晚来风……自是人生长恨水长东。”南唐后主李煜的词，也许让赵志全有所共鸣了，但是他没有工夫感叹。作为一个意志坚强的人，他忍着生不如死的病痛，抓住生命的夕阳最后的明亮，持续疾行，以给后人铺设最平坦的路，给鲁南制药开拓更大的生存空间。于是在新时代建设如火如荼的时候，他拖着五劳七伤的病体，开始了鲁南厚普公司的扩建。

他依然渴望老天再给他一个10年。

老天好吝啬，再也不会给一个强者10年的时间了。

2014年11月，赵志全感到生命的烛光开始黯淡了，可是他还在签发一系列的批文，安排鲁南制药的后续发展规划，签字批复给员工涨工资，分配新的宿舍楼……直到他觉得无法支撑了，才通知远在美国读书的女儿速归。

2014年11月14日深夜，他签发完报告，写完那个令人震惊的遗嘱后，在那首《忘忧草》低缓的旋律中，没有惊动任何人，悄悄地走了……

这个一生都在改革的强者，在生命的最后时刻，仍旧以自己的行动，以私营企业经营权移交的方式，点燃了他企业改革最后的一把焰火，走完他无私、光荣、奉献的一生。

去天国的路太长，为了不至于太寂寞，他带着《粉红色的回忆》《兄弟抱一下》《兄弟干杯》《掌声响起来》《忘忧草》五首概括了他爱情、生命、事业的节点的歌，静静地上路了……

一个强者就这样孤独地走了，走在一个寂静的深夜里，走在一个漫长的冬夜里……

这个强者走的时候，他亲手创建的车间里，员工依旧在忙碌，机器依旧在运转，灯火依旧阑珊……

这个强者突然离世，他走后企业产生的巨大变数，以及带给整个社会的担忧，都在一份深思熟虑的遗嘱里化解了，犹如他离开的那个夜晚，一切都在正常运行。

伟大的开始难，伟大的结束更不容易。一个圆满的句号，永远是一个强者最伟大的杰作。

就在员工守在他的坟前迟迟不肯离去时，他的遗孀龙广霞含着眼泪说："他把两辈子的事都做了，让他走吧，去天堂里好好休息休息吧。"

其实又有多少人知道，他那个宏大的规划才刚刚开始。一个强大的人走了，他内心的孤独我们能体谅多少呢？让我们沿着他创业的足迹，寻找那些能体现强者孤独的细节吧。

八、强者的孤独

（一）

在俗人的眼里，天下之人熙熙攘攘，皆为利往。无私的赵志全当然明白这些道理，所以每次培训业务将士，他都要亲自上课，他讲课的内容，差不多都是围绕着人品、道德来教育员工——我知道，我深深地知道，家庭培养一个孩子的不容易。你们完成了学业，来到鲁南制药，也就是把责任交给了我。我知道你们的父母期望什么，你们自己期望什么，我更知道我的责任是什么，当然我也知道该如何做。我要求大家学做业务，首先学会做人。

从每一个业务将士进入业务队伍的第一天起，我就反复要求树立正确的指导思想。要有良好的思想品质，这是首要的，因为只有树立了全心全意为公司经营工作献身的精神，具备良好的品质，才可能成为一名合格的业务将士，才能完成公司赋予的使命。说了半天，精神对个人到底有什么作用？是空谈吗？绝对不是。大家知道，世界上的动物，总体上分为两类，一类是高级动物，另一类是低级动物。简单地说，如果一个人单纯追求自身的物质利益，那他就不配作为高级动物。

我曾经多次谈到过，一个人，一个年轻人，特别是一个业务将士，最宝贵的是靠自己的品德、业绩树立自己的形象，让公司对你信任。这是你一生中最宝贵的财富，一旦失去了，也是你最大的损失。这一点，有些人至今仍不能深刻理解。

人是要有追求的，好多土豪连他自己都一筹莫展地说“穷得除了钱，什么都没有了”。可是，无论你怎么教育，在金钱面前，总是有不少人丧失了人格。

人是复杂的动物，一个上万人的大企业就更复杂了，为此赵志全制定了一系列的奖惩制度。当不少人披红戴花受到奖励，拿到大笔的奖金时，也会有人受到惩罚甚至受到法律的制裁。作为一个万人财团的掌门人，赵志全最不愿意做的事情就是处罚员工。可是管理那么多人，必须恩威并重，奖罚分明。每当要处罚员工的时候，一向干脆果断的赵志全就犹豫不决了，他在办公室里来回踱步，总是笔重如椽，迟迟签不了字。

这个细节，是我在后来的采访中无意间得知的。采访专家招待所经理时，她说：“都知道我们赵总在创业上是个杀伐决绝、乾纲独断的人，其实他也有不为人知的一面。你说他满腹柔情也行，你说他优柔寡断也中，反正每到处理违反纪律，或完不成业绩的员工时，尤其是那些触及法律的员工，他痛心疾首的样子很感动人。

记得有一次，对一个员工的处罚结果出来了后，人力资源部呈报上来，需要他签字，可是他一连好几天下不了笔。我听见他自言自语地说，‘我不喜欢整治人，这些不听话的孩子呀，你们为什么非要逼我处罚人呢，唉！’

他那声叹息显得很无助，也十分无奈。

我想起赵总在谈话时曾说，‘对没有完成指标或违反纪律的业务将士的处理，是经过深思熟虑、慎重做出的。我不愿看到一些正值青春年华、处于个人发展时期的业务将士，在人生的历史上，留下一个抹不掉的污点，但是我们更应该维护纪律和制度的尊严。’就以此来劝解他。

赵总没有回答我，他看看我，答非所问，‘你们说，我是坏人吗？’

看看一向果敢的赵总突然变成这个样子，我想笑却又不敢。

赵总就是用这种严厉的手段和菩萨心肠加上苦口婆心的训导，终于带出一支敢打、敢拼、能上能下的队伍，他对这支队伍看得比什么都重要，他常说，要没有这支队伍，就没有现在的鲁南制药。”

此时，我想起谢宇的话：“别看老板这个人对集团人员的管理异常严厉，大家都敬畏他，其实他内心深处却是一派柔情，凡是被他教训过的人，又都怀念他。2011年的冬天，我给他当办公室主任，当时新时代正在修建一条厂区路，赵总检查后，发现平整度不达标。一向做事严格的赵总立时就火了，拨打经办人陈富的手机，当听说对方在吃饭时，他的口气立刻缓和了许多，说，‘吃过饭，你到厂子大门口。’

一会儿陈富来了，他看见赵总已经在那里站着了。

当面，赵总把陈富批了个狗血喷头，批完后还不放过，让他站在路边反省。训完人，赵总气呼呼地就离开了，一阵寒风从湖面上吹来，赵总扭头对我说，‘你赶快去找一件军大衣送过去，千万别把这小子冻感冒了。’

事后陈富不止一次地说，跟着赵总这样的人干事儿，即使挨了训、被处罚了，心里也暖乎乎的。”

这个细节，我曾找当事人核实过。陈富是新时代药业基建部的，他说：“确有此事，不过时间上应该是2011年3月初，天气的确很冷。

年初赵总下达了新时代药业1000亩的绿化任务，我们基建部立刻行动起来。赵总从北京开完人代会回来，我们基建部的气氛紧张起来。先是听说办公室因绿化征地补偿没有做好被赵总批了，接着我们也受到了严厉的批评。仔细想想是因为我们工作没做好，才引起他发脾气。赵总批评人，给人的感觉就像父亲训自己的孩子，他发起火来，恨不得踢你一脚，扇你一巴掌，一副恨铁不成钢的样子。我敢肯定，中层干部没受过批评的不多，但他对普通的员工却非常亲和。批评归批评，只要你把事做好了，他立刻一脸笑容地表扬你，先前所有的批评立时就会一笔勾销了。

表面严厉的赵总，内心的那种善良，以及对人的那种真情实意的体恤，是他获得我们全体鲁南制药人爱戴的重要的原因。”

这个插曲印证了强者赵志全拥有善良的内心世界绝不是妄言猜测，表面平静的他，内心深处熊熊地燃着一团火。

专家招待所经理继续说：“我是2004年进厂接任专家楼经理的，现在我才知道，那时候赵总已患癌两年了，可是我们这些人没有一个知道。有一次，负责清理办公室卫生的王娟问我，‘经理，我们赵总是不是吃药了？’那时，我还不相信。她说，她在清理垃圾时发现了药物的包装。当时我就没往心里去，人吃五谷哪能没病，头疼感冒谁没有？后来才知道赵总每次吃完药，都是自己悄悄地把包装袋处理掉。这样一个坚强的人，在处罚员工时的犹疑不决，更让我们看到他心地善良的一面。

老板去世了，那些被他处罚过的人，像约好了似的，从全国各地赶来，给我们赵总吊孝。这些人大都是从微信，或者朋友处得知赵总下葬的日子，他们从四面八方赶来了。他们在登记处拿出祭奠礼金时，被一一拒绝了。办事的人告诉他们，谁想对赵总说什么话，就写在簿子上。按说他们是被处罚过的人应该对赵总有意见哪，可是他们留下的都是感激赵总的话，写着写着他们一个个都哭了。”

采访完经理后，我翻阅满满两大箱子留言簿，找到那几个被赵总处罚后离开鲁南制药的人，他们的留言大都是“人生的老师，事业的挚友”“兄长，一路走好。惹你生气的小弟”“赵总，你教会了我做人、做事的本领”之类的话，我想，这应该是他们的心里话了。

能够感动被他处理过且已离开鲁南制药的人，而且不仅仅是一个人，我想，赵志全一定还有感动他们的理由，只是物是人非我们无法解密了。我只能用这样一句话来解释：要让一个人或几个人感念你，可用小恩小惠，让成千上万的人感念你，必须靠大德大爱。

（二）

只要是有利于企业发展的事情，赵志全就会不惜一切去做，为此，他常常付出代价。在创业的路上，几乎没有什么能阻拦他前行的脚步。他常对销售人员说：“大胆闯，你们不要怕，鲁南制药就是你们的后盾，我就是你们的支撑，天塌下来我先顶着。”正是他这种强势的支持和精心的呵护，才有了那支令同行羡慕的销售队伍。

赵志全的性格，决定了他做事的果敢与决绝，说话做事从不拖泥带水，干脆利落。集团总部边上的贝特制药厂，规划建设时那里还没有路，后来城市发展了，建了一条路，正好要通过厂区。领导找到赵志全，要他让道。赵志全摇摇头，跟领导讲——鲁南制药生产的是治病救人的药，做药需要一个相对环保安全的环境，现在我们的企业，经过将近20年植树、种花、栽草，几十年相对封闭的生产环境，已经形成了适合产药的独特气候。我们的产品之所以在市场上有竞争力，除了我们的科研投入，就属我们的生产环境独一无二。如果在厂区中间通开一条路，那么我们多少年苦心孤诣，培养起来的小环境就彻底葬送了。道理摆出来，领导明白了。

又一届领导来了，领导又找赵志全谈话，赵志全依旧是这个态度。

又一届领导来了……不就是一个企业吗，政府的话都不听了？

赵志全不干了："提高民众的生活质量，造福社会，不光是政府的事情，做企业的不也是为此在忙碌吗？通路，可以，找个双方都有利的途径不是更好吗？走地下行不，政府负责设计、建设，我们企业投资，一个亿够不？"

这就是后来社会传的：有钱就是任性，赵志全真牛。

赵志全有苦难言，有种跳进黄河也洗不清的无奈。强者的无奈谁人知晓？

就在银黄口服液畅销的时候，深圳一家药厂也开始生产这种产品。于是竞争开始了。竞争从来都是多元的。那时，我们国家还在运行着双轨制度，尽管赵志全属于承包经营，他率先走市场。走市场就得有自己的业务队伍，那时赵志全手下不过三五个业务人员，尤其是那个最初和他一起闯市场的唐功师，可以说是赵志全手下的得力大将，具有独当一面的能力，对鲁南制药当时的销售起着举足轻重的作用。赵志全对他高看一眼、厚爱一层，可是他独独忽略了一点：越是人才，你的对手也盯得越紧。

1992年在上海药品交易博览会上，深圳的那家企业开始挖角了。当赵志全面对这个意外的消息时，他有一种被人割了一刀的疼痛。那个时候他刚刚走出困境，亟需销售人才，可是他无法开出深圳药厂的条件。那天他试图说服手下的大将，希望他留在鲁南制药，用他的话说："咱们鲁南制药刚开始走向兴旺，你是对鲁南制药有功的人，鲁南制药不会亏待每一个创业的功臣。"

人是复杂的动物，许多时候，镀金的许诺远远比不上一个看得见、摸得着的现实。那天他痛失干将，可是天要下雨，娘要嫁人，他也没有办法，他能做的只有握住战友的手，送他一程。可是他心中的痛苦谁人知晓？

多年后，鲁南制药的第6个业务员李兵给我讲述了23年前的一幕：“赵志全是派老唐去打上海市场的，老唐被对方瞄上了、说动了，决定离开鲁南制药到深圳发展。当时我们全厂只有7个业务员，老唐是最早的省外业务将士，是佼佼者，我们都是新手，还无法替代他。他的离去对鲁南制药、对赵总都是巨大的打击。可是赵总知道，人一旦有了去意，你就是留下他，也是人在曹营心在汉了。

赵总没有表现出不满的情绪，他摆下一桌欢送宴，说，好聚好散。赵总的酒量我们都知道，一般情况下是喝不醉的。我们鲁南制药人都知道，每年新年刚过，他就要开欢送会，送业务将士出征，联欢会后就是欢送宴会，几十桌子啊，他就一桌一桌地敬酒，一圈下来，不醉。可是那天晚上他喝得酩酊大醉，是我们几个架着他离开酒店的。我知道他心里肯定不好受。那时候，我们鲁南制药正是用人之际啊。可是我们又无法劝赵总，让他大醉一场也好，忘记这些烦恼吧。

也许那次猎头对赵总的影响太大、太深了。从上海回来后，他下决心培养自己的队伍，发展自己的嫡系部队。同时，他给公司定下一条规矩：坚决不去挖对手的墙脚，无论那个人有多大的能力，他从不动心。那些从同行企业里来应聘的业务人员，他也一概拒收。鲁南制药的销售人才都是他自己从农村出来的学生里选拔的。我们赵总选用人才的标准是忠诚、吃苦，先德后才。”

李兵的话，让我想起吴清纪的故事，无意中帮我验证了吴清纪讲述的真实性。

李兵说：“赵总的追悼会上，我见到了老唐，他对着赵总的遗体深深地鞠了三躬，大泪如雨。那天我请他吃饭，说起当年的那次别离，老唐讲了一个故事，后来，鲁南制药发达了，深圳的那家药厂却倒闭了，他开始四处打工。那年他为了推销挂历，厚着脸皮找到赵总，他没有想到，赵总一句批评的话都没有，还在他最困难的时候伸出援助的手，拉了他一把。老唐说，‘赵总这人大气，我的奖金、提成一分都没有扣。我在赵总最需要人的时候，为一己私利，走了，做出对不住赵总的行为，按照常理，他应该记恨我。可是，当自己落魄的时候，又想到赵总，赵总也不计前嫌帮了我。唉，当初咱只顾自己的前景，没有考虑到赵总的感受。’

是的，人们都觉得赵总是鲁南制药的大拿，要风有风要雨有雨，人们想的都是赵总能给我们什么，我们哪里考虑过能给赵总什么？也许这就是强者的悲哀吧。”

此时我想起一个故事：前不久的一天，一群系着围裙、戴着口罩的年轻人，在台湾街头打出“有一款48万人都尝过的意大利面即将上市，你要不要试吃一下”的横幅，邀请过路的人都试吃一点。台湾人素来热爱美食，因此这样的试吃活动一下子就吸引了大家的眼球。活动方的几个年轻人，将一份份面条装在一次性纸杯里，再配上一个叉子，然后热情地端到来往路人手中。路人一边吃，活动方一边请他们在镜头里，与大家分享一下“48万人都吃过的意大利面”究竟是什么味道。几乎所有路人的反应都一样：刚开始，他们怀着好奇的心情去试吃，可吃着吃着，他们就皱起眉头来，有人说，“一点味道都没有呀。”还有人说，“感觉就是一般的面条放进水里煮熟后捞起而已。”

实际上，这份“48万人都吃过的意大利面”的确没有任何味道，但当路人们接过并阅读完活动方递过来的一张“口味说明书”时，顿时被震撼了。只见这张卡片上写着：目前，癌症患者在台湾有48万人，他们在接受化疗的时候，味蕾会被破坏，吃东西时基本吃不出味道。毫无味道的意大利面，我们今天只是试吃了一口，可这样的食物是化疗过后的癌症患者三餐都要面对的呀！所以，恳请大家为癌症患者付出多一分的关爱！

了解到真相后，路人无一不被感动，许多人甚至流下泪水。他们纷纷夸赞这样的试吃活动办得很有意义，并十分配合地三三两两站着，高举起“我们陪你一起走下去”的横幅，让举办方拍摄出一张张照片。因为大家都相信，这些照片能给台湾48万癌症患者，带去不一样的精神鼓舞！

现在，我们都知道，赵志全患癌症整整12年，12年来，员工们无数次看见他在职工食堂吃饭时的微笑。他的头发因化疗掉光了，他戴着以假乱真的假发，依旧微笑着出现在员工面前，出现在人们的视野里。所有人看到的都是一个强者赵志全，可是又有谁能够体味到一个强者所忍受的苦难啊。

其实，我们翻阅所有成功者的档案，就会发现这些成功者都具备了一个共性：当别人不明白的时候，他明白自己在做什么；当别人不理解的时候，他理解自己在做什么；当别人明白的时候，他富有了；当别人理解的时候，他成功了。

成功者其实就是领先一步的先行者。

大浪淘沙时，残酷的商战后，存活下来并做大、做强的企业，都有一个具备莫名的天赋的领导者，没有这样的能力，是看不到希望的曙光的。就像30年前说下海能赚钱，20年前说炒股能发财，10年前说互联网能改变人们的生活一样，那些人当时可能被认为是骗子，可是历史证明，那些骗子都成了富豪。当年赵志全也同样面临着这种质疑。

1998年，赵志全已经感觉到生物制药的重大意义和它带来的广阔市场前景，他开始组建科研部，专门负责新药的研发。随后开始广招博士和优秀的硕士研究生。他知道人往高处走水往低处流的基本常识。当年他的得力大将被深圳的同行高薪“猎头”后，他就对重金招

鲁南贝特制药公司十五车间内包工序

贤深信不疑了，虽然他相信精神的力量，但物质的诱惑是现实的。沂蒙山是革命老区，除了沂蒙精神，其他也没有什么太大的优势。为了留住这些人才，他必须在局部创造这种优势，于是就有了博士楼、专家车、高薪等等优惠条件，就有了更多比北京还优秀的科研环境。与此同时，他必须给这些科研人才的后代们创造好的学习条件，让鲁南宝宝们享受到优质的教育，于是他筹建最好的幼儿园，招聘最优秀的教师。当时的这些投入，带来的多半是不解和质疑。

这也难怪，一个博士的工资，比三个普通员工都多，他们能创造什么呀。

一个生物研究室动辄就是上亿的投资，天哪，我们是生产厂家，不是国家科研机构，动辄上亿资金，都是员工们一分一分地挣出来的呀！发发奖金多好，一下子投进去，不知道收个葫芦还是个瓢呢。

一个项目动辄几年甚至十几年，半途而废者有之，一事无成者有之，那么多的钱打个水漂都不响，多可惜。

科研部就是烧钱的衙门……

面对种种议论，赵志全就告诉他们："任何企业要想获得大发展，都离不开新的产品。任何一个新产品的畅销，都要经过四个阶段——看不见，看不清，看不懂，来不及。我们现在研发的生物制药产品也是这样，当我们看到它的市场前景的时候已经来不及了。所以我们必须在看不见的时候，就开始动手。只有这样，我们才能牢牢地抓住它，实现我们鲁南制药的财富梦想。任何财富的缔造过程也都有三个参与者：先知先觉的经营者，后知后觉的追随者，不知不觉的消费者。在1987年我承包鲁南制药的时候，在座的各位可以想想，那个时候，你想到过家庭电脑吗？你想到过手提电脑吗？肯定没有。说实话，我也没有想到，可是1987年的柳传志想到了，所以他成了中国的巨富。我们成了他这位先知先觉的经营者的不知不觉的消费者。于是，我们给他提供了源源不断的财富。我不是先知先觉的经营者，但我知道，医药行业的前景，就在生物制药领域里，所以我们必须牢牢地抓住不放，以此实现我们鲁南制药的百亿企业目标，成就我们鲁南制药的百年基业。"

可是那时候，赵总说这些无疑是超前的。好在赵志全是个强悍之人，强者的优势就在于他可以乾纲独断，把事情做好。但是决断后面是众多的不解，所带来的那份孤独，只有他一人在漫长的时间里独自忍受。这似乎也是强者的宿命吧。

（三）

就在赵志全的师哥王法义渐渐被他“疏远”的时候，同一时间，他的另一个同学，乒乓球对手，临沂市的业余乒乓球冠军王向群，也感到了他的“冷淡”。他们俩在回忆时都说：“这个时间大约是2012年下半年。从此，你基本上见不到赵志全的影子了。”

如果说知根知底的王法义还能理解的话，乒乓球对手王向群却觉得不可思议了。在这之前，市总工会在新时代药业举办过多场大型的乒乓球比赛，那时赵志全总是以自己特有的推、挡、抽、杀的姿势出现在赛场上的，可是现在他似乎销声匿迹了，你打电话他也接听，声音还是那么洪亮，只是他在哪里，在做什么，就不知道了。与他有着共同感受的还有那些曾与他多次打交道的各级官员。后来，就是省里、市里的主要领导来了，他顶多到现场简短地碰一下面，就匆匆地走了。昔日的客户来了，招待一切照旧，可是再也不见赵总出面了。这期间，企业照常运行，产品依旧热销，赵志全怎么了？唯一的解释就是：人有钱了就任性，钱多了架子就大了。于是人们对赵志全的种种不解，甚至怨气开始膨胀，各种怨言开始传播。

可是在厂里，赵志全总是尽量到职工餐厅吃饭，他依旧微笑着同员工打招呼，员工们依旧热情地喊他“赵总”。除了消瘦、苍老，在员工眼里，他们的赵总没有太多的变化，鲁南制药的一切照旧。于是外界就更加不解了。有人说老赵在小圈子里搞个人崇拜，在鲁南制药搞“独立王国”……凡此种种，赵志全一概不去解释，因为他还有好多的事情要做。

在2014年初，他到北京开全国人民代表大会，与之同行的全国人大代表王士岭，见他一脸的疲惫，忍不住地问：“老弟，你哪里不舒服？”

赵志全摇摇头说：“我有点累。”就是这个有点累的人，到达北京的当天晚上，让秘书来到王士岭的房间，说：“赵总安排我来给你服务，我们鲁南制药在北京有办事处，熟悉情况。”王士岭很受感动。

2014年11月18日的追悼会上，王士岭一脸后悔地说：“那时候不知道他是癌症后期呀！”

昔日的那些朋友大都知道他的酒量，日子长了，就想找他喝一壶，就在他们发出“志全你在哪里”的询问时，赵志全就在新时代药业，那个给专家建造的小楼里。小楼背倚小花山，面对着温凉河，在绿树红花的掩映中，静静地蹲在阳光里。

如果说三年前，他是在鲁南制药集团总部和新时代药业之间往返的话，那么现在他就在这座小楼里，指挥着鲁南制药。直到生命的终结，他都没有远离这座绿树掩映的小楼。

外人不知道，第一次手术后，赵志全就不再抽一支烟，不再喝一滴酒了。住进专家楼后，他唯一没有改的习惯，就是到职工餐厅里，与他的员工一起就餐，享受那份与员工在一起的欢乐。只要没有其他重大事务，一日三餐，他都会过来，向自己的员工笑一笑，挥一下手。

外界的人不知道赵志全在干什么。

集团总部的厂医张传林就是从2014年春天来到新时代药业的。他是1991年毕业的大学生，专业是临床。那年赵志全去市教育局要大学生，就这样，张传林来到鲁南制药。他清楚地记得，那是2002年的11月，赵总觉得不舒服，呼吸不痛快，胸部不太好受，张传林就动员他去市医院检查一下。那时赵总身体好得很，是厂里的长跑健将，打乒乓球一气能打十几局，只要有空闲，他就活跃在体育场上，平时连个感冒都不得的。在张传林的一再督促下，他去了医院。

应该说，张传林是最早知道他患了癌症的人。这是整个鲁南制药上万人中，知道赵总患癌症的仅有的两三个人之一。按照赵总的意思，消息就控制在这个范围里。赵总对他和秘书说过："癌症没有特效药，目前最好的特效药就是抗，抗病就跟抗战打鬼子一样，是一场战争。既然处于战争状态，你就得在战略上藐视对手，在战术上重视对手，该手术的就手术，该化疗的就化疗，前提是不能把自己给化垮了。抗病要的是强大的精神力量，你精神强大了，再邪乎的病就都渺小了。"

一个癌症患者居然有这样的心态，医生张传林觉得鲁南制药集团有望了。

一晃就是十多年过去了，赵总还是那样忘我工作，厂医张传林觉得这是一个奇迹。就在他希望奇迹延续的时候，秘书通知他："到新

2011年2月18日，赵志全代表在费县调研社区文化书屋的建设情况

时代上班，赵总那里需要你。”他心里一紧，知道事情不像他想象的那么简单了，便匆匆赶到。

那些日子，他目睹了一个强者抗击癌症的全过程。

当我向张传林询问赵志全后期的情况时，他含着泪水帮我解开了赵志全隐身之谜：“强者的精神力量是强大的。十多年的抗争，一个人的体力是透支的，到了最后两年，赵总的身体极度虚弱，连一场感冒都经不起。所以，在不耽误他正常工作的情况下，我们对他实行严格的隔离治疗，尽量不让他接触过多的外人，给他一个相对独立的环境，于是那个远离闹区、相对安静的小楼，就成了最合适的选择。从那时起，除了非出面不可的事情，一般情况下不让他同外界直接联系。秘书、网络、手机成了他链接整个企业和市场的通道。

2013年5月，赵总的胃口开始下降，食量大减，对一个久病的人来说，这是一件令人担忧的事情。我就给他施行理疗，从5月一直到年底，终于让他的体质开始恢复了。

一天，我对他说，‘你的病情应该给赵龙说说了。’

他很坚决地摇摇头，说，‘没有必要，病在我身上，就得我自己来承担，谁都替代不了我的痛苦。再说，他们都有自己的事业，给他们讲述实情，只能给他们增加担忧。停了停，他又说：传林哪，我之所以不让社会、员工知道我的病情，不是我害怕死亡，毛主席他老人家说过：人总是要死的，但死的意义有不同。眼下，我们鲁南制药正是向国家大型药企奋进的关键时刻，我的身体状况事关整个大局，员工的稳定，客户的心态，市场的观望等等，我们鲁南制药输不起呀！’”

说着，张传林一声长叹。

写到这里，读者也就明白了开篇中赵龙的惊讶——爸爸的白发去了哪里？

写到这里，我想起吴清纪讲的故事——那时候，他在外地开拓市场，一天，一位熟悉的医生对他说："听说你们的赵总在上海手术，癌症末期。"

"谁说的？我们赵总好好的。昨天晚上，我还给他电话汇报了30分钟呢。"

"是一个药厂的业务员说的，他告诉我，鲁南制药的赵总快不行了，这个企业很快就会垮的，他让我们使用他们的产品。"

"造谣，绝对的恶意诽谤。"

那时的吴清纪只知道在竞争市场里什么事情都可能发生。这几年，外界对赵总的谣言太多了，对见惯了赵总形象、听惯了赵总洪亮声音的吴清纪来说，日子一长，这样的传言也就成了"狼来了"的当代版。直到2014年那个阴沉沉的冬天，他泪流满面地站在《忘忧草》的旋律里，才对自己的疏忽大意自责不已。

其实，这绝对不是员工的疏忽，而是赵志全隐瞒得成功。

张传林接着说："2014年5月2日，我们公司一年一度的运动会开始了，这几天，我们赵总的心情一直都不错，体质也恢复得相当乐观了。他要参加运动会。我知道他的心思，他想看看员工，跟他们一起欢乐欢乐了。

因为这些年，不断地有传言说赵总得了绝症，也有传言说赵总活不了几天。每一个传言都会在员工中引起巨大的波澜。然而，一个有鼻子有眼的传言，都在赵总的背影所到之处，都在他爽朗的笑声中，不攻自破了。

那个时候赵总的病已经加重了，只是他比别人能忍耐，坚强的性格和乐观的精神，把病情彻底盖住罢了。

可是一年一度的运动会，群情欢呼，喜气洋洋。要是放在往年，赵总早就上场了。体育是他的强项，多少年来，他龙腾虎跃的身影都在体育场上闪现。那天他跟往常一样讲了话，又跟在长跑的刘忠博士他们的后面，鼓劲加油，折腾了大半天。运动会结束后，他又召开了业务大会。

高强度的工作，让虚弱的他感冒了，这次感冒引发了身体的病变，持续低烧，硬是一个月都没有降下来。持续一个月的低烧哇，谁受得了？我们一向坚强的赵总啊，就这样彻底倒下了。

后来，我们只好用一个轮椅推着他，在院子里转一转，再后来，只能在楼上转一转了，这时候，他呼吸困难，不得不吸氧气。可是他没有躺下，他就吸着氧气坐着轮椅批阅报告、文件。那个罪啊，不是常人所能承受的。

作为监护医生，每天我都把采集的数据传给北京的专家，让他们分析，帮助我们确定治疗方案。这次专家们看完数据后，立刻通过电话询问我，'现在，这个病人在重症监护室里表现得怎么样？'

我告诉他们，'他在办公室里工作呢。'

对方一口否定，'你开什么国际玩笑？这样的病人还能工作？'

我说，'是的，赵总不但在工作，他自己还可以刷牙、洗脸呢。正常的生活一切都能自理。'

对方连呼，'不可能，不可能！这绝对是不可能的。'

不管专家们如何否定，可是，奇迹依旧在赵总身上延续着。

每天早上，我去看望，他都会笑着问，'传林，你看我的气色比昨天好多了吧。我告诉你一个好消息，早饭我多吃了一个鸡蛋。等熬过去这几天，我们就去职工餐厅和员工们一起就餐。'

我知道他这是在给自己鼓劲加油，他需要正能量。我顺着他意思夸了几句，可是一扭头，就掉下泪来。

在一楼，我含着泪嘱咐专家楼里的工作人员见了赵总都笑脸相迎，多说一些给他鼓劲的话。譬如，'赵总，您今天气色好多了。’‘赵总，过几天你教我打乒乓球吧。’‘赵总，咱斗一把地主吧。’总之，要鼓励他，给他正能量。我们的赵总为了企业的发展把自己掏空了，他需要力量啊。

太阳从河东跨过河西，一天就过去了。秋天来了又走了，冬天随后就到了。赵总就在这里批阅文件、签署命令，拖着孱弱的身体，指挥着各路将士。

我知道，他的每一个日子都很艰难。

我知道他患的是最疼的癌症，我多么想听一声他痛苦的呻吟。可是没有！整个夏天没有，整个秋天也没有，漫长的冬天熬到11月，依然没有。白天，我听到的是他吩咐秘书、安排工作的声音，看到的是他坐着轮椅工作的身影；晚上看到的是窗前静静的灯光……

熬到11月，我们赵总感觉到日子不多了，就电令远在美国读书的女儿回来。

匆匆赶来的赵龙，不相信自己的眼睛，她呆呆地看着一向刚毅、坚强、高大的父亲，居然变得如此消瘦，她哭了，‘爸爸，你这是怎么啦？’

外孙女小宝不知道发生了什么。她依旧欢快地跑着，喊着‘姥爷抱抱，姥爷抱抱’。

我看见，赵总努力地一笑，他伸出双臂想去抱可爱的小宝，可是长长的双臂却显得毫无力量，他努力了几次，都没有成功，他知道自己再也抱不动小宝了。那一瞬间，我们看见无助的眼泪顺着赵总消瘦的面颊慢慢流下来。

看到这个场景，我也就理解赵总生前为什么喜欢《掌声响起来》——‘孤独站在这舞台，听到掌声响起来，我的心中有无限感慨……经过多少失败，经过多少等待，告诉自己要忍耐。’

面对一个强者孤独、无奈的眼泪，我深深地感觉到，当病魔把他所有的气力都吸走后，连忍耐的机会都没有了。

2014年11月14日晚上，就在我们默默的祈祷中，那个为鲁南制药耗尽最后心血的人，静静地离开了他牵挂的员工和家人，永远地走了。”

尾 声

2015年11月14日，是赵志全逝世的周年祭日。按照乡村风俗和赵家的祖训，祭日坟是要隆重操办的。五叔赵元常跟龙广霞协商，决定遵循亡者的遗愿从简办理。他们算了一下，赵家族人及集团领导不足百人，可是，当赵元常带着赵氏的后代们，携带香火、供品，走到玉带山下时，寒风里，他看到玉带山下早已人山人海了，少说也有2000人。原来，员工们和周边的群众，早就惦记着这个日子，他们一个个顶着冬日的山风，早早地在玉带山等候了。

这个场景让我的思绪回到一年前——一个从不张扬的人，在长夜的孤灯下，在写完遗嘱后，轰然倒下，再也没能站起来。这不幸的消息，通过员工的手机，通过现代化的媒介，瞬间传遍了小城，传遍了四面八方，穿过浩渺的海洋，传到遥远的西方。人们从四面八方赶来，为他送行。那天，赶来送赵志全的少说也有15000人。

“这个宏大的场景，成为坊间考量一个人社会价值的衡器，是人心所向的一道永恒的风景。”一位徒步参加了葬礼全程的副市长发出这样的感慨。这位副市长就是临沂市委常委尹长友同志。半年后为验证这一细节，我专程采访他，他说，没有参加那次葬礼的人缺乏现场的感受。那天，所有的车辆都无法开动了，他是步行走了十里路才挤进殡仪馆的，平日里冷冷清清的殡仪馆里，人哪，比肩接踵，连个插脚的空都没有。人们都想最后再看赵总一眼，送赵总一程。人哪，死后能有这么多人怀念，生前他一定了不起。

看看这位副市长一脸的敬意，我深感遗憾，我为没有参加那场宏大的葬礼而遗憾，为没有送赵总最后一程而遗憾。

他说："你们作家不是喜欢细节吗？我给你提供一个。那天，殡仪馆为什么一下子拥进那么多人？秘密是一个附近板厂的小老板透露的，得知赵总火化，小老板就放假一天，带着员工来了，小老板和赵总无一面之交，只是听说赵总和员工们的关系特别好，就想实地感受一下。看完后，小老板说，'人家赵总之所以能把企业做得那么大、那么好，看看眼前的阵势，咱就明白了。'"

都说天地之间有杆秤，砣是老百姓。这话有道理。一个人活着的

自发地为赵志全送行的人们

意义，不在于你自己有多幸福，而是你为多少人创造了幸福。谁的福报越多，谁的生命的意义就越大。

祭奠开始了。

五叔赵元常点燃了纸钱，草纸在《忘忧草》的旋律里噼里啪啦地燃烧着，无数灰片蝴蝶般地在坟前群舞，天空，无数的鸟儿在盘旋，构成了玉带山上的一大奇观。这景观让人们想起一年前赵总下葬的那天，当送葬的哀乐和悲恸的哭声在玉带山下响起来的时候，清晰的温凉河开始模糊起来，一会儿，大片的河雾氤氲浮升，向玉带山逶迤而来，工夫不大，玉带山就陷入雾中。太阳的霞光穿透了雾幛，云蒸霞蔚的景观突兀而现。老人说：人在做天在看。那是上天对一个好人的眷顾。

今天，看着鸟飞蝶舞的场景，五叔想到了一年前的景象，他站在赵志全的墓前，低声叨念："都一年了，大伙还惦记着你呢，志全哪，你就知足吧。"

这不仅仅是赵志全的知足，也是所有鲁南制药人的知足，更是所有关注鲁南大业的人们的知足。一个拥有英模的团队绝对是充满创造能量的，一个知道珍惜英模的团队是充满希望的。我相信，所有看到这个场景的人，他们一定看到了鲁南制药的明天。

14日深夜，当我含泪敲出最后一个字的时候，正是一个创业的强者、一个有德的仁者逝世一周年的祭日，此时落笔也算是对亡者最好的祭奠了。就在我一直为这部作品寻找结束语的时候，我突然想起两天前赵龙在替父亲领"齐鲁时代楷模"奖时说的一句话——"我希望大家记住我的父亲，记住这样一个有责任感、有使命感的善良的人。"

2015年冬一稿于云空书屋

2018年2月修订于南山书院

后 记

大型文学月刊《时代文学》全文刊发这部作品时，正赶上山东省委宣传部授予书中的主人公为“齐鲁时代楷模”，中共中央宣传部授予他为“时代楷模”荣誉称号。

博大精深的传统文化，成为惊天动地的“沂蒙精神”的沃土，“沂蒙精神”在不同的历史时期造就了不同的英模人物，他们又为这一精神注入了鲜活的时代元素，时代楷模赵志全无疑是其中的佼佼者。

能让更多的人读到赵志全的故事，在情节和细节里感受他的人格魅力、道德高度，是我创作这部作品的初衷，所幸的是这个初衷基本实现了。

作为搞材料的专家，我被山东省委宣传部借调，帮助整理赵志全事迹报告稿，记得我在讨论会上说过：“赵志全这个典型之所以立得起、站得住，是因为他创造财富的方式和对待财富的心态，后者比前者更重要。”后来，我又补充说：“要从深层次认识赵志全，不要只看他创造了多少财富，重要的是看他在财富和人性间的姿态。”这个言论得到主持会议的宣传部领导的认可。

2016年6月22日，“齐鲁时代楷模”赵志全同志先进事迹报告会

多年的创作习惯，让我形成了自己写作的个性：采访不透，不彻底了解的东西坚决不动笔。这部作品依旧如此，我是在鲁南制药集团定点生活了大半年后才动笔的。我相信：只要真实地记录下这个故事，就会令读者感动，比起真实的细节来任何提升都是空洞的。我十分感谢赵志全同志，他用毕生的心血写就了一本感动时代的大书。所有的精彩情节、所有的感人细节都源于他27年对初心的坚守，源于他27年的使命担当，我只是忠实地记录而已。

我在动笔前，就把这个故事讲给泰山出版社的领导们听，听着听着他们就流泪了，异口同声地说：“这部作品就由我们泰山出版社出版了。”可见，这依旧是一个崇尚英雄的时代，也是一个感动人的时代，一个让人感动的时代，只是我们闭门杜撰的东西多了，在真实生活中挖掘的感人故事少了。两年后，新任的出版社领导依旧对这个选题给予高度的关注，他们多次约我去社里交流，并提议更改书名。可见，感动永远是一个不衰的话题，对楷模的崇敬彰显着社会的良知。

感谢《时代文学》，感谢泰山出版社，感谢所有关注时代楷模赵志全和所有被赵志全感动的人们。

附 录

中共山东省委宣传部
关于追授赵志全同志
“齐鲁时代楷模”荣誉称号的决定

赵志全生前任鲁南制药集团股份有限公司董事长、党委书记兼总经理。他用27年的时间，把一个小厂建设成为具有国际竞争力的现代化制药集团公司，为促进地方经济发展作出了突出贡献。他的先进事迹充分体现了大义忠诚、改革创新、勇于担当、敬业实干、无私奉献的价值追求和精神风貌，树立了企业家的良好社会形象，是新时期沂蒙精神的集中体现。中共临沂市委印发了《关于开展向赵志全同志学习活动的决定》。

为深入学习宣传赵志全同志的先进事迹，大力弘扬企业家精神，积极培育和践行社会主义核心价值观，中共山东省委宣传部决定，追授赵志全同志“齐鲁时代楷模”荣誉称号。

2015年11月10日

頒獎辭

豪情滿懷　無懼風雨
以廠為家　勤勉盡責
他用一生的拚搏
書寫創業者的傳奇
科學管理　心系職工
以人為本　凝心聚力
他以崇高的精神
樹立企業家的典范
改革創新　服務社會
顧全大局　無私奉獻
堪稱『齊魯時代楷模』

2015年11月10日，在中共山东省委宣传部决定追授赵志全同志“齐鲁时代楷模”称号之际，鲁南制药集团董事长、党委书记、总经理张贵民，赵志全女儿赵龙应邀做客齐鲁网，接受《齐鲁会客厅》主持人陈伟的专访。

赵振东院士颁发奖杯、证书。赵志全夫人龙广霞、女儿赵龙接受记者采访

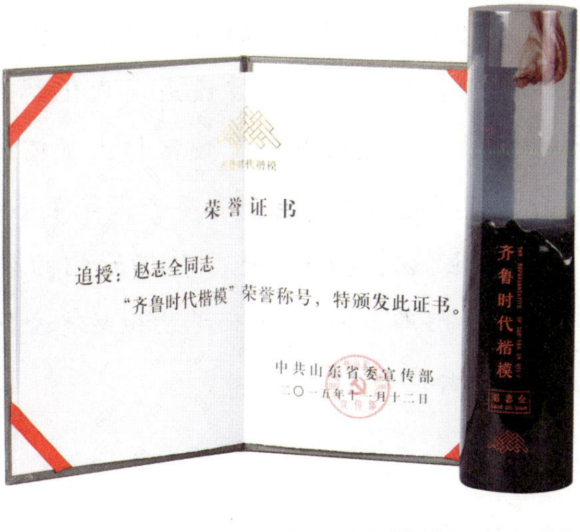

齐鲁时代楷模证书和奖杯

中共中央宣传部
关于“时代楷模”阿布列林·阿不列孜
和赵志全的表彰决定

阿布列林·阿不列孜是新疆维吾尔自治区哈密市中级人民法院退休干部，他积极响应党的号召到艰苦偏远地区工作，坚持依法公正廉洁办理每一起司法案件，以实际行动维护民族团结，努力做焦裕禄式的好党员、好干部，被评为全国民族团结进步模范个人，被最高人民法院授予一等功。

赵志全生前是鲁南制药集团股份有限公司董事长、党委书记兼总经理，他一生致力于振兴民族医药，坚持改革创业，注重科技创新，勇担社会责任，把一个濒临倒闭的小厂建设成现代化制药集团公司，为促进地方经济社会发展、带领群众脱贫致富作出了突出贡献，曾获得全国劳动模范、山东省有突出贡献的中青年专家等荣誉称号。

为进一步学习宣传他们的先进事迹，弘扬他们的崇高精神，中共中央宣传部决定，授予阿布列林·阿不列孜和赵志全同志“时代楷模”荣誉称号，号召全社会向他们学习。

2016年9月26日

时代楷模发布会现场

赵志全妻子龙广霞（左二）、女儿赵龙（左一）在时代楷模发布会现场

中共中央宣传部
追授赵志全同志“时代楷模”荣誉称号

中共中央宣传部2016年9月26日在中央电视台向全社会公开发布“时代楷模”阿布列林·阿不列孜和赵志全的先进事迹，号召全社会向他们学习。

中宣部有关负责同志，山东省委常委、宣传部长孙守刚，省委宣传部副部长刘致福，临沂市委常委、宣传部长任刚，市委宣传部副部长刘广阔，费县县委书记、县人大常委会主任程守田，费县县委常委、宣传部长、政法委书记侯占夫，鲁南制药集团董事长、党委书记、总经理张贵民出席发布活动。

赵志全生前是鲁南制药集团股份有限公司董事长、党委书记兼总经理，他一生致力于振兴民族医药事业，坚持改革创业，注重科技创新，勇担社会责任，把一个濒临倒闭的小厂建设成现代化制药集团公司，为促进地方经济社会发展、带领群众脱贫致富作出了突出贡献，曾获得全国劳动模

时代楷模奖牌和证书

范、山东省有突出贡献的中青年专家等荣誉称号。

“时代楷模”发布以“我们的价值观　我们的中国梦”为主题，现场发布了阿布列林·阿不列孜和赵志全的先进事迹，宣读了《中共中央宣传部关于“时代楷模”阿布列林·阿不列孜和赵志全的表彰决定》，播放了反映他们先进事迹的短片，展示了中国楹联学会、中华诗词学会创作的反映他们先进事迹的楹联、诗词和小传，颁发了“时代楷模”纪念章和荣誉证书。

赵志全的先进事迹宣传报道后，在全社会引起热烈反响。广大干部群众认为，在赵志全身上，生动体现了信念坚定、心系群众、爱岗敬业、顽强拼搏的高尚情操，他堪称社会主义核心价值观的模范践行者、新时期基层共产党人的楷模。党员干部纷纷表示，要向赵志全等优秀共产党员学习，以习近平总书记“七一”重要讲话精神为遵循和动力，不忘初心、继续前进，为实现“两个一百年”奋斗目标、实现中华民族伟大复兴的中国梦而不懈奋斗。

时代楷模发布会现场

图书在版编目（CIP）数据

使命：时代楷模赵志全 / 杨文学著. --济南：泰山出版社，2019.7（重印）
ISBN 978-7-5519-0477-3

Ⅰ. ①使… Ⅱ. ①杨… Ⅲ. ①传记文学-中国-当代 Ⅳ. ①I25

中国版本图书馆CIP数据核字（2018）第022682号

著　　者　杨文学
责任编辑　程　强　赵　雨
装帧设计　路渊源　李庆辉

使命
——时代楷模赵志全

出　　版　泰山出版社
社　　址　济南市泺源大街2号　邮编 250014
电　　话　总编室（0531）82022566
市场营销中心（0531）82025510　82020455
网　　址　www.tscbs.com
电子信箱　tscbs@sohu.com
发　　行　新华书店经销
印　　刷　济南新先锋彩印有限公司
规　　格　787 mm × 1092 mm　16K
印　　张　19.5
字　　数　228千字
版　　次　2018年3月第1版
印　　次　2019年7月第3次印刷
标准书号　ISBN 978-7-5519-0477-3
定　　价　49.00元